WES' HERAUSFORDERUNG

DIE CADE-BRÜDER

JULES BARNARD

KAPITEL 1

W es hielt den Blick auf seinen Golfschläger gerichtet – nicht auf seine Exfreundin, die zwei Abschnitte weiter oben auf der Driving Range herumhampelte.

Na gut, er hatte Kaylee die ganze Zeit beobachtet. Aber verdammt nochmal, was tat sie denn auch hier? Bis vor ein paar Tagen, als sie ihm plötzlich im Golfshop des Clubs aufgelauert hatte, hatte er Kaylee vier Jahre lang nicht gesehen.

Sie trug ihr Haar jetzt kürzer, es war nicht mehr der lange, beinahe schwarze Seidenstrang, mit dem sie im College geglänzt hatte. Und trotz ihrer natürlichen Anmut schaffte sie es, auf dem Übungsplatz eine schreckliche Figur zu machen.

Derselbe Kerl, mit dem sie schon vor ein paar Tagen aufgetaucht war, ließ seine Hand über ihren knackigen, runden Hintern gleiten, und der Anblick brachte den Puls an Wes' Schläfen augenblicklich zum Pochen. Es mochte Jahre her sein, dass er Kaylee zuletzt gesehen hatte, aber damals war sie *seine* Freundin gewesen.

Wes stopfte seinen Schläger in die Golftasche, weil er für heute Schluss machen und schleunigst verschwinden wollte, aber dann schaute Kaylee in seine Richtung. Ihr Blick blieb an ihm hängen und ihre Augen weiteten sich, als hätte sie nicht damit gerechnet, ihm hier zu begegnen.

Wes und seinen Brüdern gehörte das Resort. Was sollte der Blödsinn? Jeder wusste, dass man ihn am ehesten auf dem Golfplatz antraf.

Kaylee sagte etwas zu ihrem Begleiter, und sie kamen auf Wes zu.

Verflucht.

»Hast du eine Minute Zeit?«, fragte sie, während Wes seine Schläger zusammenpackte.

Er schenkte ihr ein angespanntes Lächeln. »Ich muss in den Laden zurück.« Kaylee mit einem anderen zu sehen, fühlte sich etwa so an, als bekäme man eine Gabel ins Auge gestochen, und Wes musste sehr an sich halten, um nicht auszurasten.

Kaylees Kerl legte ihr einen Arm um die Schultern, und Wes ballte die Fäuste. »Es dauert nur einen Moment. Kaylee sagte, dass Sie sich vom Studium kennen und dass Sie ein Profi-Golfer sind.«

Wes seufzte. Wenn dieses Mädchen im College keine Psychospielchen mit ihm gespielt hätte, dann wäre er jetzt tatsächlich ein Profi-Golfer und würde ein Turnier nach dem anderen herunterreißen. »Ich bin nur ein Pro hier im Resort.« Der Blödmann blickte ihn verständnislos an.

Offensichtlich hatte er keine Ahnung von Golf. Es war ein großer Unterschied, ob man Turniere spielte oder als sogenannter Pro-Golflehrer Stunden auf dem Platz gab.

»Na, jedenfalls sagt Kaylee, dass Sie gut sind«, beharrte der Blödmann. Er blickte auf die Frau in seinem Arm herab und grinste. »Ich würde meiner Verlobten gern ein paar Stunden spendieren. Sie lernt den Sport gerade erst und könnte etwas Nachhilfe gebrauchen.«

Verlobte ... *Verlobte?* Wes warf Kaylee einen Blick zu, der sie zusammenzucken ließ.

Er atmete langsam aus. War das ein kranker Witz? Seine Ex tauchte urplötzlich aus der Versenkung auf, spazierte in das Resort seiner Familie – sein Territorium – und brachte einen Verlobten mit?

»Du musst das natürlich nicht tun«, wandte sie hastig ein.

Ihr Verlobter zog die Brauen zusammen. »Wir hatten das doch besprochen, Kaylee. Du brauchst Unterricht, wenn du während unserer Flitterwochen in Fidschi mit mir gemeinsam den Platz unsicher machen möchtest.«

»Ja, aber er hat wahrscheinlich viel zu tun.« Sie sah Wes zögerlich an. »Ich weiß ja nicht einmal, ob Wes überhaupt Unterricht gibt.«

»Das tue ich«, hörte Wes sich sagen.

Er musste den Verstand verloren haben. Kaylee Golfstunden zu geben, war das Letzte, was er machen sollte. Sie hatte ihn verarscht, und weder er noch seine Golfkarriere hatten sich je richtig von diesem Schlag erholt.

Als Kaylee mit Wes Schluss gemacht hatte, war er mitten im wichtigsten Turnier seines Lebens gewesen. Er hatte die Trennung aus seinen Gedanken verbannt und seine gesamte mentale Energie darauf konzentriert, es in die Profiliga zu schaffen; er war davon überzeugt gewesen, dass er die Sache mit Kaylee wieder hinbiegen konnte, wenn er nach Hause käme. Aber dann hatte er in den Testspielen völlig versagt, und der Moment der Klärung war auch nie gekommen. Als er zurückkehrte, hatte Kaylee ihre Kurse bereits abgeschlossen und war weggezogen. Wes hatte sie nie wiedergesehen oder auch nur etwas von ihr gehört.

Golf war ein Sport, der im Kopf entschieden wurde. Wenn man nicht konzentriert bei der Sache war, konnte die Parzahl leicht von sechs unter Par auf sechs über Par ansteigen, und man war aus dem Spiel. Dass Kaylee ihn während des Turniers verlassen hatte, hatte ihn mental völlig aus der Bahn geworfen, und davon hatte er sich bis heute nicht komplett erholt.

Wie es der Zufall wollte, fand nun dieses traurige, kleine Wiedersehen genau zu einem Zeitpunkt statt, als Wes erneut versuchte, sich für die Tour zu qualifizieren. Dass er ausgerechnet jetzt seiner Ex über den Weg lief, war entweder beschissenes Pech – oder genau das, was er brauchte, um sein Bestes zu geben, zurück auf Kurs zu kommen und diesmal zu gewinnen.

Sie hatte ihn eiskalt und ohne guten Grund abserviert, sodass der Gedanke, ihr zu vertrauen, einen bitteren Geschmack auf seiner Zunge hinterließ. Aber wenn er herausfinden könnte, wieso sie vor Jahren so abrupt aus der Stadt verschwunden war, würde ihm das vielleicht helfen, sich mental wieder voll und ganz auf das Spiel zu konzentrieren und den kleinen, entscheidenden Vorteil zurückzugewinnen, der ihm damals abhandengekommen war. »Ich bin immer dienstags und donnerstags von vier bis fünf am Nachmittag verfügbar.«

»Großartig!« Der Blödmann mit dem übertrieben kantigen Kinn grinste Kaylee an, die auf der Hut schien. »Dann kann Kaylee ein paar Stunden nehmen, während sie unsere Hochzeit plant. Wir werden hier im Club feiern. Eine wirklich schöne Kulisse haben Sie hier.«

Sie wollte heiraten ... *und das in seinem gottverdammten Resort?* Hatte sie den Verstand verloren?

Kaylee hob trotzig das Kinn. Diese Geste kannte Wes nur allzu gut. »Ich habe Lake Tahoe immer geliebt. Meine Eltern haben hier immer noch ihr Ferienhäuschen. Eddy und ich wohnen gerade dort.«

Eddy blickte zwischen den beiden hin und her. »Gibt es ein Problem? Wenn Sie zu beschäftigt sind, kann ich sicher auch jemand anderen finden, der sie unterrichtet.«

»Ich unterrichte sie«, gab Wes zurück und starrte Kaylee an.

Er hatte keine Ahnung, warum sie wirklich hier war, aber es war einfach ein zu großer Zufall, dass sie jetzt aufgetaucht war, also würde er verdammt nochmal herausfinden, was dahintersteckte.

———

KAYLEE STRICH sich das Haar hinter die Ohren und ging langsam zu Wes hinüber, der in der Nähe der Driving Range stand und sich mit einem anderen Mann unterhielt. Wes trug ein rotes Golfshirt mit dem Logo von Club Tahoe und hatte eine Hand in die Hosentasche gesteckt, wodurch der Stoff gedehnt wurde und sie die Konturen seines Hinterns nur allzu gut erkennen konnte. Kaylees Ex war immer noch genauso fit wie damals im College – er machte sogar eine noch bessere Figur, weil er inzwischen breiter in den Schultern war und mehr Muskeln besaß.

Ihr Herz flatterte bei seinem Anblick. Es flatterte und

schlug heftig, seit sie Wes letzte Woche nach fast vier Jahren zum ersten Mal wiedergesehen hatte. Sie waren unschön im Streit auseinandergegangen. Dies war ihre Chance, es wiedergutzumachen, allerdings hegte er offenbar noch Groll gegen sie, wie seine Reaktion auf ihr Wiedersehen bewies. Und diesen Groll würde sie überwinden müssen, wenn sie darauf hoffte, einen Abschluss für all das zu finden.

Vergangene Woche war sie mit Eddy in die Golfboutique gekommen, um sich eine leichte Jacke für die kühleren Morgenrunden auf dem Golfplatz zu kaufen. Aber als sie Wes hinter dem Tresen erblickt hatte, wäre ihr Herz beinahe stehengeblieben. Sie hatte geplant, ihre Hochzeit im Club Tahoe zu feiern, weil das Resort ein wunderschöner Ort war und sie schon als Kind immer wieder Ferien am See gemacht hatte. Und weil sie Wes noch ein letztes Mal wiedersehen musste, bevor sie heiratete.

Kaylee hatte ja nicht geahnt, dass Wes tatsächlich im Club arbeiten würde. Er hatte doch damals große Pläne für seine Golfkarriere gehabt. Pläne, die ihn förmlich auffraßen und auch der Beziehung schadeten. Sie hatte damit gerechnet, ihn ausfindig machen zu müssen, vielleicht bei seinem Vater nach ihm zu fragen. Aber vor einigen Tagen hatte Kaylee erfahren, dass sein Vater kürzlich gestorben war und Wes' älterem Bruder Levi die Leitung des Luxusresorts übertragen hatte. Wes war für den Golfplatz zuständig, und zwei seiner anderen Brüder kümmerten sich offenbar um die Unterhaltungsprogramme auf dem Gelände.

Dass sie ausgerechnet nach einem solchen Verlust wieder in sein Leben trat, war ganz schlechtes Timing.

Aber Kaylees Hochzeit würde in wenigen Monaten stattfinden, also musste sie es jetzt oder nie tun.

Mit der Golftasche über der Schulter stapfte sie auf ihn zu und blieb zwei Meter hinter ihm stehen. Noch hatte er sie nicht bemerkt, also nutzte sie die Gelegenheit, den Mann, den sie einmal mehr als alles andere geliebt hatte, eingehend zu betrachten.

Seine lockere Haltung, das leichte Lächeln, das um seine Mundwinkel spielte, als er sich mit dem anderen Golfer unterhielt – das war der lebensfrohe Typ, an den sie sich so gut erinnerte. Seine tiefblauen Augen konnte sie nicht sehen, da er halb mit dem Rücken zu ihr stand, aber sie erinnerte sich auch an das Funkeln darin, wenn er sich einen Kuss von ihr stahl. Oder die Tiefe in diesen Augen, wenn er ihre Hand festhielt, während sie miteinander schliefen ...

Ein warmes Erschauern breitete sich von ihrem unteren Rückgrat aus nach oben und vorne aus. Es war eine dumme Idee gewesen, Wes aufzusuchen. Und jetzt sollte sie auch noch Golfstunden bei ihm nehmen? Vielleicht war der Abschluss, den sie gewollt hatte, doch gar nicht so wichtig. Nicht, wenn in ihrem Innern ganz unerwünscht die Funken sprühten, sobald er in der Nähe war. Er weckte Gefühle in ihr, von denen sie geglaubt hatte, sie wären längst gestorben. Allem Anschein nach aber hatten sie die ganze Zeit in ihr geschlummert. Und diese Gefühle musste sie schleunigst vergessen, wenn sie ein neues Leben mit Eddy beginnen wollte.

Kaylee wollte gerade die Idee mit den Golfstunden über den Haufen werfen, als Wes sich versteifte.

Er drehte sich langsam zu ihr um, und sein Blick wanderte zu ihren Lippen, dann zu ihren Wangen, die immer noch brannten, weil sie gerade erst von diesen dummen Erinnerungen an sie beide zusammen überfallen worden war.

War er gerade noch erstarrt, weil er ihre Gegenwart gespürt hatte, so verbarg er das jetzt gekonnt. Wes blieb gelassen und starrte sie weiter an. Er gab sich kühl, während sie spürte, wie ihr heiß wurde. Ihre Beine fühlten sich wie Wackelpudding an.

»Passt es dir denn überhaupt zeitlich?« Ihre Stimme klang hoch und nervös. Sie räusperte sich. »Ich kann auch später wiederkommen, falls du viel zu tun hast.« *Oder gar nicht wiederkommen.* Im Stillen verfluchte sie Eddy und sein Beharren auf Golf in den Flitterwochen. Warum waren alle Männer so besessen von diesem Sport?

Kaylee mochte ihn hinter sich gelassen haben, aber Wes hatte einen Teil ihres Herzens gestohlen. Was nicht bedeutete, dass sie füreinander geschaffen waren. Sie würde den Schmerz nie vergessen, den sie in dieser Beziehung gefühlt hatte und auch noch danach.

Ihr Plan war gewesen, endlich mit der Vergangenheit abzuschließen ... nachdem sie Wes gesagt hatte, was sie ihm schon vor Jahren hätte sagen sollen. Aber sie konnte ihm das alles nicht erklären, solange sie sich nicht ein bisschen besser verstanden. Die Wahrheit war zu privat und zu schmerzhaft, um sie auszusprechen, solange er sie ansah, als sei sie ein Stück Dreck, das ihm unter der Sohle klebte. Und das bedeutete, dass sie das durchstehen musste, ganz gleich, wie unbehaglich sie sich in Wes' Gegenwart fühlen mochte.

»Jetzt passt es gerade«, erwiderte er knapp.

Er nickte dem Mann, mit dem er bis eben gesprochen

hatte, ein freundliches ›Bis später‹ zu und spähte dann über Kaylees Schulter hinweg, schaute auf etwas dahinter. Ein liebevolles Lächeln breitete sich auf seinem Gesicht aus.

Kaylees Herz machte einen Satz. Sein Lächeln war schon immer zum Dahinschmelzen gewesen, und die Wirkung, die es nach wie vor auf sie hatte, brachte sie ganz durcheinander – und erinnerte sie daran, wieso sie sich vor mehreren Jahren in ihn verliebt hatte. Aber Wes' Lächeln galt ja nicht ihr.

Kaylee drehte sich um und erblickte ein kleines Mädchen – vielleicht vier Jahre alt –, das auf sie zu stapfte. Das Kind trug eine kleine Schläger-Garnitur und hatte die Haare zu einem geflochtenen Pferdeschwanz gebunden, der mit jedem ihrer entschlossenen Schritte hin und her schwang. Sie hatte denselben intensiven Ausdruck im Gesicht, den sie von Wes kannte, wenn er auf dem Weg zu einer Runde Golf gewesen war.

»Bella, das hier ist Kaylee«, stellte Wes sie vor.

Das kleine Mädchen musterte Kaylee. »Trainiert sie auch?«

Wes verzog das Gesicht. »Natürlich nicht. Kaylee ist noch lange nicht so weit wie du. Ich werde dich trainieren und ihr dabei Tipps geben. Sie kann sich von deiner Haltung abschauen, wie man es macht.« Bella grinste.

»Ich soll mir abschauen, wie man es macht?«, wiederholte Kaylee leise, nur für seine Ohren bestimmt. »Bei einer Vierjährigen?«

»Sie ist fünf«, korrigierte Wes und verschränkte die Arme vor der Brust, stellte sich breitbeiniger hin. »Bella mag klein für ihr Alter sein, aber lass dich von ihrer

Körpergröße nicht in die Irre führen. Sie ist meine beste Schülerin.«

Kaylee entging sein verhohlenes Schmunzeln nicht.

Na großartig. Die Zeit, die sie mit Wes verbrachte, würde nicht nur peinlich und unangenehm werden, er hatte außerdem vor, sie wie eine Idiotin dastehen zu lassen. Sie nahm an, dass sie das seiner Meinung nach verdient hatte. Damit kam sie klar. Aber sie würde nicht damit klarkommen, den Rest ihres Lebens in dem Wissen zu verbringen, dass sie niemals reinen Tisch mit ihm gemacht hatte.

Abgesehen davon war es seltsam, dass er ein kleines Mädchen trainierte. Er hatte sich nie groß darum geschert, wie andere Leute spielten, weil er immer viel zu fokussiert auf seine eigene Performance gewesen war. »Du unterrichtest jetzt also wirklich auch Kinder?«

»Ist ein neues Programm hier im Club. Gar nicht schlecht. Besonders mit Schülerinnen wie Bella.«

Das Mädchen holte zu einem Übungsschwung aus. Sie schien wirklich gut zu sein.

»So ist es richtig«, rief Wes ihr zu. »Schön den Arm gerade halten, wie ich es dir letzte Woche gezeigt habe. Langsam und locker.«

Bella legte sich einen Ball zurecht, hob den Schläger und schwang, traf den Ball und sandte ihn weit auf den Übungsplatz hinaus.

Kaylee hustete in ihre hohle Hand und unterdrückte ein Lächeln. »Okay, du hast recht. Sie ist talentiert.«

Wes warf ihr einen Blick zu. »Nervös?«

»Nein, gar nicht.« Kaylee verschränkte die Arme unter der Brust. »Ich habe auch etwas drauf.«

Er betrachtete sie skeptisch, und sein Blick glitt kurz

zu ihren Brüsten hinab, wanderte dann langsam wieder zu ihren Augen hinauf. Er schüttelte den Kopf. »Das glaube ich nicht.«

Verflixt. Er musste sie gesehen haben, als sie gestern so hilflos die Bälle über den Übungsplatz verteilt hatte.

In Wahrheit war Kaylee furchtbar schlecht im Golfen, aber das würde sie doch jetzt vor Wes nicht zugeben.

Er lächelte stolz, als Bella einen weiteren Ball in die Erdumlaufbahn beförderte. »Gut gemacht«, rief er.

Kaylee schluckte. Und schluckte gleich nochmal. Denn ihr wurde plötzlich noch etwas anderes klar. Wes unterrichtete Bella nicht bloß, weil es ihm Spaß machte oder er ihr Talent bewunderte ... das Mädchen war ihm wirklich wichtig.

Die Tatsache, dass ihr egozentrischer Ex einem kleinen Kind beibrachte, wie es seinen Lieblingssport noch besser spielen konnte, hatte eine seltsame Wirkung auf Kaylee, vor allem auf ihren Brustkorb – es war ein ziehendes Gefühl, das ihr das Herz eng werden ließ.

Bella grinste über ihre Schulter hinweg und suchte Wes' Bestätigung.

Er nickte und sagte: »Und jetzt schön weiterüben, was ich dir gezeigt habe, während ich mich um Kaylee kümmere.«

Kaylee straffte die Schultern. Sie sollte nicht zulassen, dass es sie rührte, wie niedlich Wes mit diesem Kind umging. Viele Männer mochten Kinder. Das war nichts Besonderes.

Aber es war etwas Besonderes, denn es handelte sich um Wes.

Er war immer sehr auf sich selbst fokussiert gewesen. Er mochte ihr gesagt haben, dass er sie liebte, als sie zusammen waren, aber sein Verhalten hatte ihr deutlich gezeigt, dass sie nie die erste Geige gespielt hatte.

Kaylee zog ihren Golfhandschuh aus der Tasche und zog ihn an. »Wie oft trainiert Bella?«

Wes zuckte die Achseln. »Ihre Eltern kommen häufig hierher. Ich habe ihr über den Sommer immer wieder Stunden gegeben. Dieses Mädchen wird eines Tages ein Profi sein.«

Einen Moment lang starrte Kaylee ihn lediglich an. Der Erfolg dieses kleinen Mädchens schien ihm beinahe wichtiger zu sein als sein eigener. Und das war schlicht verrückt.

»Was, wenn sie beschließt, mit Golf aufzuhören und stattdessen Tanzen zu lernen?« Kaylee stachelte ihn auf wie früher, nur dass sie jetzt nicht mehr einschätzen konnte, wie er das aufnehmen würde.

Wes zischte: »Nur über meine Leiche. Das macht sie nicht, wenn ich auch nur ein Wörtchen mitzureden habe.«

Kaylee lachte. Er hatte es genauso aufgenommen wie früher – mit der ihm eigenen Arroganz und einer leichten Verstimmung. Aber tief drinnen im Herzen war er immer ein Softie gewesen.

Ihr Lächeln erstarb. Es spielte keine Rolle, ob er ein gutes Herz besaß. Manchmal war das eben nicht genug.

In dem Versuch, nicht allzu ernst zu werden, neckte sie ihn weiter. »Man kann nie wissen, Wes. Frauen ändern ihre Meinung.«

Seine Züge entglitten, und er presste die Lippen zusammen. »Mit Frauen, die ihre Meinung ändern, habe ich Erfahrung.«

Mist. Sie hatte diese Wunde nicht so bald aufreißen

wollen. Sie versuchte doch immer noch, sich wieder einigermaßen gut mit ihm zu stellen.

Kaylee drehte sich um und schnappte sich einen Golfschläger. »Also, woran sollte ich zuerst arbeiten? An meinem Schwung, meiner Haltung?«

Wes blickte in die Ferne, als wisse er genau, dass sie lediglich versuchte, das Thema zu wechseln. Als er sie wieder ansah, war sein Blick neutral. »Deine Haltung, dein Schwung und alles andere sind grottenschlecht, also fangen wir am besten ganz am Anfang an. So wie ich auch mit Bella angefangen habe.« Er grinste süffisant.

»Es macht dir Spaß, mir unter die Nase zu reiben, wie schlecht ich bin, oder?«

»Willst du darauf wirklich eine Antwort hören?«

»Nein«, brummte sie und setzte einen Ball auf ein hölzernes Tee, das sie in die Erde gestoßen hatte.

»Warte.« Wes kam zu ihr herüber und nahm ihr den Schläger ab. »Zunächst mal musst du deinen Pitching-Wedge nehmen, nicht den Driver. Du musst dich zu den längeren Schlägern hocharbeiten.«

Er ließ den Driver in ihre Golftasche zurückfallen und holte einen kürzeren, kleineren Schläger heraus, den er ihr reichte. Wes beugte sich hinunter und zog das Tee aus dem Boden, auf dem sie ihren Ball platziert hatte. Stattdessen legte er den Ball direkt auf dem Gras zurecht. Kaylees begrenzter Erfahrung nach war er so noch schwerer zu schlagen.

Wes ließ seinen Blick über ihren Körper wandern.

Und sofort wurde ihr warm in der Brust und im Magen flau.

Als Kaylee Wes zum ersten Mal begegnet war, hatte er sie bei einer College-Party entdeckt, war geradewegs auf sie zugekommen und hatte gefragt, ob sie tanzen wollte. Aus diesem Tanz war ein Kuss geworden, daraus wiederum eine Übernachtung bei ihr zu Hause, die sich über das gesamte Wochenende hingezogen hatte. Zwei Jahre lang waren sie unzertrennlich gewesen. Und wie es schien, erinnerte sich ihr Körper an die Wirkung, die er auf sie gehabt hatte, und reagierte entsprechend.

Bleib stark. Du bist verlobt! Wes betrachtete lediglich ihre Schlaghaltung, nicht ihre Kurven – obwohl sie ziemlich sicher war, dass er ihr vorhin eindeutig auf die Brüste gestarrt hatte. Aber das spielte keine Rolle.

»Lass mich mal sehen, wie du ihn anfasst«, befahl er.

Sie hielt ihm den Schläger entgegen und zeigte ihm den Griff, den ihr ihr Verlobter beigebracht hatte.

Wes schob ihre Hand ganz leicht zur Seite, und dabei streifte seine warme Handfläche die Haut ihrer Finger, wo der Handschuh sie nicht bedeckte. Die Hitze fuhr ihren Arm hinauf. Wes' Blick huschte zu ihrem Gesicht, als hätte er es auch gespürt.

Er ließ ihre Hand los und räusperte sich. »Nicht schlecht. Und nun stell dich mal in Position.«

Kaylee machte vor, wie sie sich zum Ball positionierte und den Schläger schwang. Das hatte sie ein paar Mal geübt.

Wes presste seine Finger gegen die Stirn und schüttelte den Kopf. »Himmel, Kaylee. Bist du sicher, dass du mit Golfen anfangen willst?«

Sie ließ den Schläger auf den Rasen sinken. »Ja. Zeigst du mir nun, wie das geht oder nicht?«

»Machst du das nur, weil dein *Verlobter* will, dass du spielst?«

Die Betonung auf ihrem Zukünftigen entging ihr

nicht. Ihre Verlobung war ungefähr so gut angekommen, wie sie erwartet hatte – also überhaupt nicht gut. Wes hatte überall und immer den Raum beherrscht, als sie noch zusammen waren. Es wäre gar kein Platz für andere Männer gewesen, selbst wenn sie mit einem anderen hätte ausgehen wollen. »Ich wollte es immer lernen, aber du warst nicht ...«

Er legte die Stirn in Falten. »Was war ich nicht?«

Sie stieß einen Seufzer aus. »Auf dem College warst du immer zu beschäftigt, um es mir beizubringen. Ich hätte mir natürlich einen anderen Lehrer suchen können, aber ich wollte es von dir lernen.«

Er starrte sie einen Moment lang an, seine ozeanblauen Augen unergründlich. »Lass die Arme unten, die Füße schulterbreit, und dann gehst du leicht in die Knie.«

Sie blinzelte und folgte dann seinen Anweisungen. Denn immerhin versuchte er es, trotz ihrer steinigen Vergangenheit.

Der Rest der Stunde verlief zum größten Teil so. Wes blaffte sie mit Befehlen an und gurrte begeistert zu Bellas – zugegeben unglaublicher – Haltung.

Bella hatte den Bogen sowas von raus, und am Ende ihrer Stunde wollte Kaylee am liebsten wie Bella sein, wenn sie groß war. Denn bisher schlug Kaylee immer noch häufiger am Ball vorbei, als dass sie traf.

»Deine Haltung ist schon besser geworden«, murmelte Wes. »Treffen tust du echt gar nichts, aber die Haltung ist wichtig. Der Rest kommt mit der Zeit.«

Es war alles andere als ein großartiges Kompliment, aber sie nahm es als solches, weil Wes damit schon immer sparsam gewesen war. Kaylee grinste.

Seine Augen weiteten sich, und er wandte den Blick

ab. »Du musst aber noch viel üben.« Er nahm ihr den Schläger ab und ließ ihn in ihre Golftasche gleiten. »Sehr viel üben, wenn du bald auf dem Platz mithalten willst ... Wann wolltest du nochmal heiraten?« Sie konnte die Schärfe in seiner Stimme kaum überhören.

Kaylee ratterte das Hochzeitsdatum herunter, das plötzlich am Horizon dräute, nur noch wenige Monate bis dahin. Es war noch so viel zu erledigen, und dazu gehörte unbedingt auch, sich ihrem Ex zu nähern, um die Dinge richtigzustellen. Und jetzt machte Eddy ihr Druck, weil er wollte, dass sie auf dem Golfplatz mit ihm mithalten konnte. Das schien ihr ein ebenso unüberwindliches Hindernis wie der Versuch, sich Wes gewogen zu machen.

Wes starrte sie an, ohne etwas zu erwidern, so als wolle er ihr schweigend und nur mit seinem Blick eine Nachricht ins Hirn brennen. Dass er sie hasste? Dass er wünschte, sie würde verschwinden? Was?

Manche Dinge an Wes hatten sich nicht geändert, aber in anderen Aspekten schien er ein völlig anderer Mann zu sein. Härter, weniger arglos und stattdessen misstrauischer.

»Wenn du bis dahin bereit sein willst«, beschied er ihr schließlich, »solltest du besser auch zwischen unseren Stunden üben.«

»Ich kann jeden Tag herkommen, wenn das nötig ist.«

Wes zuckte zusammen. Einen Augenblick später sagte er: »Ich muss wieder zu Bella zurück«, drehte sich um und stapfte davon.

Kaylee ließ die Schultern sinken. Ihr Umgang miteinander war unbehaglich, wo er früher im Gegenteil locker und liebevoll gewesen war. Kaylee hatte nie eine solche

Verbindung mit jemandem gespürt wie damals mit Wes. Abgesehen vom Ende, denn da war alles in ihrem Leben zusammengebrochen.

Es hatte lange gedauert, sich von diesem Verlust zu erholen. Sie hatte fest vor, die Dinge zwischen ihnen beiden wieder ins Lot zu bringen.

Es war die einzige Möglichkeit, das Ganze mit einem reinen Gewissen hinter sich zu lassen.

KAPITEL 2

Schweiß tropfte Kaylee von der Stirn und den Schläfen. Ihr Golfshirt klebte ihr an den Brüsten und am Rücken, und sie schnaufte ein bisschen beim Atmen. Das alles nur vom Schlagen der Bälle, wer hätte das gedacht?

»Den Arm gebeugt ... nee, dein Popo steht zu weit raus.« Bella kicherte. »Kaylee, ich habe dir doch gerade erst gezeigt, wie hoch du den Schläger halten musst.« Bella saß wie eine Prinzessin auf ihrem Thron am hinteren Ende der Driving Range und brüllte ihr Befehle zu. Das war Wes' Vorstellung davon, wie sie zwischen seinen Lektionen üben sollte.

Kaylee ließ den Kopf ihres Schlägers ins Gras fallen und spähte zu dem Kind hinüber. »Bella, hat dir schonmal jemand gesagt, dass du eine Sklaventreiberin bist?«

Bella lachte. Ihr Kichern ließ sie fast von dem niedrigen Geräteschrank fallen, auf dem sie saß.

Kaylee seufzte lächelnd. »Ist ja schön, wenn ich dich

unterhalten kann.« Sie legte sich einen weiteren Ball zurecht. »Ist ja nicht so, als würden mir jeden Moment die Arme abfallen«, bemerkte sie mit dramatischem Unterton. »Und mein Hintern tut mir weh. Wieso tut mein Hintern weh?« Zur Antwort bekam sie wieder nur Kichern von den billigen Plätzen. »Du bist es nicht gewöhnt, deine Arschmuskeln zu benutzen?« Das war Wes.

Kaylee fuhr herum und sah Wes hinter sich stehen. Er war hier, um sich die Show anzusehen? »Was tust du denn hier?«

Er verschränkte die Arme. »Ich arbeite hier. Oh, und das Resort gehört mir auch. Aber jetzt bin ich gekommen, um meine Musterschülerin abzuholen.« Er sah zu Bella hinüber. »Gute Arbeit. Kaylees Haltung ist ein winziges bisschen besser. Wenn du so weitermachst, kannst du mir demnächst auch bei den erfahreneren Golfern assistieren.«

Bella hüpfte von dem knapp einen Meter hohen Holzkasten herunter und kam zu Wes herübergerannt. Sie zupfte an seinem Shirt, und er beugte sich zu ihr herunter.

Er nickte, als Bella ihm etwas ins Ohr flüsterte. »Hol' du erstmal deine Schläger«, wies er sie an.

Wes sah Bella nach, die davonrannte, und wandte sich dann Kaylee zu. »Wenn du schon Muskelkater hast, solltest du für heute vielleicht lieber Schluss machen. Du siehst ein bisschen angestrengt aus.« Er schmunzelte.

Kaylee wischte sich über die Stirn. »Oh, vielen Dank.« Wes grinste immer noch, als er Bella folgte.

Kaylee war froh, dass sich die Stimmung zwischen

ihnen in den letzten Tagen ein wenig entspannt hatte. Wes schien nicht mehr ganz so wütend, wie er gewirkt hatte, als sie zum ersten Mal im Club Tahoe aufgetaucht war. Aber das hieß nicht, dass sie sich bereits wohl genug fühlte, um ein tiefgründiges Gespräch zu beginnen. Zum gegenwärtigen Zeitpunkt war es nur schwer vorstellbar, dass sie diesen Punkt je erreichen würden, aber Kaylee hatte die Hoffnung, dorthin zu gelangen.

Sie sammelte ihre Golfschläger ein und hob sich die schwere Tasche auf die Schulter. Dann schleppte sie sich mit dem zusätzlichen Gewicht und ihrem schmerzenden Hintern zum Golfshop hinüber. Wer hätte gedacht, dass Golf ein körperlich anstrengender Sport war? Es hatte so einfach ausgesehen, als Wes damals im College gespielt hatte oder wenn sie mit Eddy die Turniere im Fernsehen verfolgte.

Sie hielt gleich hinter dem Laden inne, um auf die Toilette zu gehen. Sie erblickte Wes, der neben dem Eingang zur Umkleide für Damen stand. Er hatte die Arme verschränkt und den Kopf gesenkt, so als warte er auf jemanden.

»Alles in Ordnung hier?«, fragte sie und machte den Hals lang, um auf die andere Seite zu schauen. »Die Herrentoilette scheint frei zu sein. Bist du sicher, dass du nicht lieber die benutzen willst?«

Er verzog den Mund. »Sehr witzig. Ich warte auf Bella.«

Kaylees Lächeln verschwand. »Geht es ihr gut?«

Wes stieß sich von der Wand ab, aber seine Arme blieben vor der Brust verschränkt. »Alles in Ordnung mit ihr, ja. Sie, äh ... will bloß, dass ich sie zum Waschraum begleite. Will da nicht allein hingehen. Sie findet, dass die Toiletten unheimlich sind.«

Kaylee öffnete den Mund, aber es kam kein Wort heraus. Wes, ihr großer, großspuriger, sportlicher Exfreund, wartete vor der Damentoilette ... damit sich das kleine Mädchen nicht fürchtete. »Wer bist du?«, wollte sie schließlich wissen.

Bevor er reagieren konnte, kam Bella heraus.

»Hi, Kaylee«, sagte sie fröhlich und zupfte dann wieder an Wes' Shirt. »Komm schon, Wes. Hauen wir richtig rein.«

Wes wollte Bella bereits wieder zum Übungsplatz folgen, aber Kaylee berührte seinen Arm und hielt ihn zurück – und spürte die elektrische Spannung ihrer Anziehung, die ihren ganzen Körper durchfuhr.

Das wurde langsam ärgerlich.

Wes blickte auf ihre Hand herab, und sie ließ ihn rasch wieder los.

Sie schaute Bella nach. »Die Kleine hat dich komplett um den Finger gewickelt«, stellte sie lächelnd fest.

Er zuckte die Achseln. »Sie braucht mich. Und sie ist ein liebes Kind. Hast du ein Problem damit?«

Kaylee schluckte. Ihr Lächeln schwand. Sie schüttelte den Kopf. »Nein – ich bin bloß überrascht.«

»Brauchst du nicht zu sein. Du kennst mich eben nicht mehr.« Er stürmte davon, und Kaylee stand einfach nur da. Sie spürte, wie ihre Augen zu schwimmen begannen.

Er war immer noch so zornig, und das tat weh, aber vor allem machte es ihr die Sache auch viel schwerer. Die Sache, wegen der sie hierhergekommen war. Dennoch,

Wes und Bella zusammen zu sehen war das Niedlichste, was sie seit Langem gesehen hatte – und das brach ihr das Herz. Denn wenn Kaylee sah, dass Wes mit Bella so sanft und liebevoll umging, machte sie sich Sorgen, dass sie sich damals gründlich in ihm geirrt haben mochte.

―――

Nachdem sie sich im Waschraum des Golfplatzes den Schweiß und auch ein paar Tränen aus dem Gesicht gewaschen hatte, kehrte Kaylee in das Ferienhaus ihrer Eltern in Tahoe zurück. Sie hätte nie damit gerechnet, dass sich Wes so liebevoll um ein Kind kümmern würde. Und das brachte sie völlig durcheinander.

»Hallo?«, rief sie, als sie das Haus betrat.

»Ich bin oben«, rief Eddy vom ersten Stock zurück.

Das Häuschen ihrer Eltern war ein terrassiertes Haus mit einem großen, offenen Kamin, offener Raumaufteilung und deckenhohen Eckfenstern mit Blick auf den Wald. Sie liebte dieses Haus. Es fühlte sich mehr nach Zuhause an als das, in dem sie aufgewachsen war.

Und dennoch war sie jahrelang nicht hergekommen.

Als sie den oberen Treppenabsatz erreichte, erblickte sie Eddy im weitgehend leeren Gästezimmer, wo er mit nacktem Oberkörper Gewichte hob und trainierte.

»Wie war es auf dem Übungsplatz?« Er atmete angestrengt aus und bedächtig wieder ein, um den nächsten Curl mit dem Arm auszuführen.

Aufschlussreich, wollte sie eigentlich sagen, aber das würde womöglich zu längeren Diskussionen führen, zu denen sie absolut nicht bereit war. »Heiß und verschwitzt, ein bisschen schmerzhaft. Mir tut noch immer alles weh von meiner gestrigen Stunde.«

Eddy setzte die Hanteln ab, mit denen er seine Arme trainiert hatte. »Ohne Schweiß kein Preis.« Er keuchte ein leises Lachen hervor. »Und du brauchst Übung.«

Sie machte einen Schmollmund. »Du nicht auch noch. Ich bekomme das eh schon dauernd von Wes und Bella zu hören.«

»Bella?«

»Eine weitere Golf-Schülerin.« Auf gar keinen Fall würde Kaylee ihm gegenüber zugeben, dass sie sich von einer Fünfjährigen herumkommandieren ließ. »Was möchtest du heute Abend machen?«

Eddy kam zu ihr und beugte sich herunter, küsste ihren Nacken. Er schmatzte und kniff die Augen zusammen. »Salzig. Wie wäre es, wenn du rasch unter die Dusche springst, und dann bringe ich dich im Bett aufs Neue zum Schwitzen?«

Eddy schmeckte sicher selbst salzig, aber darauf wies sie ihn nicht hin. Es war ihr auch egal, denn sie war nicht in der Stimmung für Sex. Nicht, solange sie unangebrachte, körperliche Reaktionen an den Tag legte, sobald sie sich ihrem Ex näherte. Aber mehr war das auch nicht. Diese Reaktionen waren etwas Unwillkürliches, ausgelöst von Pheromonen oder sowas. Nichts, was sie kontrollieren konnte. Und sie wusste es inzwischen besser, wenn es um Wes ging. Sie beide passten einfach nicht zusammen.

Alles würde wieder in Ordnung kommen, wenn sie und Eddy erst geheiratet und Lake Tahoe verlassen hatten. Bis dahin musste sie eben damit leben, dass sie sich unbehaglich fühlte. »Ich würde es mir lieber mit dir auf dem Sofa gemütlich machen und fernsehen.«

»Baby, ich habe dir doch gesagt, dass ich morgen Abend mit den Jungs um die Häuser ziehe. Die sind ja auch nur für ein paar Tage in der Stadt, und ich reise übermorgen schon im Morgengrauen ab. Wenn wir die heutige Nacht nicht ausnutzen, wird es Wochen dauern, bis du das nächste Mal gevögelt wirst.«

Sie verdrehte die Augen. »Sind wir schon so lange zusammen, dass du nicht einmal mehr versuchst, um mich zu werben?«

Sein Mund öffnete sich zu einem stummen ›Was?‹

»Außerdem komme ich mit ein paar Wochen ohne Sex ganz gut klar. Du etwa nicht?«

Er atmete schnaubend aus. »Klar doch.« Er gab ihr einen Klaps auf den Hintern und verschwand ins Schlafzimmer. »Dafür habe ich zwei gesunde Hände.«

Kaylee ließ sich auf die Matratze sinken und zog die Schuhe aus, denn auch wenn sie nicht in der Stimmung war, eine Dusche würde sie trotzdem nehmen. »Das wird uns sogar guttun«, rief sie. »Dadurch wird die Hochzeitsnacht umso mehr etwas Besonderes.« Und Eddy würde sie hoffentlich etwas mehr zu schätzen wissen.

Im letzten Jahr hatte er nämlich ganz schön nachgelassen, wenn es darum ging, ihr das Gefühl zu geben, ihm wichtig zu sein. Wahrscheinlich war es normal, dass Paare sich nach einer Weile nicht mehr so viel Mühe gaben, aber Kaylee war ja bisher noch nicht einmal mit Eddy verheiratet. Und sie hatte einen Komplex, dass sie ihrem Partner nicht wichtig genug sein mochte.

»Wie bitte?«, rief er laut zurück. »Ich warte doch nicht ernsthaft so lange mit dem Vögeln!«

Vielleicht war es ja wirklich etwas viel verlangt, wenn sie von Eddy erwartete, die zwei Monate bis zu ihrer Hochzeit zu warten. Aber sie wollte nicht, dass ihre jetzige Beziehung ebenso endete wie die letzte. Sie wollte wertgeschätzt werden. Umso wichtiger schien es ihr, die immer noch nachklingenden Probleme mit Wes aus der Welt zu schaffen, damit sie sich danach ganz auf eine Zukunft mit Eddy einlassen konnte.

KAPITEL 3

Am folgenden Abend zog sich Wes den Schild seiner Baseballkappe tiefer ins Gesicht, bevor er die Fireside Lounge durchquerte und sich zu seinen vier Brüdern gesellte, die in der Ecke saßen und ebenfalls Baseballkappen trugen.

Er ließ sich in einen der gepolsterten Lounge-Sessel sinken, die aussahen, als wären sie aus rohem Holz gezimmert, aber tatsächlich aus leichtem Holzimitat bestanden, das zum eleganten Chalet-Stil des Clubs passte. »Wessen Idee war es eigentlich, diese Kappen aufzusetzen? Wir fallen damit doch nur noch mehr auf.«

»Brans Idee«, kommentierte Levi.

Levi war Wes' ältester Bruder und der Geschäftsführer von Club Tahoe, nachdem ihr Vater gestorben war. Und Levi hatte einen schweren Start in dieser Position gehabt. Es war ihm nicht leichtgefallen, in die Fußstapfen des Vaters zu treten, nachdem er jahrelang als Feuerwehrmann gearbeitet hatte. Aber seine Freundin Emily, die als seine Assistentin angefangen hatte, erleichterte ihm den Übergang ins Management.

Emily Wright hatte es echt drauf. Sie war eine schlanke Blondine, ließ sich aber absolut nichts vormachen. »Wo ist deine hübsche Sklaventreiberin?«, wollte Wes wissen.

Levi versuchte, sein Lächeln zu verbergen. »Hör auf, meine Freundin so zu nennen.«

»Was? Wieso?«, konterte Wes. »Die Frau ist ein hartnäckig harter Knochen.«

Levi lachte leise. »Vielleicht solltest du einfach mal versuchen, netter zu ihr zu sein.«

Wes lehnte sich zurück und wies mit dem eigenen Daumen auf seine Brust. »Ich bin der perfekte Gentleman.«

»Außer, wenn du versuchst, eine Frau fürs Bett aufzureißen«, mischte sich Bran von seinem Platz am Tisch ein. Er nippte an seinem Bier und hatte den Schirm seiner Kappe ganz tief in die Stirn gezogen.

Wes mochte in den letzten Jahren mit ein paar Weibern geschlafen haben, na und? Okay, er hatte so oft wie möglich gevögelt, na schön. Nichts betäubte das Hirn besser als ein heißer, schmutziger Orgasmus. »Diese blöden Kappen waren also deine Idee?«

Bran war der Hübsche unter ihnen. Im Grunde brauchte keiner der Brüder Hilfe, um eine willige Frau zu finden, aber die Mädels warfen sich Bran gleich reihenweise an den Hals. Was echt verrückt war, wenn man bedachte, dass er keinen Schimmer hatte, wie das vorgeblich schwache Geschlecht tickte. Bran merkte überhaupt nicht, wenn ihn eine Frau anzumachen versuchte.

Jetzt zog er die Brauen zusammen. »Die sollten dafür sorgen, dass wir weniger Aufmerksamkeit erregen. Seit

Adams Verlobungsfeier ist es hier, als wären wir alle zum Abschuss freigegeben.« Er ließ sich tiefer in den Sessel sinken, was gar nicht so einfach war. Wes und seine Brüder waren alle über 1,85 groß.

Adam, Wes' zweitältester Bruder, hatte erst vor Kurzem seine aufwendige Verlobungsfeier im Club veranstaltet. Allerdings hatte die stattgefunden, als Levi noch ganz schön mit allem zu kämpfen gehabt hatte, insbesondere mit seinen Gefühlen für Emily. Und als Hunt, der jüngste der Brüder, Emily auf der Party geküsst hatte, um Levi zu provozieren, war dieser total ausgerastet und hatte mitten im festlichen Getümmel eine Prügelei angefangen.

Adam schob seinen Mützenschild hoch und schenkte Levi einen genervten Blick. Er trug einen Anzug und kam augenscheinlich direkt von der Arbeit im Blue Casino, einem ihrer Konkurrenten in der Stadt. »Da wir gerade von meiner Verlobungsparty sprechen, nur weil Hayden dir verziehen hat, bedeutet das ja noch lange nicht, dass ich dir auch verzeihe. Du schuldest mir etwas für diese dumme Schlägerei, Levi. Mit der Gratis-Verpflegung meiner Hochzeitsfeier im Frühjahr würde ich mich zufriedengeben.«

Levi schüttelte den Kopf. »Für 400 Gäste? Das ist ein bisschen happig, findest du nicht?«

Adam zuckte die Achseln. »Du kannst es dir doch leisten.«

Levi brummte. »Hunt hätte seine verdammten Lippen von meiner Freundin lassen sollen.«

Hunt hob die Hände und zeigte ihm die Handflächen. Er trug seine Baseballkappe mit dem Schirm nach hinten, dazu ein T-Shirt mit dem Logo von Club Tahoe und eine Jeans. Er war am legersten von allen gekleidet, da er für das Dock und den Strandbereich zuständig war und ebenfalls von dort von der Arbeit kam. »Zu diesem Zeitpunkt war sie noch nicht deine Freundin. Und ich habe mich entschuldigt.«

Unnötig zu erwähnen, dass Adam nach wie vor sauer auf Levi und Hunt war, auch weil der Tratsch nach jenem Abend unerträglich geworden war. Levi hatte sich zunächst Sorgen gemacht, dass ihr peinlicher Ausrutscher schlecht fürs Geschäft wäre, aber stattdessen war seither eher noch mehr los im Club. Zumindest die weibliche Bevölkerung kam in Scharen.

Die Frauen aus der Gegend wussten nur allzu gut Bescheid über die fünf wohlhabenden Brüder, denen Club Tahoe gehörte und die das schicke Resort gemeinsam leiteten. Das war ja auch erst einmal gut, weil es jeden Aufriss viel leichter machte. Wes brauchte eine Frau kaum mehr als anzulächeln, und schon zerrte sie ihn in ihr Bett.

Seit der Verlobungsfeier gab es allerdings richtiggehende Groupies, die sich in der Lounge herumtrieben, um einen Blick auf ihn und seine Brüder zu erhaschen. Oder einen von ihnen abzuschleppen. Wes hatte absolut nichts dagegen, aber einige seiner Brüder fanden das Ganze nicht so toll – Levi und Adam, die inzwischen beide vergeben waren. Und Bran, der Trottel, dem zu viel Aufmerksamkeit dieser Art aus irgendeinem Grund sehr unangenehm war.

Das wäre ja eine vollkommen nachvollziehbare Reaktion, wenn Bran schwul wäre. Aber nein, er fühlte sich lediglich unwohl in Gegenwart aggressiver Frauen. Wes dagegen liebte deren Aufmerksamkeit. Aggressive Frauen machten es einem so viel leichter, von A – der Unterhaltung – nach B – ins Bett – zu gelangen, ganz ohne Umwege und Sackgassen.

Ab und an verabredeten sich Wes und seine Brüder, irgendwo anders Bier zu trinken und die Lounge zu meiden, aber das war häufig zu umständlich. Die bescheuerten Kappen waren Brans vergeblichem Versuch, unauffällig hier sitzen zu können, geschuldet.

In der Nähe schlug eines der Groupies gewandt die Beine übereinander und blickte provokativ in Wes' Richtung. »Netter Versuch, aber diese Mützen bringen gar nichts.« Sein Blick blieb an einer gutaussehenden Brünetten hängen, die gerade die Lounge betrat. Sie trug ein schwarzes Kleid, das ihre Kurven betonte, und sein süffisantes Grinsen erstarb. »Was zur Hölle macht sie denn hier?«

Levi sah hinüber. »Ist das nicht deine Exfreundin? Kaylee, richtig?«

Wes starrte auf den Tisch hinunter und nahm sein Bier in die Hand. Er trank einen tiefen Schluck, aber dann huschte sein Blick erneut zu Kaylee, die immer noch in der Nähe des Eingangs stand.

Das war doch alles nicht normal. Dass er Kaylee Golfstunden gab. Dass sie plante, ihre Hochzeit hier im Club zu feiern.

Hunt lehnte sich vor, stützte sich auf seine Unterarme und legte den Kopf schief. »Hübsch. Ist sie noch zu haben?«

Wes bedachte ihn mit einem Todesblick.

Hunt lachte leise. »Ich frag' doch nur.«

»Sie ist *verlobt*. Sonst wäre mir völlig egal, was du anstellst.«

Hunt hustete demonstrativ in seine hohle Hand. »Blödsinn.«

Wes mochte verquere Gefühle für Kaylee hegen, aber er *wollte* sie nicht. Er wollte lediglich wissen, warum sie hier war.

Und er hatte jetzt auch genug von diesem ganzen Blödsinn. Es war an der Zeit, dass er es herausfand. Wes erhob sich, und Adam sprang ebenfalls auf.

»Immer schön langsam«, mahnte er. »Wir können uns nicht noch eine Schlägerei im Club leisten.«

Wes verdrehte die Augen. »Kein Grund zur Panik. Ich gebe Kaylee Golfunterricht. Ich muss sie bloß kurz etwas fragen.«

»Und wieso siehst du dann aus, als wolltest du jemandem den Kopf abreißen?«

»So sehe ich immer aus«, erwiderte Wes und marschierte zu Kaylee hinüber, die sich in der Lounge umschaute, als suche sie jemanden.

Als Wes sich ihr näherte, tauchte der Blödmann hinter ihr auf und legte seinen Arm um ihre Taille.

Kaylee versteifte sich sichtlich. »Ich bin nur hier, um mich von Eddy zu verabschieden.«

Ihr Verlobter blickte fragend auf sie hinab – höchstwahrscheinlich, weil Wes die reine Mordlust ausstrahlte. »Alles in Ordnung?«

»Aber natürlich«, versicherte Wes. »Sie macht gute Fortschritte, mit Bellas Unterstützung.«

Kaylee schenkte Wes einen halbherzig finsteren Blick.

Sie konnte sich nicht darüber freuen, dass er ihr eine Fünfjährige vor die Nase setzte, die ihr beibringen sollte, wie man einen Golfschläger schwang. Aber wenn sie seine Hilfe wollte, würde sie sich wohl oder übel mit seiner Taktik abfinden müssen. Außerdem war Bella wirklich in der Lage, sie auf dem Platz fertigzumachen, also war das Ganze sicher keine so schlechte Idee.

»Da haben wir ja wieder diese Bella«, stellte der Blödmann fest. »Wer ist sie?«

»Niemand«, erwiderte Kaylee, während Wes gleichzeitig antwortete: »Mein Schützling.«

Ihr Verlobter nickte. »Toll. Dann muss sie ja richtig gut sein.«

Kaylee löste sich von ihrem Blödmann und berührte Wes am Ellbogen. »Warum unterhalten wir uns nicht in der Lobby? Eddy verbringt den heutigen Abend mit seinen Kumpels. Ich sollte mich also sowieso auf den Weg machen.«

»Gute Idee, Baby.« Eddy lehnte sich zu ihr hinüber und küsste Kaylee auf die Wange.

Wes' Atem ging schneller, und er fühlte sein Herz in seiner Brust hämmern. Er ging davon, bevor er etwas Dummes tun konnte, zum Beispiel Kaylees Verlobten ohne guten Grund anzugreifen.

Wes wartete bei einer der Sitzgruppen in der Lobby auf Kaylee. Er setzte sich und breitete die Arme auf der Rückenlehne der samtenen Couch aus, legte ein Bein auf das andere, Knöchel über Knie. Entspannt war er, ganz entspannt. Seine Exfreundin brachte ihn nicht auf die Palme. Er war ein Mann, der die Kontrolle über sich behielt.

Kaylee trat in die Lobby hinaus und sah sich bedächtig um, bis ihr Blick seinen traf. Sie kam zu ihm, und Wes konnte nicht umhin, sie bewundernd zu betrachten.

Immer noch verflucht wunderschön. Sie raubte ihm immer noch den Atem.

Aber diesen Mist konnte er abschalten, wegschieben. Denn er wollte sie nicht bewundern, brauchte den Ärger nicht.

Kaylee nahm ihm gegenüber auf der Kante des anderen Sofas Platz, presste die Beine zusammen und winkelte sie seitlich an. »Worüber wolltest du mit mir sprechen?«

Als wüsste sie das nicht. »Warum bist du wirklich hier?«

Sie wurde rot. »Ich ... Du weißt doch, wieso ich hier bin. Ich möchte im Resort heiraten, und Eddy möchte, dass ich Golfstunden nehme. Mit Bellas Coaching treffe ich vielleicht bis zur Hochzeitsreise tatsächlich mal einen Ball.« Ihre Lippen verzogen sich zu einem sarkastischen Grinsen, aber es wirkte gezwungen.

Wenn Wes es nicht besser wüsste, würde er glauben, dass sie etwas vor ihm verbarg. »Stört es dich, dass ich Bella abgestellt habe, um dir den Weg zu weisen?«

»Bella ist zuckersüß und ermutigt mich ständig. Allerdings ist mir völlig klar, warum du sie mir vor die Nase gesetzt hast.« Sie schenkte ihm einen pointierten Blick.

»Weil sie dir noch was beibringen kann?«

»Weil du mich demütigen willst ... Und ich verstehe, wo dieser Zorn herkommt.« Sie verschränkte die Finger ineinander, bis die Knöchel weiß wurden. »Zum Teil bin ich auch deswegen hier.«

Jetzt machten sie endlich Fortschritte. Denn Kaylee war ganz sicher nicht in den Club Tahoe gekommen, um zu heiraten. Ihre Familie kam aus einer Kleinstadt, hatte aber viel Geld. Sie könnte in jedem schicken Resort heiraten und brauchte nicht ausgerechnet den Club. »Rede weiter.«

Kaylee schluckte. »Mir hat das nie gefallen, wie die Sache zwischen uns geendet hat. Aber damals war ich nicht in der Verfassung, mit dir darüber zu sprechen. Ich hatte gehofft, dass ich das jetzt tun kann.«

Wes gab sich alle Mühe, kühl und ruhig zu bleiben, aber das Adrenalin floss ihm noch immer durch die Adern, und er wollte sie anfahren, sie solle sich die Floskeln sparen und endlich rausrücken mit der Sprache, ihm sagen, was sie vor ihm verborgen hatte. Er brauchte das, er musste die Wahrheit wissen. Er wollte sein Leben wiederhaben. Adam hatte recht gehabt: Wes war stocksauer.

Er hatte geglaubt, dass er das alles längst hinter sich gelassen hätte, aber je mehr Zeit er mit Kaylee verbrachte, desto klarer wurde ihm, dass sie ihn auf eine ganz grundlegende Art und Weise ruiniert hatte. Das war es, was er ihr nicht verzeihen konnte. »Dann rede.«

Sie stieß frustriert den Atem aus. »Und genau darum habe ich gewartet und gezögert, den Mund aufzumachen.« Kaylee löste ihre verkrampften Hände und gestikulierte zornig in seine Richtung. »Ich werde nicht mit dir reden, während du mich so feindselig ansiehst. Was ich zu sagen habe, ist wichtig.«

Er verschränkte die Arme und ließ den Fuß vom Knie gleiten, stellte ihn auf den Boden. Es hatte ihn verärgert, mitansehen zu müssen, wie ein anderer Mann Kaylee küsste, auch wenn es nur ein Kuss auf die Wange gewesen war. Und der Gedanke an die Vergangenheit half auch nicht gerade. Andererseits war er auch vorher schon wütend gewesen. Er war eigentlich die ganzen letzten vier Jahre ein genervter, verärgerter Esel gewesen. »Du ziehst es bloß unnötig in die Länge. Sag' mir doch einfach, was du mir sagen willst, und dann geh woanders heiraten.«

Kaylee zuckte heftig zurück. »Ich will im Club Tahoe heiraten, weil es hier so schön ist, nicht weil er dir gehört.«

»Sicher doch.«

Sie schüttelte den Kopf. »Das hier war ein Fehler. Wenn ich jetzt versuche, dir alles zu erklären, wirst du mir nicht zuhören.« Sie erhob sich abrupt.

»Wo willst du denn hin?« Er wollte ebenfalls aufspringen und sie festhalten, blieb aber sitzen und versuchte, ruhig zu erscheinen, auch wenn sein Kopf vor Zorn pochte.

»Nach Hause.« Sie machte eine Handbewegung in Richtung der Lounge. »Eddy hat Pläne mit seinen Freunden. Er fährt bei Tagesanbruch weg, zu einer langen Geschäftsreise. Ich bin nur hergekommen, um mich von ihm zu verabschieden.«

Wes verzog verwirrt das Gesicht. Er kochte immer noch, weil sie sich plötzlich weigerte, über die Vergangenheit zu reden, aber etwas, das sie gerade gesagt hatte, lag ihm quer. »Dein Verlobter verbringt seinen letzten Abend in der Stadt ... mit seinen Kumpels?«

Sie kniff die Augen zusammen. »Erlaube dir ja kein Urteil über mich, Wes Cade. Eddy ist immer für mich dagewesen. Was ich von dir nicht behaupten kann.«

Da war sie wieder, die trotzige Frechheit, an die er sich noch erinnerte. So war sie auch auf dem College gewesen. Auch wenn sie ihr Feuer jetzt gegen ihn richtete. Andererseits war dieser Teil von ihr auch früher nur dann zum Vorschein gekommen, wenn sie allein miteinander waren. Für den Rest der Welt – und auch für ihn, bis er sie besser kennengelernt hatte – schien sie schüchtern und lieb. Offenbar war es Wes, der das Feuer in ihr entfachte. Was gut funktioniert hatte, wenn sie beide miteinander allein gewesen waren, aber in dieser Situation war es keine gute Idee, die Flammen zu nähren.

Scheiß auf ruhig und gelassen. Er sprang auf und beugte sich zu ihr hinab, bis ihre Gesichter nur noch wenige Zentimeter voneinander entfernt waren. »Hast du mich deswegen verlassen? Herrgott, Kaylee, ich hatte das größte und wichtigste Turnier meines Lebens vor mir. Ich hatte nicht viel Zeit für irgendwas anderes, aber wenn du etwas gebraucht hast, hättest du mir das doch einfach sagen können.«

»Was ich gebraucht habe, war mehr, als du zu geben fähig warst.«

Waren das Tränen in ihren Augen? »Das kannst du doch gar nicht wissen.«

Sie schluckte. »Mit Sicherheit wusste ich es damals nicht, nein. Aber ich machte mir Sorgen, wie du reagieren würdest. Ich war durcheinander. Ich hatte Angst.«

Sie hatte ihn damals recht gut gekannt. Dennoch … »Das ist Jahre her. Wieso erzählst du mir nicht einfach, was du schon damals hättest sagen sollen? Nach all dieser Zeit sollte es doch keine Rolle mehr spielen, wie ich darauf reagiere. Du heiratest bald, und ich habe dich mehr als hundertmal hinter mir gelassen.«

Sie zuckte zusammen.

Na gut, das war unnötig harsch gewesen.

»Ich … Nein«, wehrte sie ab. »Das ist falsch. Vergiss

es.« Sie drehte sich auf dem Absatz um und wollte verschwinden.

Wes packte sie am Arm. »Zur Hölle, nein.«

»Ist hier bei euch alles in Ordnung?« Eddy trat aus der Lounge auf sie zu, blickte von Kaylee zu Wes und dann auf seine Hand, die ihren Arm festhielt. »Ich wollte dich raus zum Auto begleiten.«

»Ich war gerade auf dem Weg nach draußen«, sagte sie und machte sich los. Das war nicht besonders schwer, denn Wes hatte sie nicht wirklich sehr festgehalten.

Der stopfte jetzt die Hände in die Hosentaschen und bemühte sich um einen neutralen Gesichtsausdruck, nickte Eddy zu. Er sah zu, wie die beiden zum Ausgang gingen, Kaylee mit steifem, kerzengeradem Rücken und Eddy mit seinem schleimigen Arm um ihre Schultern.

Ihr Verlobter würde morgen auf Geschäftsreise gehen? Gut so. Dann wäre Kaylee nicht mehr in der Lage, einfach so zu verschwinden. Wes hätte alle Zeit der Welt, endlich herauszufinden, wieso sie hier war. Niemand würde sie dabei unterbrechen, und *dann* konnte sie verschwinden.

Denn Wes konnte sich unmöglich auf sein Qualifizierungsturnier vorbereiten, wenn er weiterhin so angespannt war wie in den letzten Tagen – seit sie zum ersten Mal hier aufgetaucht war.

KAPITEL 4

Nachdem Kaylee mit ihrem Verlobten gegangen war, kehrte Wes zum Tisch seiner Brüder zurück, zog sich mit einem Ruck einen der Sessel heran und ließ sich hineinfallen.

»Wie lief das Gespräch mit der Ex?«, fragte Levi sarkastisch.

Der Arsch. Levis neue Freundin war die kleine Schwester seiner früheren Freundin. Himmel, war das ein Riesenthema gewesen. Wahrscheinlich fand Levi die Situation, in der sich Wes nun befand, furchtbar amüsant, weil zur Abwechslung nicht er selbst auf dem heißen Stuhl saß.

»Gut.« Wes winkte die Kellnerin heran. Er brauchte noch ein Bier. Oder besser einen Shot und ein Bier.

»Und was geht da jetzt?«

»Da geht gar nichts. Ich versuche bloß herauszufinden, wieso sie plötzlich in meinem Resort auftaucht.«

Hunt spielte mit einem Kronkorken auf dem Tisch. »In unserem Resort. Und sie ist nicht zufällig das

Mädchen, mit dem du auf dem College zusammenwarst, oder?«

Wes warf ihm einen raschen Blick zu. »Woher weißt du denn das jetzt?«

Hunt zuckte die Achseln. »Sie war deine letzte Freundin, mit der du es ernst gemeint hast. Und sie war heiß. So eine vergisst man nicht so leicht. Allerdings hat sie sich die Haare abgeschnitten.« Hunt starrte an Wes vorbei, so als suche er den Raum nach ihr ab.

»Sie ist immer noch heiß«, erwiderte Wes. Das würde nicht helfen, seine blöden Brüder davon abzubringen, weitere dumme Fragen zu stellen.

»Wirst du versuchen, sie nochmal zu vögeln?«, wollte Hunt wissen.

»Zum Teufel, nein. Und sprich nicht so über sie.« Wes bestellte bei der Kellnerin noch ein Bier und einen Shot und wandte sich dann wieder Hunt zu. »Kaylee und ich haben noch eine Rechnung offen, das ist alles. Sie will mir irgendeinen Scheiß erklären und dann ist sie wieder verschwunden. Sie versaut mir die Konzentration, wenn ich golfe.«

Bran stöhnte und knibbelte das Etikett von seiner Bierflasche ab. »Hör auf, dem armen Mädchen die Schuld dafür zu geben, dass dein Spiel für die Tonne ist. Sie kann doch nichts dafür.«

»Von wegen, Alter.« Die Kellnerin stellte das Shotglas vor ihm ab, und er kippte den Kurzen hinunter.

Emily, Levis Freundin, schlich sich von hinten an Levi heran und hielt sich den Zeigefinger vor die Lippen. Dann legte sie ihm die Hände über die Augen.

Levi grinste und griff nach hinten, packte Emilys Beine, die in einem dunklen, schmal geschnittenen Rock steckten. Sie war ein richtiger Workaholic und hatte wahrscheinlich gerade erst Feierabend gemacht.

»Emily ...« Levi sprach ihren Namen wie einen langgezogenen, wohligen Seufzer aus.

Sie lachte und nahm die Hände runter. »Woher hast du gewusst, dass ich es bin?«

Levi schlang einen Arm um ihre Taille und zog sie auf seinen Schoß. »Ich habe es gerochen.« Er wackelte mit den Augenbrauen.

Wes fletschte geradezu die Zähne. Wirklich? Musste das ausgerechnet jetzt sein?

Er warf Hunt einen Blick zu, der ebenfalls die Augen verdrehte.

Adam dagegen starrte Wes unverwandt an. »Was, wenn Kaylee dich immer noch liebt?«

Wes verschluckte sich an seinem Bier. »Was?!«

Adam lehnte sich in seinem Sessel zurück und verschränkte die Arme vor der Brust, die Ärmel seines Anzughemds bis zu den Ellbogen hochgekrempelt. »Ist doch möglich. Vielleicht ist sie deswegen hier.«

»Mit ihrem Verlobten im Schlepptau? Das glaube ich kaum. Und selbst wenn du recht hättest, wen würde das jucken? Es würde überhaupt nichts ändern.« Aber das war gelogen.

Es würde eine Menge bedeuten.

All die Jahre hatte Wes geglaubt, dass Kaylee ihn schlicht nicht mehr geliebt hatte. Eben hatten sie noch über die Zukunft gesprochen, im nächsten Augenblick fiel er auf die Schnauze, weil sie ihn so unvermittelt verlassen hatte. Wenn er ihr also immer noch etwas bedeutete, würde das zwar die Dinge nicht ändern ...

aber seinen Zorn über die Vergangenheit doch ein wenig besänftigen.

»Wer ist denn Kaylee?«, wollte Emily wissen, bevor sie einen Schluck aus Levis Flasche nahm.

»Wes' Exfreundin«, erklärte Levi.

Emily legte die Stirn in Falten. »Wes hatte eine Freundin?«

»Ja, ich hatte auch schonmal eine Freundin«, mischte Wes sich ein. »Ist das so schwer zu glauben?«

»Naja ... schon irgendwie«, gab sie zu. »Seit ich hier angefangen habe zu arbeiten, habe ich dich mit Dutzenden von Frauen nach Hause gehen sehen. Ich kann mir dich gar nicht monogam vorstellen. Hast du sie betrogen?«

Wes stellte sein Bier mit einem lauten Knall auf den Tisch. »Nein, ich habe sie nicht betrogen. Was soll das? Ist heute ›Schlagt-alle-auf-Wes-ein‹-Abend oder was? Können wir das Thema jetzt bitte fallenlassen?«

Adam sah Bran an, der Levi ansah.

»Nee«, krähte Hunt grinsend dazwischen. »Ich amüsiere mich gerade großartig.« Er nickte in Richtung einer schönen Frau aus der Groupie-Fraktion, die schon die ganze Zeit zu ihnen herüberstarrte. »Diese Frau hat dich im Visier, seit du von deiner kleinen Aussprache mit Kaylee zurück bist. Wieso gehst du nicht rüber und quatschst mit ihr?«

»Ich bin nicht in der Stimmung.«

Hunt schlug mit der flachen Hand auf die Tischplatte. »Ich wusste es!« Dann hob er triumphierend die Arme. »Wes ist scharf auf seine Ex. Wer will mit mir darauf wetten?«

Bran schüttelte den Kopf. »Lass ihn doch in Ruhe.«

»Nur, weil mir heute Abend nicht nach weiblicher Gesellschaft zumute ist«, moserte Wes, »heißt das ja noch lange nicht, dass ich meine Ex zurückwill.«

»Echt nicht?« Hunt blickte an ihm vorbei. »Dann stört es dich auch nicht, dass ihr Verlobter gerade im Begriff ist, die Blondine da drüben aufzureißen?« *Was zum Teufel?* Sein Kopf fuhr herum.

Und tatsächlich, Eddy stand mit seinen Freunden zusammen und hatte eine Hand auf dem Hintern der besagten Frau. Er flüsterte ihr etwas ins Ohr und blickte sich dann um.

Wollte er sichergehen, dass ihn niemand beobachtete?

Wes hätte wetten mögen, dass Kaylee ihrem Verlobten längst nicht alles über ihre Vergangenheit mit Wes erzählt hatte. Exfreunde waren immer eine mögliche Konkurrenz, und Eddy wäre vorsichtiger mit dem Aufriss in der Lounge, wenn er wüsste, dass Wes und Kaylee sich einmal sehr nahegestanden hatten. Aber der Kerl machte sich ganz offen an die Frau heran und sorgte sich offenbar nicht die Bohne, nachdem seine Verlobte nach Hause gefahren war.

Aber Eddy war auch nicht ganz blöd. Bevor Kaylee gegangen war, hatte er sie wie selbstverständlich in Wes' Gegenwart berührt und so sein Revier markiert. Und jetzt sah sich der Spinner auch alle zehn Sekunden um, während er der Frau noch mehr Unsinn ins Ohr flüsterte. Wollte wahrscheinlich sichergehen, dass der neue Golf-lehrer seiner Zukünftigen ihn nicht womöglich beob-achtete.

Vielleicht waren die Baseballkappen ja doch effektiver, als Wes dachte? Denn Eddy entging offenbar völlig, dass Wes ihn aus der Ecke ganz genau im Blick behielt.

Wes und seine Brüder saßen ganz hinten, ein wenig versteckt, was Brans Wunsch nach Unauffälligkeit geschuldet war, aber als Eddy in ihre Richtung sah, senkte Wes den Blick und starrte auf die Tischplatte. Als er wieder aufsah, glitt Eddy gerade zum Seitenausgang hinaus, und er war nicht allein.

»Dieser Wichser.« Wes' Kiefermuskeln arbeiteten. »So ein Arschloch.«

»Möchte irgendjemand wetten?«, wiederholte Hunt. »50 Dollar, dass Wes und Kaylee bis Ende der Woche wieder zusammen sind.«

Wes ignorierte seine Brüder, obwohl er am Rande mitbekam, dass sie allen Ernstes Wetten abschlossen. Idioten.

Er wartete und sah alle paar Sekunden zur Tür, ob Kaylees Verlobter zurückkäme. Das Geschnatter in der Lounge verschwamm zu einem Brummen, einem weißen Hintergrundrauschen. Wes konnte sich auf keine einzelne Unterhaltung konzentrieren. Nicht, solange dieser Mist mit Kaylees Verlobtem im Gange war.

Es dauerte ganze 22 Minuten, bis der Blödmann wieder hereinkam, und als es soweit war, hing ihm das zugeknöpfte Hemd unordentlich aus der Hose, und er wischte sich fremden Lippenstift vom Mund. Die Frau, mit der er hinausgegangen war, betrat die Lounge direkt nach ihm. Ihr Haar war durcheinander. Sie sagte etwas zu den anderen und verschwand dann in Richtung Damentoilette.

Einer von Eddys Kumpels zeigte auf seinen Hosenstall. Eddy lachte, drehte sich weg und zog sich rasch den Reißverschluss hoch.

»Verdammter Wichser.«

»Ja«, sagte Hunt mit Blick auf Wes. »Genau das habe ich mir gedacht.«

Wes schnappte sich die Bierflasche vom Tisch. »Ist nicht mein Problem.«

Emily saß inzwischen in einem eigenen Sessel und nippte an einem Gin Tonic, aber Levi hatte ihren Sessel nah an seinen herangezogen und sein Bein daran gelehnt. »Warte mal.« Sie starrte den Blödmann an. »Den kenne ich doch. Er und seine Verlobte waren bei mir, um über ihre Hochzeit zu sprechen. *Sie* ist deine Exfreundin?«

Wes zuckte verhalten die Achseln.

Emily verzog abfällig ihre hübschen Lippen und beugte sich vor. »Ich glaube, die Frau hat ihm gerade einen geblasen. Er hat Lippenstiftflecken an der Hose.«

Hunt lachte leise. »Das stand doch von vorneherein fest.«

»Das ist so krank.« Emily starrte Wes an. »Du musst deiner Exfreundin davon erzählen.«

Wes seufzte. Er wollte Eddy seine Faust ins Gesicht rammen. Aber es Kaylee erzählen?

Nein. Keine gute Idee.

Zwischen ihnen stand es ein bisschen besser. Zumindest, wenn sie mit Bella auf dem Golfplatz waren. Aber ihr Gespräch vorhin hatte die Spannungen an die Oberfläche gebracht, die nach wie vor bestanden.

Na gut, das ging größtenteils von ihm aus. Er war sauer, und das wusste sie. Wenn Wes etwas über ihren Verlobten sagen würde, glaubte sie ihm womöglich nicht.

Trotzdem, was hier abging, war echt mies.

Vielleicht hatte Emily recht. Vielleicht hatte auch Bran recht. Die Vergangenheit war vorbei. Kaylee wollte mit ihm reden, aber er hatte sich ihr gegenüber wie ein Arsch verhalten, und nun fühlte sie sich nicht mehr sicher, ob sie sich öffnen sollte.

Er fuhr sich mit den Fingern durchs Haar. Als Freundin war sie echt toll gewesen ... bis zum Ende. Und er hatte sie geliebt.

Er konnte sich nicht vorstellen, ihr ins Gesicht zu sagen, dass ihr Verlobter sie betrogen hatte, aber er konnte zumindest versuchen, etwas netter und umgänglicher zu sein. Das hatte sie verdient.

KAPITEL 5

Zur ausgemachten Zeit machte Wes sich auf den Weg zum Übungsplatz. Kaylee und Bella waren schon da, und seine Musterschülerin zeigte Kaylee gerade, wie sie ihre Haltung für den Rückschwung verbessern konnte.

Bella schüttelte den Kopf. »Nicht so, Kaylee. Schau mir nochmal zu.« Mit ihrem kleinen Schläger führte Bella die Ausholbewegung perfekt vor.

Kaylee hob ihr Achter-Eisen und versuchte, es Bella nachzumachen, aber der Winkel ihres Schwungs stimmte nicht ganz.

Bella legte ihren Schläger beiseite und sprang auf, wollte Kaylees Schläger höher und ein wenig nach links schieben, aber sie war zu klein, um richtig heranzukommen.

»Ich mach das«, sagte Wes.

Kaylee fuhr herum und blickte ihn argwöhnisch an. »Ich war nicht sicher, ob du heute kommen würdest.«

Er berührte ihren Ellbogen, und sie zuckte zurück. Ihre grünen Augen weiteten sich.

Wes schluckte und ignorierte den wohlbekannten, klaren Duft, den sie verströmte – und auch die Hitze, die seinen Körper entflammte, wenn sie in der Nähe war. Er hob den Schläger in die korrekte Position. »Halt' ihn so«, befahl er und trat dann zurück. »Versuch es noch mal.«

Sie befolgte seinen Rat, und diesmal war ihre Haltung gar nicht schlecht.

Er nickte. »Gut. Und jetzt zieh ihn zehnmal hintereinander genauso zurück. Dann mach einen kompletten Übungsschwung.«

Kaylee trainierte das Ausholen, und Wes wandte sich Bella zu. Er ging in die Hocke, um auf Augenhöhe mit ihr zu sein. »Was ist denn los? Du hast doch erst später Unterricht.«

Bella verschränkte die schmalen Ärmchen und machte einen Schmollmund. »Meine Eltern sind im Casino. Sie haben gesagt, ich soll spielen gehen. Ich will aber nicht spielen. Ich will bei dir bleiben.« Sie schien besorgt und aufgewühlt.

Wes warf Kaylee einen Blick zu, denn sie hatte zu üben aufgehört und starrte zu ihnen herüber. Er konzentrierte sich auf Bella. »Du kannst bei mir bleiben. Wir geben Kaylee ein paar Tipps, okay? Aber irgendwann nachher musst du nochmal rübergehen und deinen Eltern sagen, wo du bist.«

Bella nickte enthusiastisch und rannte davon, um ihre Schläger vom anderen Ende der Driving Range zu holen.

Kaylee übte ihren Rückwärtsschwung, und der sah schon sehr viel besser aus als alles, was sie abgeliefert hatte, seit er sie zum ersten Mal mit einem Schläger in der Hand gesehen hatte. »Das war echt lieb von dir«, kommentierte sie, ohne zu ihm rüberzuschauen.

Wes sah sich um, ob Bella nicht in der Nähe war. »Ihre Eltern sind Arschlöcher. Bella ist ein liebes Kind.«

Kaylee nickte, aber ihre Schultern waren jetzt wieder verkrampft, und das wirkte sich auf die Art aus, wie sie den Schläger hielt. Und es schien seine Gelegenheit zu sein, sich etwas netter zu geben. »Alles in Ordnung?«

»Bestens.« Sie holte zu einem weiteren Übungsschwung aus. »Ich bin bloß froh, dass Bella dich hat. Daran wird sie sich erinnern, weißt du? Es macht auf lange Sicht einen Unterschied, dass du für sie da warst.«

Er war es nicht gewöhnt, für irgendjemanden da zu sein, abgesehen von seinen Brüdern. Und früher auch für Kaylee. Obwohl sie gesagt hatte, er sei damals nicht für sie dagewesen, also irrte er sich womöglich.

Er verschränkte die Arme und stellte sich breitbeinig hin, beobachtete ihre Schwungbewegung. »Du hebst den vorderen Fuß und beugst den Ellbogen zu weit.«

Er zeigte auf ihren Ellbogen und machte ihr mit der Beugung seines eigenen Armes vor, wie sie den Schläger halten sollte. »Konzentriere dich auf drei Dinge: die Höhe und Position, aus der du ausholst, den Fuß unten und den Ellbogen gerade zu lassen. Ich bin in einer Minute zurück.«

Er ging zu Bella, um nach ihr zu sehen, aber seine Gedanken wirbelten wirr durcheinander, und die Panik machte sich wie ein Fausthieb in seiner Brust breit. Das war genau die Art von Mist, die ihn damals zu Kaylee hingezogen hatte. Die meisten Menschen hätten sich keine weiteren Gedanken um Bellas Situation gemacht. Es schien zwar nicht, als würde sie von ihren Eltern misshandelt, aber das kleine Mädchen war mindestens einsam. Und Kaylee hatte das erkannt und machte sich Sorgen um Bella.

Wes dagegen konnte sich aufgrund seiner eigenen Kindheit nur allzu gut in Bella hineinversetzen. Tote Mutter, abwesender Vater. Die Freundschaft, die sich zwischen Kaylee und Bella entspann, die Art und Weise, wie sie sich offensichtlich Gedanken um die Kleine machte ... Wes wollte sich gar nicht daran erinnern, wie lieb und gütig Kaylee sein konnte – und ebenso wenig an all die anderen Dinge, wegen derer er sich in sie verliebt hatte.

Er war in einer Villa aufgewachsen und in einem Resort alleingelassen worden. Einsamkeit hin oder her, Wes war es gewohnt zu bekommen, was er wollte. Und diese Selbstsicherheit hatte er auch bei Frauen an den Tag gelegt. Aber wann immer sein Ego auf dem College zum Höhenflug ansetzte und er es übertrieb, hatte Kaylee ihn entweder zur Rede gestellt oder ausgelacht.

Ihn ausgelacht.

Das hatte gereicht, um sein Ego im Zaum zu halten. Und er hatte um sie geworben, bis sie die Seine geworden war.

Wes' körperliche Reaktion auf sie war überwältigend intensiv gewesen. Kaylees Schönheit, ihr großes Herz und ihre freche Art hatten dazu geführt, dass er sich schnell und heftig in sie verliebt hatte. Bis sie ihn gehenließ.

Wenn Wes Kaylee nicht kennen würde – wenn sie schlicht irgendeine Frau wäre, die wegen Golfstunden zu ihm gekommen wäre, mit ihrer Schönheit und Güte – dann hätte er sich richtig ins Zeug gelegt, um sie für sich zu gewinnen.

Aber Kaylee war seine Ex. Sie war verlobt. Und was

noch wichtiger war, sie hatte sein Herz gebrochen, auch wenn er das ihr gegenüber niemals zugeben würde.

Wes traute Kaylee nicht über den Weg. Und was sie einmal verbunden hatte, war schon vor langer Zeit zerstört worden. Es gab keine Verbindung mehr, und was immer sich da in seiner Brust regte, sollte sich besser gleich wieder beruhigen. Denn er würde ihr ganz sicher keine zweite Chance geben.

———

WES SAH GANZE zwei Stunden zu, während Kaylee und Bella gemeinsam übten. Dunkle Haarbüschel klebten in Kaylees verschwitztem Gesicht, ihre Arme hingen schlaff herab, während Bella bereit schien, weitere zwei Stunden lang Bälle zu schlagen.

Kaylee hob einen Arm und starrte zu ihm herüber. »Meine Hände sind zu Klauen verkommen. Ich glaube, ich muss für heute aufhören, sonst kann ich die für die nächsten paar Tage nicht mehr benutzen.«

Bella schwang ihren Driver in der Bahn neben ihr, traf den Ball und sandte ihn verflixt weit die Driving Range hinunter.

»Schöner Schlag, Bella«, lobte er sie.

»Wenn ich darüber nachdenke ...« Kaylee starrte müde zu Bella hinüber. »Ich sollte meine Schläger einpacken und mich damit abfinden, auf der Zuschauertribüne zu sitzen. Denn mal ehrlich, das Ganze fühlt sich ziemlich sinnlos an, wenn ich mir Bellas Talent so anschaue.«

Bella grinste von einem Ohr zum anderen. »Holen

wir uns doch im Restaurant etwas zum Mittagessen. Du darfst mitkommen, oder?«

Kaylee warf Wes einen zögernden Blick zu.

Er atmete tief ein. Er schlug ein neues Kapitel auf und ließ die Vergangenheit ruhen. Nicht wahr? »Iss mit uns. Das Golfrestaurant macht gute Bratwürste.«

Kaylee lachte. »Nach einem langen Tag ist eine große Wurst genau das Richtige.«

Er schmunzelte, und Kaylee wurde rot. Sie machte es ihm aber auch schwer, nicht zu grinsen, wenn sie ihm solch zweideutige Munition lieferte.

»Sag' jetzt bloß nichts, Wes«, mahnte Kaylee. »Ich weiß doch, in welche Richtung deine Gedanken gehen.«

Er hob Bellas kurze Schläger vom Boden auf. »Ich war nicht derjenige, der von großen Würsten gesprochen hat.«

Kaylee blickte nervös in Bellas Richtung. »Er spricht von den Bratwürsten und dem Bier, das wir uns im College immer im Pub gegönnt haben. Ignoriere ihn einfach.«

»Kommt schon«, quengelte Bella und nahm Kaylee an der Hand, zerrte sie hinter sich her in Richtung Restaurant. »Ich verhungere sonst!«

Kaylee sah sich nach ihrer Golftasche um.

Wes hatte sich Bellas Tasche schon über die Schulter geworfen – da konnte er Kaylees auch noch mitnehmen. »Ich mach das schon«, sagte er.

Sie schenkte ihm ein schwaches Lächeln und richtete den Blick wieder nach vorn, ging Hand in Hand mit Bella weiter.

Wes spürte, wie sich seine Brust verengte. Schon wieder.

Verdammt. Es fühlte sich gefährlich an, freundschaftlich mit Kaylee umzugehen. Verunsichernd. Es war so viel einfacher, ihr die Schuld für alles zu geben, was zwischen ihnen schiefgelaufen war, und auch für seine misslungene Golfkarriere.

Gesund war es sicher nicht.

Er seufzte. Er hatte Kaylee immer respektiert. Wenn es eine Frau gab, mit der er befreundet sein konnte, dann war es wohl Kaylee.

Er schnappte sich ihre Golftasche und warf sie sich über die Schulter, folgte den Mädels dann zum Restaurant.

KAPITEL 6

Kaylee hatte in den letzten zweieinhalb Wochen Dutzende Stunden mit Wes auf dem Übungsplatz verbracht und Golfen gelernt. Nicht nur mit Wes, auch mit Bella. Sie liebte es, die beiden miteinander zu erleben; sie waren einfach allerliebst zusammen. Aber der Anblick sorgte auch dafür, dass sich ihr Herz schmerzhaft zusammenzog.

Wes hatte gesagt, dass Bellas Eltern kaum Zeit mit ihr verbrachten, und darauf wies auch alles hin. Bella war bei jeder ihrer Übungsstunden mit Wes dabei gewesen.

Kaylee legte den kurzen Weg vom Parkplatz zum Golfplatz zurück, ihre Schläger geschultert, und hielt Ausschau nach Bella, als sie sich der Driving Range näherte, denn dort schien sich das Mädchen eigentlich immer aufzuhalten. Sie erspähte den dunklen Pferdeschwanz der Kleinen, die dünne Gestalt zwischen den größtenteils männlichen Golfern, und musste grinsen – aber dann sah sie Wes hinter Bella stehen.

Er hatte die Arme vor der Brust verschränkt, die muskulösen Beine schulterbreit aufgestellt, und nickte von Zeit zu Zeit, wenn Bella ihren Schlägre schwang. Seine Lippen bewegten sich, so als würde er ihr dabei Hinweise geben, aber dann drehte er sich langsam um und ließ den Blick schweifen, bis er an Kaylee hängenblieb.

Ein Schauer durchlief Kaylee, und ihr Magen zog sich zusammen. Es war extrem ärgerlich, dass Wes ihr Herz immer noch schneller schlagen ließ. Sie hatte erwartet, dass dieses Gefühl längst wieder abgeflaut wäre.

Eddy würde in wenigen Tagen zurückkommen. Wie auch immer ihre körperliche Reaktion auf Wes ausfallen mochte, ihre Verbindung mit Eddy war eine emotionale. Er konnte nachvollziehen, was sie durchgemacht hatte, und er würde auf Dauer für sie da sein.

Wes hatte sich verändert, das konnte sogar Kaylee sehen. Er war immer ein guter Mensch gewesen, aber heute war er ein besserer Mann. Reifer, umsichtiger, rücksichtsvoller. Besonders im Umgang mit Bella. Aber Kaylee würde ihm niemals ihr Herz anvertrauen.

»Hallo ihr beiden«, begrüßte sie Kerl und Kind, stellte ihre Schläger in der Nähe ab und bereitete sich mental auf eine weitere Runde ›Machen-wir-Kaylee-fertig‹ auf dem Übungsplatz vor. »Was steht heute auf dem Programm?«

Wes winkte einen anderen Golflehrer heran. »Hilfst du Bella mal ein Stündchen aus?«, bat er den Mann.

Der im Club angestellte Lehrer hockte sich neben Bella auf den Boden und zeigte lächelnd auf ihre Armhaltung.

Wes schien zufrieden und fasste Kaylee am Ellbogen, schob sie von den beiden weg.

Wieder ein Erschauern. Sein Duft, so wohlbekannt,

so gut, stieg ihr in die Nase und sorgte dafür, dass ihr Herz wild in ihrer Brust hämmerte.

Das ist bloß körperlich. Nichts, was bleibt.

»Wir müssen reden«, sagte er.

»Über Golf?« Sie blickte sich zum Übungsplatz um, während sie sich weiter davon entfernten.

»Nein.«

Sie marschierten eine ganze Weile, bis sie einen abgelegenen Strandabschnitt erreichten, der noch zum Resort gehörte. Ein Stück Hafendamm verschaffte ihnen hier Privatsphäre, und inzwischen war Kalyee sonnenklar, dass irgendetwas im Busch sein musste.

Wes wollte sonst nie mit ihr allein sein. Zumindest hatte sie das bisher angenommen, denn Bella war ja immer dabei, wenn Kaylee eine Golfstunde hatte. Entweder trainierte Bella jeden Tag, und zwar den ganzen Tag, weil ihre Eltern sich gar nicht um sie kümmerten, was beunruhigend wäre, oder aber Wes setzte Bella als Puffer zwischen ihnen ein.

Jetzt stieg er auf die Felsen des Hafendamms und streckte dann die Hand nach ihr aus. Er half ihr hinauf und ließ ihre Hand wieder los, sobald sie ihr Gleichgewicht wiedergefunden hatte. Dann kletterte er bis zur Kante des Damms voraus.

»Ist alles in Ordnung?«, fragte sie.

Offensichtlich war es das nicht, aber er machte sie nervös, und sie wollte ihn zum Reden bringen. Wes war ein Mann direkter Worte und gewann damit durchaus auch die Herzen der Frauen. Aber nun war alles anders. Nun hatte er Mauern um sich herum errichtet, und der Zorn schwelte ebenso offensichtlich unter der Oberfläche.

Er starrte einen Moment lang auf den See hinaus, drehte sich dann zu ihr um. »Du bist jetzt schon seit ein paar Wochen hier. Wir kommen ganz gut miteinander klar, oder nicht?«

Sie hatten auf dem Übungsplatz Witze gerissen und – kaum zu glauben – zusammen Spaß gehabt. Ihr Verhältnis war zwar kaum so locker und entspannt wie früher gewesen, aber sie hatte einen Funken, eine Verbindung zu Wes gespürt, die sie schon lange nicht mehr gefühlt hatte. »Ja, natürlich.«

»Schön.« Er nickte und stieß den Atem aus. »Ich würde gern wissen, was passiert ist, als du vom College abgegangen bist. Als du mich verlassen hast.« Die Schärfe war aus seiner Stimme verschwunden, aber die Spannung zwischen ihnen lag nach wie vor in der Luft.

Sie waren allein, und sie war schließlich genau wegen dieser Unterredung hergekommen. Sie konnte das Ganze nicht ewig hinauszögern, auch wenn es ihr schwerfiel, darüber zu sprechen.

Ihre Hände fingen zu zittern an, und ihr wurde ganz kalt. Sie ließ sich auf einen der Felsen sinken, aber Wes blieb stehen. Er lehnte sich gegen einen größeren Stein und beobachtete sie.

»Bevor wir uns getrennt haben, habe ich eine echt schwere Zeit durchgemacht.«

Er schüttelte den Kopf und kniff die Augen zusammen. »Was war denn so schwer? Die Kurse? Irgendwas mit deinen Freundinnen? Ist in deiner Familie etwas passiert?«

Kaylee blickte aufs Wasser hinaus, während sich ihr der Magen umdrehte. »Nein. Nichts von all dem. Ich war … es war etwas Gesundheitliches. Und ich wusste nicht, wie ich mit dir darüber reden sollte. Ich hatte Angst. Du hast dich auf die Turniere vorbereitet. Du hattest nichts als Golf im Kopf, bei jedem Atemzug und selbst im Schlaf. Du hast über nichts anderes gesprochen. Die Hälfte der Zeit war ich sicher, dass du mir sowieso nicht zuhörtest. Und dann, als ich … als ich dich gebraucht hätte, hatte ich Angst, dir zu sagen, was los war. Ich fürchtete, dass du ausrasten würdest.«

Wes fuhr sich mit steifen Fingern durch das dunkle Haar. Die Spitzen fielen ihm in die Stirn, berührten die ausgeprägten Wangenknochen. »Herrgott, Kaylee. Wenn irgendetwas nicht stimmte, hättest du das doch sagen müssen. Stattdessen hast du mich einfach verlassen.«

Sie zog ihre Knie an die Brust. »Ich konnte mich nicht darauf verlassen, dass du damit klarkommst, Ich habe mir Sorgen gemacht, dass du es nur noch schlimmer machen würdest, und ich hatte schon genug damit zu tun, nicht völlig zusammenzubrechen.«

»Also ging es um Vertrauen?« Er spannte die Kiefermuskeln an und starrte wieder aufs Wasser hinaus. Sein Tonfall war jetzt so hart wie der Granit, auf dem sie saß. »Vertrauenswürdigkeit scheint aber nicht gerade weit oben auf der Liste von Eigenschaften zu stehen, die dein Kerl haben muss.«

Sie blickte mit zusammengezogenen Augenbrauen auf. »Wovon redest du denn da?«

»Von Eddy.« Er machte eine wegwerfende Geste. »Von deinem Verlobten rede ich.«

»Was hat Eddy denn mit unserer Vergangenheit zu tun?«

Er fixierte sie mit seinem Blick. »Du hast mir nicht vertraut, obwohl ich dir treu ergeben war, dich *geliebt* habe. Und jetzt bist du mit diesem ... diesem Stück Scheiße verlobt.«

Kaylee erhob sich. »Lass Eddy da raus! Du warst ein Freund, der ständig abwesend war. Darum hatte ich nicht das Gefühl, ich könnte mit meinem Problem zu dir kommen.«

»Ich sehe deinen Verlobten nicht.« Wes blickte sich theatralisch um. »Wo ist er, Kaylee?«

»Du weißt doch, dass er auf Geschäftsreise ist.« Sie schüttelte den Kopf und atmete aus. Ein tiefer Seufzer der Enttäuschung. »Himmel, Wes, ich dachte wirklich, wir wären weiter. Aber dir geht es nach wie vor nur darum, wie sehr ich dich verletzt habe. Nichts, was ich sage, wird daran etwas ändern.« Sie drehte sich auf dem Absatz um und wollte nur fort. Ihre Augen brannten verräterisch. Sie konnte jetzt nicht mit ihm reden – würde es vielleicht niemals können.

»Er betrügt dich«, sagte Wes. Die Boshaftigkeit war aus seiner Stimme verschwunden.

Kaylee drehte sich langsam um und war sicher, sich verhört zu haben. »Was?«

Wes' blaue Augen vermittelten ihr das Bild eines sturmgepeitschten Ozeans. »Dein Verlobter. Er hat dich betrogen. Zumindest einmal habe ich es mitbekommen.«

Kaylee schlang die Arme um die eigene Taille. »Hast du den Verstand verloren? Du kennst Eddy doch gar nicht.«

Wes stieß ein freudloses Lachen aus. »Ich kenne ihn zur Genüge. Ich kenne diesen Typ Mann. Die Hälfte der Zeit bin ich doch selbst so einer.« Sein Blick bohrte sich in ihren. »Nur dass ich niemals jemanden betrüge.«

Sie schüttelte den Kopf. »Du irrst dich. Du willst bloß,

dass Eddy ein schlechter Kerl ist, damit du selbst besser wegkommst.«

»Ich habe zu meinen Brüdern gesagt, dass du mir nicht glauben würdest. Wie du eben selbst gesagt hast, du hast mir nie vertraut. Und was ist eine Beziehung ohne Vertrauen, Kaylee?«

Sie öffnete den Mund, aber brachte kein Wort heraus. Denn er hatte recht. Sie hatte ihm nicht vertraut, als sie ihn am allermeisten gebraucht hatte. Und ganz sicher vertraute sie ihm auch jetzt nicht.

»Wes, es tut mir leid, dass ich dir wehgetan habe, als wir auf dem College waren. Ich litt unter Schmerzen und konnte nicht klar denken. Ich hatte einen Freund, für den ich nicht an erster Stelle kam, und der Gedanke, mit meinem Problem zu dir zu kommen, machte mir mehr Angst als alles andere.«

»Das ist es also? Du hattest das Gefühl, dass ich nicht genug Zeit mit dir verbringe?«

Er hörte ihr gar nicht mehr zu. »Das war ein Teil des Ganzen.«

Das Gespräch hatte sich völlig in die falsche Richtung entwickelt. Wieso hatte sie auch geglaubt, er würde ihr jetzt zuhören, wo er doch auch früher nie richtig zugehört hatte?

Wes hatte sich in vieler Hinsicht verändert. Er zeigte mehr Verantwortungsgefühl, schien sich wirklich um Bella zu sorgen, obwohl es keinen Grund gab, wieso er sich über die Bezahlung ihrer Eltern hinaus um sie kümmern sollte – sie hatten ja nur für die Golfstunden bezahlt. Er war nicht mehr derselbe Mann wie damals auf dem College. Aber in mancher Hinsicht war er noch immer derselbe. Auf eine Sache so konzentriert, dass ihm alles andere entging.

Er stieß noch einmal dieses freudlose Lachen aus. »Tolles Gespräch, Kaylee.« Er wandte sich schweigend ab und stakste davon, über die großen Felsbrocken hinweg, als hätte er diesen Weg schon eine Million Mal zurückgelegt. Wahrscheinlich hatte er das wirklich. »Such dir einen anderen Golflehrer. Ich will dich nicht noch einmal sehen.«

KAPITEL 7

Kaylee kehrte langsam zum Übungsplatz zurück, wo ihre Golfschläger unbenutzt auf sie warteten. Wie in Trance hob sie die Tasche auf und machte sich auf den Weg zu ihrem Wagen. Golfstunden bei Wes zu nehmen, war von Anfang an ein Fehler gewesen.

Er hatte recht. Sie konnte nicht im Club Tahoe heiraten. Und die Vergangenheit wieder zur Sprache zu bringen, war ihr bisher größter Fehler gewesen. Sie hätte diese Dinge dort lassen sollen, wo sie hingehörten – in der Vergangenheit.

Nur war sie eben nie über das hinweggekommen, was damals passiert war, und hatte gehofft, dass es ihr helfen würde, wenn sie Wes wiedersah und mit ihm sprach.

Es hatte nicht geholfen.

Sie und Wes waren Gift füreinander. Die gehässigen Dinge, die er über Eddy gesagt hatte ... Herrgott, was sollte das denn bloß? Versuchte er etwa, ihre funktionierende Beziehung zu torpedieren?

Wes mochte als ihr Freund häufig mit Abwesenheit

geglänzt haben, aber er war niemals grausam gewesen – bis heute.

Aber auch das schien ihr nicht richtig. Er war kein grausamer Mensch. Und sie konnte nicht glauben, dass er sie absichtlich belog, um ihr wehzutun. Also musste er einen Grund gehabt haben, so etwas zu sagen. Aber wieso bloß glaubte er, dass Eddy sie betrog?

Kaylee funktionierte wie auf Autopilot, schaffte es aber unversehrt nach Hause. Sie dachte den ganzen Abend lang über Wes' Worte nach und schlief dann unruhig. Albträume aus der Vergangenheit – rote Schlieren und der unermessliche seelische Schmerz, der ihr gesamtes Wesen eingenommen hatte – standen ihr deutlich und grausam vor Augen. Sie wachte auf und rang nach Luft, stolperte ins Badezimmer und starrte ihr Spiegelbild an, bis ihr Kopf wieder klar schien.

Der nächste Tag war auch nicht besser. Kaylee war zwar nicht mehr in Albträumen ihrer Vergangenheit gefangen, aber sie konnte Wes' Anschuldigungen, die Eddy betrafen, nicht vergessen. Denn wenn sie darüber nachdachte – wirklich ernsthaft darüber nachdachte –, dann war das durchaus möglich. Wenn Eddy sie betrügen wollte, dürfte das nicht allzu schwierig gewesen sein.

In seinem Job reiste er ständig und schien Freunde in jedem Bundesstaat und einigen anderen Ländern zu haben. Kaylee nahm an, dass es sich um männliche Freunde handelte. Sie war nicht der eifersüchtige Typ und hatte das nie überprüft. Hätte sie das tun sollen?

Eddy war ein Jahr nach ihrem College-Abschluss in ihr Leben getreten. Sie war ihm begegnet, als er auf Geschäftsreise in San Francisco gewesen war. Sie arbeitete damals im Frauen- und Kinderzentrum der Stadt und teilte sich die Wohnung mit vier Mitbewohnerinnen. An jenem Abend war sie nach der Arbeit mit ihren Freundinnen ausgegangen. Es war das erste Mal gewesen, dass sie darüber nachgedacht hatte, die Vergangenheit endlich hinter sich zu lassen und sich auf jemand neues einzulassen.

Eddy war ihr zunächst gar nicht aufgefallen. Ihr Kennenlernen glich in nichts der ersten Begegnung mit Wes, dessen bloße Gegenwart ihr den Atem und den Verstand geraubt hatte. Eddys Charme war eher von der langsamen, freundschaftlichen Sorte. Er hatte nach ihrer Telefonnummer gefragt und gesagt, er würde sie anrufen, wenn er das nächste Mal in der Stadt wäre.

Eddy rief an, so wie er es versprochen hatte, und sie waren zusammen essen gegangen. Wenn er nicht in der Stadt war, meldete er sich von da an häufig, schrieb ihr SMS oder schickte Postkarten mit süßen Nachrichten zu ihrem Geburtstag und anderen Anlässen. Die Beziehung vertiefte sich schrittweise, und bevor sie wusste, wie ihr geschah, bat er darum, bei ihr einzuziehen.

Sie war Hauptmieterin ihrer Wohnung in San Francisco, die überdies unter die Mietpreisbremse fiel. Ihre Freundinnen waren stocksauer gewesen, dass sie so plötzlich dazu gezwungen waren, auszuziehen, aber Eddy hatte gesagt, dass er sich eine gemeinsame Zukunft wünschte und dass sie so viel Geld sparen könnten, wenn sie zusammen in ihrer Wohnung lebten. Zu jenem Zeitpunkt war ihr das alles so logisch und sinnvoll erschienen.

Später hatte sie erfahren, dass er selbst Geld hatte. Viel Geld. Sie hatte sich gefragt, wieso er darauf beharrt hatte, auch wenn das einen Keil zwischen sie und ihre Freundinnen getrieben hatte. Er hatte erwidert, es stünde alles im Dienst der gemeinsamen Zukunft. Nun war sie sich gar nicht mehr sicher, was Eddy damals bezweckt hatte.

Kaylee verließ an diesem Tag das elterliche Ferienhaus in Tahoe nicht. Sie lümmelte in Jogginghose und ungeschminkt herum, kaute an ihren Nägeln und versuchte, sich Klarheit darüber zu verschaffen, was echt war und was nicht.

Sie hatte Dinge mit Eddy gemeinsam, die die wenigsten Leute in ihrem Alter nachvollziehen konnten. Sie konnte keine Kinder mehr bekommen. Eddy ebenfalls nicht.

Als sich ihre Beziehung vertiefte und er sie gebeten hatte, seine Frau zu werden, hatte sie gedacht, dass es das Richtige war. Später hatte Eddy sie darüber hinaus gebeten, ihren Job an den Nagel zu hängen und ihm zur Seite zu stehen, wenn er mit seinen Geschäftspartnern und Kunden zu tun hatte. Ihr hatte Sinnhaftigkeit gefehlt, und seine Bitte hatte in ihr ein Gefühl der Dankbarkeit geweckt. Aber womöglich hatte sie doch zu viele Dinge aufgegeben, weil sie sich gebraucht fühlen wollte.

Ihre Freunde und ihre Arbeit hinter sich zu lassen – mit diesen Verlusten hatte Kaylee in den vergangenen sechs Monaten gehadert und versucht, damit abzuschließen. Sie hatte diese Opfer gebracht, damit sie und Eddy eine glückliche Ehe führen und eine Familie sein konnten. Wenn er ihr nach all dem, was sie für ihn aufgegeben hatte, untreu gewesen sein sollte ...

Ihre Eltern hatten das nie deutlich gesagt, aber sie hatten ihr das Gefühl vermittelt, dass sie Eddy nicht besonders mochten. Ihre ehemaligen Mitbewohnerinnen hatten ihr nie verziehen, dass sie Eddy einziehen ließ und sie vor die Tür setzte. Und jetzt sagte Wes ihr ohne Umschweife ins Gesicht, dass Eddy ein böser Bube war?

Wenn irgendjemand anderes den Vorwurf geäußert hätte, könnte sie ihn einfach als Eifersucht abtun, und das hatte sie ja auch im ersten Moment getan. Wes konnte egoistisch und selbstbezogen sein, aber wie er gesagt hatte, war er ihr immer treu gewesen. Und wenn sie darüber nachdachte, musste sie sich auch eingestehen, dass er kein Lügner war. Wenn überhaupt, dann war Wes eher zu direkt und ehrlich.

»Kein Herumschlafen mehr«, hatte Wes vor einer gefühlten Ewigkeit zu ihr gesagt. »Ich liebe dich und ich will mit niemandem sonst zusammen sein. Also, was sagst du? Willst du meine feste Freundin sein?« Sie gingen noch nicht lange miteinander aus, kannten sich erst seit ein paar Wochen, und er hatte ihren Hals geküsst und ihre Brust geknetet, während er ihr diese Frage stellte. Sie abgelenkt und verrückt gemacht. Geradeheraus, ohne Umschweife. Wie üblich.

Die Erinnerung zauberte ein schwaches Lächeln auf Kaylees Lippen. Als sie zusammenkamen, hatten sie die Finger nicht voneinander lassen können. Aber seine Worte waren aufrichtig gemeint gewesen, das hatte sie seinem Tonfall angehört.

Was Wes über Eddy gesagt hatte, konnte einfach nicht wahr sein. Denn wenn es wahr wäre … würde das die perfekte Zukunft, die sie sich so verzweifelt wünschte, komplett in Scherben legen. Gebraucht und wertgeschätzt zu werden und eine Familie zu haben, auch wenn die nur aus ihr und Eddy bestand; das wollte sie doch so sehr.

Kaylee rieb sich die Augen, die Ellbogen auf den Küchentisch gestützt. Sie sollte warten, bis Eddy wieder da war, bevor sie das Thema anschnitt, aber das würde noch zwei Tage dauern. Sie konnte den Zweifel nicht so lange ignorieren. Sie hatte es versucht, und das Resultat war, dass sie vor Unruhe beinahe schon zitterte.

Etwas stimmte nicht. Wes war wütend gewesen, aber nicht auf sie. Sondern auf Eddy.

Aber wenn Kaylee ihn am Telefon darauf ansprach, dann konnte sie seinen Gesichtsausdruck nicht sehen. Und das musste sie. Denn tief in ihrem Innern glaubte sie sehr wohl, dass er fähig wäre zu lügen.

Kaylee hob ihren Kaffeebecher mit zittrigen Fingern an ihre Lippen und trank einen Schluck. Die warme Flüssigkeit konnte die Kälte, die sich in ihr breitgemacht hatte, nicht vertreiben. Sie zog den kuscheligen, blauen Bademantel eng um die Brust zusammen und nahm ihr Telefon in die Hand.

Sie zögerte einen Moment lang, rief aber dann die letzten Anrufe auf und tippte auf Eddys Namen.

Es klingelte, und Kaylee biss sich auf den Daumen. Den Nagel hatte sie bis zum Nagelbett abgekaut.

»Hey, Baby!«, meldete sich Eddy.

»Hi.«

»Wie geht die Hochzeitsplanung voran?«

»Oh, äh, eigentlich gar nicht. Ich habe stattdessen Golf trainiert«, erwiderte sie abwesend. Dann wurde ihr klar, dass das die Wahrheit war.

Sie hatte kaum etwas für die Hochzeit organisiert, seit Eddy weggefahren war, und stattdessen die perfekte

Zukunft, die sie sich immer wieder ausgemalt hatte, beiseitegelegt ... um zu golfen?

Eddy seufzte. »Baby, ich bin ja echt froh, dass dir der Sport nun doch Spaß macht. Das ist wichtig, wenn wir meine Kunden hofieren, aber du darfst darüber doch die Hochzeit nicht vergessen. Sie findet in wenigen Wochen statt und muss der absolute Hammer werden.«

Kaylee spürte, wie ihr die Magensäure die Speiseröhre hochkroch, und starrte zu den Bäumen hinaus. Wieso musste ihre Hochzeit denn andere Leute beeindrucken? Durfte es nicht einfach eine romantische Zeremonie sein? Die etwas bedeutete? Waren das nicht die wesentlichen Dinge, wenn es ums Heiraten ging?

Mit einem Mal klang alles, was er sagte, falsch. Es wühlte ihr Unterbewusstsein auf. »Was, wenn wir den Plan mit Club Tahoe über den Haufen werfen und stattdessen etwas Kleineres machen? Nur ein paar Freunde und die engste Familie?«

Eddy lachte. »Oh, na klar. Tut mir leid, Baby, aber ich habe doch schon einen Haufen Kunden eingeladen. Die warten nur auf die schriftliche Einladung. Die Briefe hast du doch abgeschickt, oder?«

Kaylee warf einen Blick in Richtung der Haustür. Die Einladungen lagen auf dem Tisch daneben.

Sie kniff die Augen fest zu. »Der Großteil ist geplant. Ich muss nur noch ein paar Details klären.«

»Na dann nichts wie los, Weib. Kümmere dich darum.«

Er neckte sie, was ihr normalerweise gefiel. Wenn nicht, nahm sie es zumindest gelassen. Aber heute war das anders.

Sie starrte entschlossen ins Leere. »Eddy, warum willst du mich heiraten?«

Er lachte. »Willst du mich verarschen?«

»Überhaupt nicht.«

Er atmete scharf aus. »Na schön, schon verstanden. Ich war ganz schön lange weg. Du brauchst Bestärkung oder Bestätigung, denn wir beide gehen eine bindende Verpflichtung ein ... Du bist wunderschön, klug, und du besitzt Haltung. Ist es das, was du hören wolltest? Ach ja, und echt heiß bist du obendrein, selbst dann, wenn du mir ausgerechnet vor einer langen Geschäftsreise den Sex verweigerst.« Er lachte über den eigenen Witz. Denn er war einer dieser Männer, die über ihre eigenen Witze lachten, ob die nun lustig waren oder nicht.

Warum war ihr nie zuvor aufgefallen, was für ein blöder Arsch er sein konnte?

Kaylee hatte das Gefühl, die Antwort bereits zu kennen, bevor die Frage über ihre Lippen kam, aber sie stellte die Frage dennoch: »Bist du in mich verliebt?«

»Himmel, jetzt ziehst du mich aber echt richtig runter. Bist du wirklich so unsicher? Ich dachte, du rufst nur an, um dich mal wieder zu melden. Ich hatte eine miese Woche, aber ich schätze, ich muss jemand anderen anrufen, wenn ich darüber reden möchte.«

Wen wollte er denn anrufen? Eine andere Frau?

Und ihre Frage hatte er auch nicht beantwortet. Er war ausgewichen und hatte die Unterhaltung wieder auf sich bezogen.

Kaylee schloss erneut die Augen. »Eddy, hast du mich jemals betrogen?« In der Leitung war es eine Sekunde lang still. Eine Sekunde zu lang.

Wieder lachte er leise, aber es klang angespannt. »Natürlich nicht.«

»Schwörst du auf alles, was dir heilig ist, und auf deine Lieblings-Gammelhose?«

»Jetzt wirst du aber echt albern. Hör zu, ich bin doch in ein paar Tagen zu Hause, dann ist alles wieder normal. Ich verspreche dir auch, dass ich beim nächsten Mal nicht so lange wegbleibe. Ich merke schon, dass drei Wochen einfach zu viel sind.«

Wieder hatte er ihre Frage nicht beantwortet.

Ihr Herz krampfte sich zusammen, und ihre Schläfen pochten. Am Telefon ließ sich so etwas nicht klären. Er gab ihr keine klaren Antworten. Sie musste ihn von Angesicht zu Angesicht fragen. Musste seinen Gesichtsausdruck sehen, auch wenn die Warnglocken schon jetzt überlaut in ihrem Kopf läuteten. »Wir sehen uns bald.«

»Kaylee«, sagte er, bevor sie auflegen konnte, »alles wird wieder gut. Du bist bloß nervös vor der Hochzeit. Kalte Füße.«

In ihrem Kopf herrschte Chaos. Sie murmelte etwas davon, dass sie sich jetzt um die Wäsche kümmern müsse, und legte auf.

Dieser blöde Wes. Es war, als hätte er ihr den Schleier von den Augen gezogen – den sie getragen hatte, um zu überleben –, und nun war ihre Sicht sehr viel klarer und schärfer.

Und ihr gefiel überhaupt nicht, was sie sah.

KAPITEL 8

Mit einem Knoten im Magen betrat Kaylee Club Tahoe. Sie hatte einen Termin mit Emily Wright, einer leitenden Angestellten im Resort. Emily hatte Kaylee gebeten vorbeizukommen, um einige Details der Hochzeit zu besprechen, die nicht länger warten konnten.

Kaylee hielt sich den krampfenden Bauch und sah sich im Poolbereich um, erspähte dann die große, hübsche Blondine, mit der sie und Eddy sich vor einigen Monaten getroffen hatten. Mit einem strahlenden Lächeln winkte Emily Kaylee zu sich hinüber, und ihr welliges Haar wehte in der milden Brise.

Nasse Kinder eilten an Kaylee vorbei, während die Erwachsenen sich am Pool sonnten oder im träge dahinperlenden Flüsschen planschten, das sich sowohl draußen als auch drinnen durch das Resortgelände schlängelte. Kaylee erreichte den rustikalen, runden Tisch mit den gepolsterten Stühlen, von dem Emily eben aufgestanden war, und schüttelte ihre Hand. »Schön, Sie wiederzusehen.«

Emily lud sie mit einer Handbewegung ein, sich zu setzen. »Möchten Sie vielleicht etwas zu trinken?«

Kaylee nahm auf einem der Stühle Platz. »Nein danke, alles gut.«

Bilder aus dem Club lagen auf dem Tisch ausgebreitet und sorgten dafür, dass Kaylees Puls zu rasen begann. Beleuchtung und Torte gehörten zu den Entscheidungen, die sie immer wieder aufgeschoben hatte, aber da war noch einiges mehr zu klären.

Emilys Blick folgte Kaylees. »Ich habe ein paar Fotos von früheren Feierlichkeiten mitgebracht, um zu schauen, ob Ihnen davon irgendetwas gefällt.«

Kaylee spürte, wie sich eine Gänsehaut auf ihren Armen ausbreitete. Nichts hiervon fühlte sich richtig an, aber sie versuchte, weiterhin tapfer zu lächeln.

Emily breitete die Bilder vor ihr aus. »Die resorteigene Hochzeitskoordinatorin wird das alles noch einmal im Detail mit Ihnen durchgehen, aber da es sich ja grundsätzlich um eine recht große Hochzeitsfeier handelt, wollte ich sichergehen, dass Sie sich rechtzeitig Gedanken über einige Aspekte machen. Die Vorbestellfristen kommen immer näher, und ich wollte nicht, dass Sie übereilte Entscheidungen treffen müssen, mit denen Sie am Ende nicht glücklich sind.« Emily lächelte zögernd. »Sie sind ein bisschen spät dran, die Anordnung der Tische und die ungefähre Anzahl der Gäste festzulegen. Wir brauchen jetzt noch nicht die genaue Anzahl … aber eine ungefähre Vorstellung davon, mit wie vielen Gästen Sie rechnen, wäre gut.«

Kaylee drückte ihre Hände im Schoß zusammen. Sie brachte das alles nicht fertig. »Emily, kann ich Sie etwas fragen? Vertraulich?«

Himmel, war sie wirklich im Begriff, mit einer fast gänzlich Fremden über ihr Beziehungsdrama zu sprechen? Andererseits konnte sich das Gesagte kaum weit herumsprechen, weil sie einander ja nicht gut kannten.

Emily schluckte und versuchte sich an einem wackligen Lächeln. »Ja, sicher. Sie dürfen alles fragen.«

»Wenn wir ... Also, wenn Eddy und ich die Hochzeit aus irgendeinem Grund absagen würden, was würde dann mit unserem Vertrag geschehen?«

Emily stieß sachte den Atem aus. »Wenn Sie denken, dass diese Möglichkeit besteht, dann sollten Sie den Club innerhalb einer Woche benachrichtigen. Dann können wir Ihnen immer noch bis zu 75 Prozent Ihrer Anzahlung rückerstatten. Die meisten Locations behalten weit mehr ein, aber Club Tahoe ist sehr gefragt, und wir haben eine lange Warteliste.« Ihr Blick verriet ihre Besorgnis. »Denken Sie denn, dass es dazu kommen wird?«

»Ich weiß es nicht.«

Emily legte die Hände flach auf die Tischplatte. »Kaylee, ich glaube, ich sollte Ihnen etwas sagen.« Sie presste die Lippen zusammen. »Vor ein, zwei Wochen war ich mit Wes Cade und seinen Brüdern in der Lounge des Clubs. Wes erzählte, dass Sie früher mal ein Paar waren?«

»Das waren wir. Ist lange her.«

Sie nickte steif. »Als wir also in der Lounge saßen, sahen wir Eddy mit einigen Freunden an der Bar stehen.« Sie zuckte leicht zusammen. »Hat Wes irgendetwas darüber gesagt?«

Kaylee fühlte, wie ihr der Atem stockte. »Das hat er, allerdings nicht im Detail. Er sagte, ... dass Eddy mich betrogen hätte.« Als sie die Worte aussprach, verlieh ihnen das eine Substanz, eine Greifbarkeit, die sie bisher nicht hatte zulassen können. »Wes und ich haben eine komplizierte Vergangenheit. Ich war unsicher, ob ich ihm das glauben sollte.« Sie presste die Finger gegen die geschlossenen Lider, ließ dann die Hände wieder sinken und blickte Emily flehend an. »Was ist passiert?«

Emily verzog den Mund, als wäre sie genervt. Oder eher angewidert. »Eddy hat die Lounge mit einer Frau verlassen. Als sie zurückkamen, sah es aus, als wäre zwischen den beiden etwas gewesen. Eddy hatte die Frau ganz selbstverständlich angefasst, bevor sie den Raum verließen. Als sie zurückkamen, wirkte er ...«

»Oh mein Gott.« Kaylee ließ den Kopf auf die Tischplatte sinken. Dann erinnerte sie sich wieder daran, wo sie war.

Sie stand abrupt auf. »Ich muss gehen. Können ... können wir das ein anderes Mal besprechen?«

»Natürlich.« Emily erhob sich ebenfalls und rang die Hände. »Es tut mir so leid. Bitte lassen Sie mich wissen, wenn ich irgendetwas für Sie tun kann. Ich dachte ... ich fand, Sie sollten das wissen.«

»Ich ... danke.« Kaylee schnappte sich ihre Handtasche und eilte vom Poolbereich weg. Die Handtasche glitt ihr gleich wieder von der Schulter und rutschte bis zur Armbeuge hinab, verfing sich zwischen ihren Beinen beim Laufen. Ihr Kopf pochte, als wolle er gleich explodieren.

Wie hatte sie nur so blind sein können? Die ganze Zeit hatten alle gewusst, dass Eddy ein Arsch war. Nur sie selbst nicht.

Selbst Wes hatte es gewusst.

Ihr wurde ganz plötzlich übel, als sie durch die Hotellobby hastete – und dort stand ausgerechnet Wes, der sich mit seinem jüngsten Bruder Hunt unterhielt.

Natürlich musste Wes hier sein, um ihre Demütigung mitzuerleben.

Er ließ den Blick über ihr Gesicht schweifen und legte die Stirn in Falten. »Was ist los?«

Kaylee rauschte an ihm vorbei. Auf keinen Fall konnte sie jetzt mit ihm reden. Nicht nach dem, was Emily ihr gerade erzählt hatte.

Nicht nach dem, was Kaylee endlich klargeworden war.

Ja, sie hatte mit Eddy gesprochen und den ernsthaften Verdacht gehabt, dass da irgendetwas gelaufen war. Und ja, Wes hatte ihr gesagt, dass Eddy sie betrog, aber ohne Einzelheiten zu erwähnen. Komischerweise waren die Einzelheiten entscheidend. Sie machten die Sache real. Und du meine Güte, diese Einzelheiten! Kaylees Fantasie konnte nur allzu leicht die Lücken füllen, die Emily gelassen hatte.

Es war Kaylees eigene Schuld. Nicht die Tatsache, dass Eddy sie betrogen hatte, aber dass sie sich jetzt in dieser Lage wiederfand. Allein. Unterschätzt und entwertet. Mit einem untreuen Mann verlobt.

Sie hatte zu einem Leben mit Eddy ja gesagt, weil sie sich für schadhaft hielt und glaubte, dass nur Eddy sie lieben konnte.

Aber der war ein Arsch, und nun sah sie glasklar. Sie konnte vielleicht keine Kinder bekommen, aber sie verdiente dennoch einen anständigen Mann. Keinen Mistkerl, der sie manipulierte.

KAPITEL 9

Kaylee hatte genau zwei Nächte gehabt, sich wieder zu fangen, bevor Eddy nach Hause zurückkehrte. Aber alle Gelassenheit fiel in sich zusammen, als sein Wagen in die Einfahrt einbog.

Nachdem sie eine SMS von ihm bekommen hatte, dass seine Maschine auf dem Flughafen von South Lake Tahoe gelandet war, war sie hinausgegangen und hatte auf der Eingangstreppe gewartet. Die Fahrt vom Flugplatz zum Häuschen ihrer Eltern war nicht lang, und sie brauchte die frische Luft.

Aber kaum hatte er die Autotür geöffnet, platzte sie auch schon mit ihrer Frage heraus, statt ruhig zu bleiben: »Was ist zwischen dir und der Frau in der Lounge von Club Tahoe vorgefallen?«

Wirklich gekonnt. So konfrontiert man seinen Verlobten am besten.

Eddy hatte gelächelt, als er sie erblickte, aber das Lächeln erstarb im Handumdrehen.

Er streckte den Arm über den Sitz hinweg aus und schnappte sich seine Aktentasche, stieg dann aus dem

Wagen und drückte die Autotür hinter sich zu. »Was ist denn hier los, Kaylee? Du warst doch noch nie eifersüchtig. Ich mag es nicht, wenn ich mich für jeden meiner Schritte rechtfertigen soll.«

Sie stand auf und verschränkte die Arme vor der Brust, als er näherkam. »Es geht nicht um jeden deiner Schritte, nur um diesen einen Abend. Ich nehme an, das war der Abend, bevor du die Stadt verlassen hast?« Er wollte an ihr vorbei ins Haus gehen, aber sie streckte den Arm aus und hielt ihn zurück. »Beantworte meine Frage, Eddy.«

Er stieß einen scharfen Seufzer aus. »Wirklich? Müssen wir das jetzt und hier tun? Ich habe ja noch nicht einmal mein Jackett ausgezogen.«

Sie starrte ihm unnachgiebig in die Augen, und sein Blick wich ihr aus. »Wenn du es wirklich wissen willst, manchmal werfen sich mir irgendwelche Frauen an den Hals. Das geht doch vielen Männern so. Aber ich habe mich für *dich* entschieden. Ich will ein gemeinsames Leben mit dir aufbauen.« Er versuchte, nach ihr zu greifen, aber sie machte einen Schritt zurück.

»Hast du sie angefasst?«

»Vielleicht.« Er zupfte an seinem Hemdkragen, fuhr mit einem Finger zwischen den Stoff und die Haut an seiner Kehle. »Ich kann mich nicht daran erinnern. Wir haben doch getrunken. So oder so, sie hat sich total an mich rangeschmissen.«

»Bist du mit ihr nach draußen gegangen?«

Sein Blick huschte kurz zur Seite. »Nein, niemals.«

Kaylee trat noch einen Schritt zurück. Er log. Dieser Bastard. *»Verschwinde.«*

»Was?« Etwas wie Verzweiflung blitzte in seinen Augen auf. »Kaylee, sei doch nicht blöd.«

Blöd? Ja, sie war blöd gewesen, weil sie ihm geglaubt hatte. »Du lügst. Ich sehe es in deinem Gesicht, aber die Leute haben dich doch auch gesehen. Sie haben mir erzählt, was vorgefallen ist.«

Seine Nasenflügel bebten. »Wer zur Hölle ...« Er schüttelte den Kopf und versuchte sich an einem Lächeln, aber es war zu spät. Sie hatte den Zorn in seinem Blick aufflammen sehen – er war zornig, weil er erwischt worden war. »Es spielt doch gar keine Rolle, was irgendwelche Leute sagen. Was ist denn schon dabei, dass ich mich mit einer anderen Frau unterhalten habe. Ist doch keine große Sache. Und du bist doch auch nicht perfekt. Ich habe gesehen, wie du deinen Golflehrer anschaust. Du kannst mir nicht weismachen, dass da nichts läuft.«

Sie schluckte. Ihre Kehle fühlte sich an, als wäre sie aus grober Pappe. »Doch, das kann ich. Ich kenne Wes vom College, aber wir haben keinerlei körperliche Beziehung.«

»Ich wette, dass er es war«, fauchte Eddy. »Er redet dir lauter Lügen ein. Traust du diesem Kerl etwa mehr als deinem Verlobten? Du bist diejenige, die nicht weiß, was es heißt, sich für jemanden zu entscheiden und zu ihm zu stehen. Ich war immer für dich da. Ich bin derjenige, der dich will, obwohl du nicht in der Lage bist, mir ein Kind zu schenken.« Er ließ den Blick abfällig ihren Körper hinabwandern.

Kaylee öffnete schockiert den Mund. So gemein war er noch nie zu ihr gewesen. Aber offenbar hatte er ihr ja auch sonst in allem nur etwas vorgemacht.

Eddy war zeugungsunfähig. Also konnte auch er keine Kinder bekommen, ungeachtet ihrer Unfruchtbarkeit. Was er da sagte, war Unsinn. »Wes ist ein Freund von früher. Wir waren auf dem College mal ein Paar, aber zwischen uns läuft gar nichts.«

»Ja, sicher. Wie viele Male hast du ihn schon gevögelt?«

Sie schüttelte den Kopf. »Ich kann nicht fassen, dass ich je zugestimmt habe, dich zu heiraten.«

Sie hob ihre Handtasche auf, die sie mit auf die Treppe herausgebracht hatte, und holte ihren Schlüsselbund heraus. Der auffällige Verlobungsring, den er ihr geschenkt hatte, lag bereits auf dem Nachttisch, wo er ihn ohne Probleme finden würde. Wahrscheinlich besser so, denn sonst hätte sie ihn ihm jetzt an den Kopf geworfen. »Die Hochzeit findet nicht statt. Pack deine Sachen und verlass' mein Haus binnen einer Stunde.« Sie fixierte ihn mit einem bösen Blick. Sie hatte noch nie jemanden schlagen wollen, aber jetzt wollte sie Eddy am liebsten verprügeln. »Wenn ich wiederkomme und du noch hier bist, rufe ich die Polizei.«

Kaylee hatte keinen Schimmer, was die Polizei im Ernstfall ausrichten konnte. Es war ja nicht so, als hätte Eddy ein Verbrechen begangen. Allerdings war es durchaus möglich, dass *sie* einen Mord begehen würde, wenn er nachher noch hier wäre.

Eddys Gesicht war jetzt rot gefleckt, seine Hände zu Fäusten geballt. Einen Moment lang fürchtete sie, er würde ihr hinterherrennen. »Die Wohnung in San Francisco gehört mir. Ich habe sie auf mich umschreiben lassen. Wenn du mich verlässt, wirst du obdachlos. Du hast keine Freunde. Und dieser Golfprofi wird dich fallen lassen, sobald er erfährt, dass du eine nutzlose Hülle ohne Inkubator bist.«

Kaylees Blick huschte über den wunderschönen Wald und das Haus, das sie so sehr liebte. »Ich bin lieber hier als irgendwo in deiner Nähe.«

Eddy schleuderte seine Aktentasche gegen das Häuschen. »Du wertlose Schlampe. Das wirst du noch bereuen!«

Kaylee machte auf dem Absatz kehrt und eilte zu ihrem Wagen. Sie riss die Tür auf und sprang hinein, fummelte nervös mit dem Schlüsselbund. Als der Motor ansprang, raste sie aus der Einfahrt und davon.

Eine Meile die Hauptstraße hinunter fuhr sie rechts ran und beugte sich über den Beifahrersitz, stieß die Tür auf und lehnte den Kopf nach draußen. Sie würgte am Seitenstreifen, aber es kam nichts heraus. Sie hatte seit gestern nichts gegessen, aber ihr Magen drehte sich trotzdem um.

Ein weiteres heftiges Würgen nahm ihr den Atem, und sie keuchte erstickt auf, während ihr die Tränen über die Wangen flossen. Eddy war der Kerl, dem sie versprochen hatte, sie würde ihr Leben mit ihm teilen. Er war entsetzlich, und sie hatte sich für ihn entschieden. Dieses miese Stück Scheiße.

Wäre sie nicht so blindlings vor ihrer Vergangenheit davongelaufen, dann wäre sie vielleicht auch nicht ausgerechnet einem krankhaften Lügner in die Arme gelaufen.

WES KRATZTE sich kräftig im Nacken. »Ach, verdammter Mist.«

Er warf seinen Schläger in die Golftasche und hievte sich das schwere Ding auf die Schulter. Er hatte beim ersten Dämmerlicht zu trainieren angefangen, so wie jeden Tag in den letzten zwei Monaten, und dann ein paar Übungsstunden mit Kunden runtergerissen. Danach zurück auf den Übungsplatz, für zwei weitere Stunden Training. Normalerweise wäre er bis nach Einbruch der Dunkelheit geblieben, hätte den Rest des Tages mit Einlochen und Chippen und Feinarbeit verbracht, um sich für das Quali-Turnier fit zu machen, aber Kaylee war heute Nachmittag nicht zu ihrer Golfstunde erschienen.

Wes hatte Kaylee gesagt, dass er sie nicht mehr sehen wollte, aber hatte nicht wirklich geglaubt, dass sie wegbleiben würde. Sie wollte schließlich ihre Hochzeit in seinem verdammten Resort feiern. Und dann hatte er sie gestern heulend durch die Lobby rennen sehen.

Wes ging zum Golfshop hinüber und nickte dem Kassierer zu. »Ich verschwinde.« Er stellte seine Golftasche hinter dem Tresen ab. »Du schließt heute Abend ab.«

Der zwanzigjährige Angestellte salutierte gemächlich und kaute weiter auf seinem Energieriegel herum.

Im Laden und auf dem Platz war heute Nachmittag nicht viel los. Es war generell nicht viel los. Wes musste sich langsam mal etwas einfallen lassen, um das zu ändern. Den Golfplatz profitabler machen und seinen Brüdern helfen, das Erbe ihres Vaters zu bewahren. Aber all das konnte warten. Zumindest für heute.

Denn Wes machte sich auf den Weg, um Kaylee zu suchen.

Verdammt, verdammt, verdammt. Kaylee hatte ihn

eiskalt erwischt, als sie nach vier Jahren so plötzlich im Club aufgetaucht war. Er wollte all ihre Geheimnisse enthüllen und sie dann ein für alle Mal aus seinem Leben scheuchen. Und was tat er jetzt? Er ging los und suchte nach ihr, weil sie *nicht* da war.

Gestern war sie sehr aufgewühlt gewesen. Und da Wes ein bisschen über ihren Verlobten wusste ... musste er einfach nachsehen, ob mit ihr alles in Ordnung war.

Denn er machte sich Sorgen.

Es gefiel ihm absolut nicht, dass er sich Sorgen um seine Ex machte, aber sie weinte nun mal höchst selten. Die meiste Zeit über war Kaylee sehr unabhängig und entspannt, was mit ein Grund war, wieso er sich zu ihr hingezogen gefühlt hatte. Sie brach erst dann zusammen, wenn es wirklich schlimm stand. So wie bei ihrer Trennung damals.

Wenn sie also gestern geweint hatte und heute nicht auftauchte, nachdem sie bisher keine einzige Stunde versäumt hatte, dann stimmte irgendwas nicht. Deswegen sprang er jetzt in seinen Wagen und fuhr zum Ferienhaus ihrer Eltern, fluchte dabei die ganze Zeit vor sich hin.

Er sollte umdrehen, zurückfahren. Seinem Glücksstern danken, dass sie sich von ihm fernhielt und ihm damit die Möglichkeit gab, all das hinter sich zu lassen. Aber es fühlte sich immer noch an, als stünden unvollendete Dinge zwischen ihnen.

Und er musste sich dringend alles aus dem Kopf schlagen, was mit Kaylee zu tun hatte, wenn er die anstehenden Qualifikationsrunden ohne Totalausfall überstehen wollte.

KAPITEL 10

Wes hielt zum ersten Mal seit Jahren vor dem Häuschen, das Kaylees Eltern gehörte. Es sah immer noch genau wie früher aus. Ein Steinhaus mit einer Außenfassade aus einfachem Holz, dessen Oberfläche versiegelt worden war, um den tiefen Braunton zu erhalten. Und in der Einfahrt stand nur ein Wagen.

Gottseidank war ihr Verlobter nicht da. Es wäre schwer zu erklären gewesen, wieso ein Golflehrer seiner Schülerin einen Hausbesuch abstattete.

Wes stieg aus dem Auto und nahm gleich zwei Verandastufen auf einmal, bevor er unsanft an die Tür klopfte.

Er würde es kurz machen. Herausfinden, warum sie nicht aufgetaucht war, und fragen, ob es dabei bleiben würde. Denn dann müsste er sich wenigstens nicht ständig umschauen und damit rechnen, dass seine Ex jeden Augenblick um die Ecke kommen konnte. Er würde ihr sogar helfen, einen neuen Golflehrer zu finden. Soweit jedenfalls der Plan. Bis sie ihm die Tür öffnete.

Kaylee war schön wie immer. Leger gekleidet, ungeschminkt, aber sie hatte auch nie Make-up gebraucht, um hübsch auszusehen. Aber der tote Ausdruck in ihrem Gesicht machte ihm eine Heidenangst. »Hey.«

Sie schluckte, und ihr gedankenverlorener Blick richtete sich auf seine Augen. »Wes? Was tust du denn hier?«

Er betrat das Haus, auch wenn sie ihn nicht hereingebeten hatte. Kaylee protestierte nicht. Sie blickte sich um, als würde sie gerade erst realisieren, wo sie sich befand.

Oh Mann, sie stand ja völlig neben sich. »Du bist heute nicht zu deiner Golfstunde erschienen. Bella hat sich Sorgen gemacht.«

Das war gelogen. Bella hatte zwar nach Kaylee gefragt, aber Wes war derjenige, der sich Sorgen machte. Die Blässe ihrer Wangen, ihre zittrige Verfassung und der hoffnungslose Ausdruck in ihren Augen sagten ihm, dass es richtig gewesen war, herzukommen und nach ihr zu sehen.

Sie durchquerte langsam den Raum und setzte sich auf die Couch, wo die Kuhle im Polster verriet, dass sie hier schon eine ganze Weile gesessen hatte. »Du hast doch gesagt, dass ich mir einen neuen Golflehrer suchen soll. Außerdem fühle ich mich nicht gut.« Ihre Stimme klang ganz kratzig, und sie hob ihre zarte Hand, fuhr sich mit den Fingern über die Kehle.

Er hatte nicht vorgehabt, wütend zu werden, als sie das letzte Mal miteinander gesprochen hatten. Aber seine Frustration hatte ihn übermannt. Er war ein Arsch gewesen.

Vielleicht hatte er ein Recht darauf, frustriert zu sein. Er wusste es selbst nicht mehr. Er wusste nur, dass ihm Kaylee wichtiger war als die Gründe für seine Wut.

Wes stopfte die Hände in seine Hosentaschen. »Du solltest zum Arzt gehen. Du siehst nicht gut aus.«

Sie ließ den Blick über sein Gesicht wandern.

Er verlagerte nervös das Gewicht, denn es fiel ihm schwer, ungezwungen zu wirken. Er ließ sich zu sehr in die Karten blicken, aber das machte jetzt auch nichts mehr. Kaylee war kein schlechter Mensch. Es war in Ordnung, sich um sie zu sorgen, beruhigte er sich selbst und rechtfertigte seinen Besuch bei ihr.

Sie schob sich die kurzen, schwarzen Haare hinter die Ohren. »Ich bin nicht krank.«

Er sah, wie sie die zitternde Hand in den Schoß fallen ließ. »Ist klar. Wann hast du zuletzt was gegessen?«

Sie seufzte. Ihr Brustkorb senkte sich so schwer, als laste ein Sandsack darauf. »Wes, warum bist du hier?«

Ihm fiel auf, dass sie seine Frage nicht beantwortet hatte. »Hab' ich doch gesagt. Du bist nicht zur Trainingsstunde erschienen. Und das letzte Mal, als ich dich gesehen habe, sahst du aus, als würdest du jeden Moment dein Mittagessen wieder auskotzen.«

Er wollte ihr nicht sagen, warum genau er sich genötigt gefühlt hatte, nach ihr zu sehen. Wollte ihr nicht sagen, dass er irgendwo tief in seinem dunklen, kalten Herzen immer noch etwas für sie empfand, auch wenn er sich noch so sehr wünschen mochte, dass dem nicht so wäre.

Ihr ging offenbar ein Licht auf. »Richtig. Da hatte ich gerade mit Emily gesprochen.« Sie ließ den Kopf sinken und bedeckte das Gesicht mit den Händen, murmelte etwas, das er nicht verstehen konnte.

»Was hast du gesagt?«

Sie sah auf. »Die Hochzeit ist abgesagt.«

Er stieß einen tiefen Seufzer aus. *Dem Himmel – oder dem Teufel – sei Dank.* »Bist du okay?«

»Ich weiß doch, dass du Eddy nicht mochtest. Du musst jetzt nicht so besorgt tun.«

Er setzte sich neben sie auf die Couch, ließ aber fast einen halben Meter zwischen ihnen Platz. »Ja, ich war kein Fan vom Blödmann ... ähm, ich meine von Eddy. Aber ich hatte nicht vor, deine Beziehung mit ihm kaputtzumachen. Als wir miteinander gesprochen haben ... was ich da gesagt habe ... das ist alles völlig falsch rübergekommen. Scheiße, ich wusste doch im Vorfeld gar nicht, dass ich all das sagen würde. Ich dachte, ich überlasse es dir, selbst herauszufinden, was er für ein Kerl ist. Aber dann hast du über Vertrauen geredet ... und ich bin in Verteidigungsstellung gegangen. Ich hätte meinen Zorn nicht an dir auslassen sollen.«

Ihre Mundwinkel kräuselten sich. »Ich habe dir nicht wirklich geglaubt, falls dich das tröstet.«

Einen Moment lang beschleunigte sich sein Herzschlag, weil ihr Blick so spöttisch war. Dann machte er sich klar, was sie gerade gesagt hatte.

Seine Schultern versteiften sich. »Warum solltest du mir auch glauben? Oh, warte mal. *Vielleicht, weil ich dich noch nie belogen habe.* Nicht alle Männer sind wie Eddy.«

Sie zog die Brauen zusammen. »Du hast mich vielleicht nicht belogen, aber du hast mir wehgetan.«

»*Ich* habe *dir* wehgetan? Wie wäre es andersherum, Kaylee?«

Er rieb sich verärgert über das Gesicht. Er war nicht hergekommen, um denselben alten Streit aufs Neue durchzukauen. »Wenn ich dir damals wehgetan habe, dann ganz sicher nicht mit Absicht. Und ich wollte dir auch vorgestern nicht wehtun. Ich bin auch jetzt nicht gekommen, um dich aufzuregen. Ich wollte bloß nach dir sehen.« Er blickte an ihr hinab. »Du siehst aus, als wärst du ganz schwach auf den Beinen, und hast dunkle Ringe unter den Augen.«

»Danke für den Hinweis, dass ich schrecklich aussehe.«

Er machte ein finsteres Gesicht, aber selbst das gelang ihm nur halbherzig. Sie ließ ihm nie etwas durchgehen – und genau das mochte er an ihr. »Das habe ich damit nicht gemeint.«

Sie lehnte sich zurück und zog ein Sofakissen in die Arme. »Tut mir leid. Ich weiß, dass du hier bist, weil du ... Nein, eigentlich weiß ich nicht wirklich, warum du hier bist. Aber mir geht's gut. Wirklich.«

Er hasste, wie verschlossen sie mit einem Mal wirkte. »Hast du denn heute schon etwas gegessen? Wie wäre es, wenn ich dir etwas mache?«

Sie zog die Stirn in Falten und dann fing sie an zu lachen – ein melodisches, niedliches, ehrliches Lachen. Das war das Mädchen, an das er sich erinnerte. »Seit wann kannst du denn kochen?«

Er verdrehte die Augen. »Ein Mann kann auf Dauer nicht von Fertiggerichten aus der Gefriertruhe leben. Ich habe ein bisschen dazugelernt.«

Das stimmte nicht ganz. Er konnte nicht besonders gut kochen, deswegen ging er zu Adam rüber, wenn er etwas Anständiges essen wollte. Sein Bruder hatte das Küchenzeug echt drauf. Adams Verlobte Hayden war vielleicht nicht jedes Mal begeistert, wenn Wes ohne Voranmeldung vor der Tür stand, aber wofür waren Brüder denn schließlich da?

Der glasige, verlorene Blick war zurück. »Ich habe keinen Hunger, Wes.«

Er musterte sie einen Moment lang und stand dann von der Couch auf. »Macht es dir was aus, wenn ich mir irgendwas nehme? Vielleicht hast du ja keinen Hunger, aber ich bin am Verhungern. Hab' den ganzen Tag trainiert.«

Sie ließ sich in die Polster zurückfallen und starrte an die Decke hinauf. »Mach nur.«

Wes schaute in die Schränke und in den Kühlschrank. Sie hatte nicht viel im Haus, aber er fand, wonach er gesucht hatte. Er holte einen Beutel Mikrowellen-Popcorn aus dem Schrank und die Butter aus dem Kühlschrank.

Er mochte kein Sternekoch sein, aber die Kunst, das Popcorn exakt so lange in der Mikrowelle zu lassen, dass nicht die Hälfte bereits verbrannt war, die beherrschte er. Diese Meisterschaft hatte er sich durch langjährige Erfahrung erworben.

Wes legte den Beutel in das Gerät, schnitt ein großzügiges Stück Butter ab und ließ es in eine kleine Schüssel fallen. Dann öffnete er ein paar weitere Schranktüren, fand eine größere Schüssel und holte auch die heraus.

Als das Popcorn fertig war, holte er es aus der Mikrowelle und riss den Beutel auf, ohne sich das Gesicht mit dem heißen Dampf zu versengen, – Erfahrung! – und leerte ihn in die große Schüssel.

Dann schob er das Schüsselchen mit der Butter in die Mikrowelle, schaltete sie noch einmal für wenige Sekunden ein, bis sie schön geschmolzen war.

Kaylee zog die Brauen zusammen. »Popcorn? Kann

ich dir sonst noch was anbieten? Vielleicht eine ordentliche Mahlzeit mit Beilagen?«

»Ist das ein ernsthaftes Angebot? Denn ich würde garantiert nicht nein sagen. Also keine leeren Versprechungen.«

Sie schenkte ihm einen Blick, der die schiere Verzweiflung transportierte. »Nein, das ist kein ernsthaftes Angebot. Mein Leben ist gerade zusammengebrochen, und du isst meine letzten Vorräte auf.«

»Nur dein Popcorn.« Die Mikrowelle piepste, und Wes holte die Butter heraus und goss sie über den gepoppten Mais. »Und wenn du es nicht essen willst, soll ich es etwa schlecht werden lassen?«

»Müsstest du nicht irgendwo anders sein? Im Laden? Oder beim Unterricht mit Bella?«

»Nee.« Er kehrte mit der Schüssel zur Couch zurück, setzte sich diesmal ein wenig näher zu ihr und ließ die duftenden Schwaden des Popcorns in ihre Richtung wehen. Er steckte die Hand in die Schüssel und stopfte sich die buttrigen Flocken in den Mund.

Sie sah ihm mit angewidertem Gesicht zu, aber das kaufte er ihr keine Sekunde lang ab.

»Mmm, so lecker. Möchtest du welches?« Er hielt ihr die Schüssel hin.

Sie wandte den Blick ab. »Nein.«

Ein paar Augenblicke später, nachdem im Zimmer nichts als das Knuspern zu hören gewesen war, mit dem Wes sich über das Popcorn hermachte, drehte sich Kaylee halb zu ihm um. »Warum konntest du ihn nicht leiden?«

Er nahm an, dass sie über den Blödmann sprach. »Er war nicht gut genug für dich.«

»Er war ein guter, fester Freund«, widersprach sie, aber selbst Wes konnte hören, dass sie nicht aus Überzeugung sprach.

Er hob eine Braue.

»Na schön, er war ein verlogenes Arschloch. Ist es das, was du hören wolltest?«

»Wenn es zutrifft, ja.«

Abwesend streckte sie die Hand aus und griff sich eine Handvoll Popcorn, die sie aß, während sie weitersprach. »Ich wusste nicht, dass er log. Ich hatte keinen Grund, ihm zu misstrauen.«

»Natürlich hattest du keinen Grund. Deine vorherige Beziehung hattest du mit einem ehrlichen Mann. Du hattest keine Erfahrung mit verlogenen Wichsern.«

Sie verzog beinahe amüsiert den Mund. »Ich hoffe, damit meinst du nicht dich. Nichts für ungut, aber du warst auch nicht gerade ein Musterknabe.«

Er legte sich die Hand auf die Brust und tat übertrieben ungläubig, während sie sich erneut eine Handvoll Popcorn stibitzte. Darauf hatte er die ganze Zeit spekuliert – er wollte sie dazu bringen, etwas zu essen. Sie darum zu bitten oder dazu zu ermahnen, hätte gar nichts gebracht. Sie war nicht nur schön, sondern auch stur.

Wes spürte einen Stich in der Brust. Nostalgie? Verflixt, er hatte keine Ahnung, aber er tat das Gefühl hastig ab. Sowas durfte ihm jetzt wirklich nicht das Urteilsvermögen trüben. »Du musst aber zugeben, dass ich dich wirklich niemals belogen habe. Ich war nicht perfekt, aber ich habe dich geliebt.« Kaum hatte er das gesagt, fühlte er sich unbehaglich. Er gab zu viel von sich preis.

Er spürte, dass sie ihn anstarrte, und räusperte sich.

»Ist ja auch egal, aber du hast mir immer noch nicht erklärt, was genau ich getan habe, das so schrecklich war und mich zu einem abwesenden Freund gemacht hat. Die meisten Frauen besitzen wenigstens den Anstand, ihrem Kerl zu sagen, was er falsch gemacht hat, bevor sie ihn in die Wüste schicken.«

Kaylee streckte ihre Hand nach dem Popcorn aus, aber Wes zog die Schüssel weg und aus ihrer Reichweite.

Sie funkelte ihn an. »Ich dachte, du wärst hier, damit es mir besser geht? Gib' mir jetzt sofort etwas ab.«

Er kniff die Augen zusammen, aber gleichzeitig wurde ihm ganz warm in der Brust. Dafür hatte er Kaylee geliebt. Sie war stur, temperamentvoll, und sie wollte ihren Anteil. Er respektierte sie wirklich sehr. »Ich bin hergekommen, um nach dir zu sehen, nicht um dich aufzuheitern. Es gibt nichts mehr zu essen, bevor du mir nicht verrätst, was du da in deinem Kopf so streng unter Verschluss hältst.«

Sie wandte den Blick ab und rieb die Hände gegeneinander, wischte sich die Popcornreste von den Handflächen. »Das kann ich nicht.«

»Kannst du es nicht oder willst du es nicht?«

»Das ist wirklich schwer für mich, Wes. Verdammt schwer. Ich habe Angst.«

Sie meinte das ernst. Das war unverkennbar. Worum es auch gehen mochte, diese Sache hatte ihre Beziehung zerstört. Er war der Meinung gewesen, sie hätte es schlicht sattgehabt, dass er sie für seine Golfkarriere hintenangestellt hatte – und das mochte auch tatsächlich Teil des Ganzen sein, aber da war noch mehr. Und das war ihm erst in den letzten Tagen gedämmert.

Er war so sauer gewesen, dass sie ihn verlassen hatte

und seine Karriere den Bach runtergegangen war, dass er nie darüber nachgedacht hatte, ob es nicht noch einen anderen Grund für die Trennung gegeben haben könnte.

Würde das irgendetwas ändern? Wahrscheinlich nicht, aber er wollte dennoch wissen, was sie ihm die ganze Zeit vorenthalten hatte.

»Ich kann jetzt nicht darüber sprechen«, fuhr sie fort. »Ich bin eine emotionale Einöde. Jetzt in der Vergangenheit zu stöbern … Ich kann das gerade einfach nicht.«

»Na gut, in Ordnung.« Er reichte ihr die Schüssel, aber sie griff nicht hinein. Sie wirkte niedergeschlagen. »Du solltest wirklich zu deiner nächsten Golfstunde erscheinen.«

»Warum denn? Ich bin doch nicht mehr mit Eddy zusammen. Ich brauche nicht für die Hochzeitsreise zu trainieren. Es wird keine blöde Hochzeitsreise geben. Und du wolltest mich sowieso nicht mehr sehen, erinnerst du dich?« Sie stellte die Schüssel mit einem lauten Knall auf dem Couchtisch ab.

»Du hast aber auch gesagt, er wäre nicht der einzige Grund, wieso du Golfstunden nimmst.«

»Das stimmt … aber ich fühle mich elend. Ich kann jetzt nicht vor die Tür gehen. Vielleicht in ein paar Wochen.«

»Umso besser für dich, wenn du trotzdem kommst. Nicht erst in ein paar Wochen; das wäre nicht gesund.«

Er schüttelte innerlich den Kopf über sich selbst. Seit wann war er der Experte für geistige Gesundheit? Er hatte die letzten vier Jahre damit verbracht, sauer zu sein, weil seine Exfreundin ihn verlassen hatte.

Wes stand auf und nahm sich eine letzte Handvoll Popcorn. »Und iss etwas, Kaylee. Sonst komme ich rüber und mache noch mehr Popcorn. Und du wirst viel zu schnell herausfinden, dass ich so viel mehr auch gar nicht zustande bringe.«

Sie versuchte, ihr Lächeln zu verbergen. »Das wollen wir nicht riskieren.« Sie stieß einen tiefen Seufzer aus. »Danke dir. Dass du heute vorbeigekommen bist.«

Er kaute auf dem letzten Rest Popcorn herum. »Nur, weil du heute nicht aufgetaucht bist«, nuschelte er mit vollem Mund. »Ich kann es nicht leiden, wenn meine Kunden ihre Termine nicht einhalten. Das ist so unhöflich.«

Sie lächelte jetzt. »Dann bist du immer noch mein Golflehrer?«

Er zuckte unverbindlich die Achseln.

»Na schön«, sagte sie und ließ sich wieder in die Polster zurücksinken. »Ich werde da sein.«

KAPITEL 11

Kaylee fuhr kurz nach Hause, um ihren Eltern von der aufgelösten Verlobung zu berichten. Sie schaute auch bei ihrem Hausarzt vorbei, um sich auf eventuelle Geschlechtskrankheiten testen zu lassen, denn: Igitt! Sie wusste doch nicht, ob Eddy immer ein Kondom benutzt hatte. Irgendwie bezweifelte sie das jetzt. Immerhin konnte ihr Arzt sie beruhigen, dass sie in dieser Hinsicht aus dem Schneider war. Ein schwacher Trost, aber immerhin.

Ihre Eltern schienen über die Trennung nicht überrascht, ihr Vater wirkte geradezu erfreut.

Wie hatte sie bloß so blind sein können? Wer konnte wissen, mit wie vielen Frauen Eddy geschlafen hatte, während sie ein Paar waren? Nun, da sie den wahren Eddy gesehen hatte, konnte sie nicht mehr begreifen, wie sie auf diesen ekelhaften Menschen hereingefallen war. Offenbar traf man ganz furchtbare Entscheidungen, wenn man auf der Flucht vor Gespenstern war. Etwa, das Leben mit einem Kerl zu verbringen, weil der ebenfalls keine Kinder haben konnte.

Und um die Sache noch schlimmer zu machen, rief Eddy in einem irregeleiteten Versuch, sie wieder für sich zu gewinnen, auch noch bei ihr an und beschuldigte sie, das Problem zu sein.

Zur Hölle, nein, keine Chance. Sie lief schließlich nicht mehr mit dem Schleier vor den Augen herum. Der Anruf hatte nicht viel mehr als zwei Sekunden gedauert, bevor sie ihm klarmachte, dass er sich nie wieder bei ihr melden sollte.

Kaylee schleppte sich zu ihrer nächsten Golfstunde, war aber alles andere als fröhlich. Sie fühlte sich nach wie vor absolut mies, aber Wes hatte recht. Sie konnte sich nicht in Selbstmitleid ertränken, sondern musste sich um sich selbst kümmern.

Wes stellte ihr keine Fragen über die Trennung, sondern nickte bloß anerkennend, dass sie gekommen war, bevor er dafür sorgte, dass sie während der nächsten paar Stunden auf der Driving Range ordentlich ins Schwitzen geriet. Was erstaunlicherweise dazu führte, dass sie sich etwas besser fühlte, weil es sie zumindest von allem anderen ablenkte.

So wie Kaylee und Bella befand sich auch Wes im Trainingsmodus. Er übte neben ihnen und war dabei hyperfokussiert, genau wie damals auf dem College. Kaylee fragte sich, warum er so hart trainierte. Es erinnerte sie schmerzhaft an ihre gemeinsame Vergangenheit.

Wenn Kaylee sich selbst richtig runterziehen wollte, dachte sie darüber nach, dass sie wieder genau dort angekommen war, wo alles angefangen hatte – sie verbrachte ihre Zeit mit Wes, fühlte sich immer noch zu ihm hingezogen, aber er war mit den Gedanken ganz woanders. Sie war allerdings nicht darauf aus, etwas mit ihm oder sonst jemandem anzufangen. War es überhaupt möglich, sich früher oder später mit dem Ex zu trösten, über den man sich damals hatte hinwegtrösten wollen? Der Gedanke machte ihr einen Knoten ins Hirn. Nein, wenn sie bereit dazu war, dann würde sie nach vorn schauen, nicht zurück. Meine Güte, mit Wes auszugehen würde doch bedeuten, mindestens fünf Schritte rückwärts zu gehen.

Kaylee hatte sowieso ganz andere Sorgen, zum Beispiel die, wo sie in Zukunft wohnen würde. Irgendwie war es Eddy gelungen, ihr die Wohnung zu stehlen, die sie in San Francisco gemietet hatte, aber das war ihr scheißegal. Vor einem Jahr hatte er darauf bestanden, die Bude komplett neu einzurichten, daher hatte sie dort lediglich noch einige ihrer Klamotten und anderen Kram, den sich ihr Vater großzügigerweise abzuholen angeboten hatte, damit sie sich nicht noch einmal mit Eddy auseinandersetzen musste. Wenn sie jetzt zurück in die Stadt zöge, würde sich auch das wie ein Rückschritt anfühlen, und wenn sie einen Neuanfang wagen wollte, dann sollte das an einem Ort sein, an dem sie sich vorstellen konnte, auch langfristig zu leben.

Nach der Übungsstunde war Kaylee bereit, in den Notfallmodus zu wechseln, um ganz schnell ihr Leben wieder zurück in die Spur zu bringen. Sie setzte sich an den Küchentisch, den sie zu einem behelfsmäßigen Schreibtisch umfunktioniert hatte, und klopfte mit dem Stift auf der Tischplatte herum, während sie Craigslist, Monster.com und weitere Job-Suchmaschinen durchforstete und Bewerbungsformulare ausfüllte. Die Jobs, die sie fand, waren nicht besonders gut bezahlt, aber sie wollte etwas machen, das ihr wirklich Freude machen würde.

Vorerst brauchte sie ja nur genug Geld, um sich irgendwie über Wasser zu halten. Das Häuschen ihrer Eltern war abbezahlt, und sie hatten gesagt, dass sie dort so lange bleiben konnte, wie sie wollte.

Trotz der völligen Kehrtwende, die ihr Leben gerade gemacht hatte, fühlte sie sich überraschend gelassen und akzeptierte, dass sie sich darauf jetzt einlassen musste. Es war beinahe, als wäre eine schwere Last von ihren Schultern gefallen. Vielleicht war dem ja so. Irgendwie würde schon alles gut werden. Sie durfte nur die klaren Grenzen nicht vergessen, die sie zwischen sich und Wes ziehen und aufrechterhalten musste.

———

Wes überflog die hinzugekommenen Bewerbungen in seinem Posteingang. Er hatte eine Stelle für einen Assistenz-Pro-Golflehrer inseriert, aber kaum jemand hatte Erfahrung mit Kindern. Er könnte natürlich auch jemanden ohne diese Erfahrung einstellen. Das neue Direktmarketing brachte bessere Ergebnisse als erwartet, und sie brauchten auch jemanden, der Erwachsene unterrichten konnte. Aber dank Bella hatte er seine Meinung geändert, was das Thema ›Kinder trainieren‹ anging.

Als Emily ihn gefragt hatte, ob er einer couragierten Fünfjährigen Unterricht geben könnte, wäre er am liebsten sofort davongerannt. Aber dann hatte sie ihm von Bellas Talent erzählt und ihm ihre Situation erklärt. Und dass ihre Eltern sich beinahe ständig im Club aufhielten.

Das kleine Mädchen langweilte sich und wurde ignoriert. Das konnte Wes nachfühlen. Er war auch so ein gelangweiltes Kind gewesen, das im Club herumhing und um seine Mutter trauerte, ihren Verlust allein kaum verarbeiten konnte. Statt Zeit mit seinen fünf jungen Söhnen zu verbringen, hatte Wes' Vater sich in seiner Arbeit vergraben. Wes hatte seinen Dad immer dafür gehasst, dass er den Club über ihn gestellt hatte.

Er hatte zugestimmt, der kleinen Bella *eine* Stunde zu geben. Dann hatte er gesehen, was sie draufhatte und wie entschlossen sie war.

Bellas Schwung war unkoordiniert und unpräzise gewesen, wie bei den meisten Anfängern. Aber sie war erstaunlich gut darin gewesen, ihn zu beobachten und dann die Haltung und die Bewegungen nachzumachen, die er ihr zeigte. Er hatte echtes Potenzial in ihr gesehen, und das hatte ihn begeistert. Je mehr er mit ihr übte, desto überzeugter war er, dass sie einmal eine großartige Golferin werden konnte.

Zuerst hatte es ihn verärgert, dass Bellas Eltern egoistische Arschlöcher waren, die sich nicht einmal die Mühe machten, Zeit mit ihrer Tochter zu verbringen. Aber als er sich entschieden hatte, Bella unter seine Fittiche zu nehmen und ernsthaft zu trainieren, hatte er seine Einstellung dazu geändert. Sollten ihre Eltern doch ihr Ding machen; er würde dafür sorgen, dass Bella es beim Golfen allen zeigte.

Es dauerte nicht lange, bis Wes erneut über das Kinderprogramm nachdachte. Emily hatte ihn angebettelt, das Angebot für Kinder auch auf Golf auszudehnen. Wenn nur die Hälfte der Kinder, die auf dem Übungsplatz Stunden nehmen würden, mit Bellas Energie und Ehrgeiz an den Sport herangingen, wäre es die Sache mehr als wert. Ihm gefiel der Gedanke, die nächste Generation von Golfern zu trainieren. Das gab ihm das Gefühl, etwas Wichtiges zu tun.

Wes ging erneut die Liste der Bewerber durch. Er notierte sich die Telefonnummern von denen, die Erfahrung mit Kindern hatten. Jeder, den er einstellte, würde die komplette Vorauswahl und Überprüfung durchlaufen müssen, aber irgendeine Erfahrung im Umgang oder der Arbeit mit Kindern schien ihm unerlässlich.

Er schaltete seinen Computer aus und stand auf. Als Nächstes würde er wieder drei Stunden auf dem Übungsrasen trainieren. Er hatte Kaylee heute bereits eine Zusatzstunde gegeben, nachdem sie angerufen und nachgefragt hatte, ob er Zeit hatte. Normalerweise feilte er morgens an seinem kurzen Spiel, aber er hatte nicht Nein sagen können. Sie machte gerade ganz schön viel durch, und ganz gleich, wie verkorkst ihrer beider Vergangenheit war, er würde sie nicht hängenlassen.

Sie war in gutsitzenden, roten Golfshorts und weißem Polohemd erschienen, und es beruhigte ihn, dass ihr Gesicht wieder mehr Farbe hatte. Ein Teil ihrer üblichen Energie war zurück, und er hatte sie daher auf dem Platz auch nicht geschont.

Wes lächelte, als er an ihren missmutigen Blick dachte, nachdem er ihr gesagt hatte, sie solle sich einen weiteren Eimer Bälle nehmen, zehn Minuten, bevor die Stunde normalerweise zu Ende wäre. Er hatte sie weiter üben lassen, bis auch dieser Eimer leer war. Zum Schluss hatte das Polohemd aus Baumwolle an ihrem zierlichen Körper geklebt, und sie war außer Atem gewesen. Was Wes als Bestätigung verbuchte, dass er als Trainer seinen Job gut erledigt hatte. Niemand sollte aus einer Sportstunde kommen, ohne dass ein paar Muskeln brannten.

Was ihn darauf brachte, dass er selbst schleunigst seinen Arsch zum Übungsrasen bewegen sollte, bevor es zu dunkel wurde, um die Bälle richtig zu sehen. Er schnappte sich seine Schläger und steckte das Handy in die Hosentasche seiner marineblauen Golfhose, wo es prompt zu vibrieren anfing.

Wes griff in die Hosentasche und fischte das Telefon wieder heraus. »Hallo?«, meldete er sich, während er den Blick durch den Golfshop schweifen ließ, um sich zu vergewissern, dass seine Angestellten ordentlich aufgeräumt und abgeschlossen hatten.

»Wes, hier ist Tom.«

»Hey, Mann. Wie stehen die Dinge in San Fran?« Tom Henderson war ein Kumpel von Wes, der es direkt vom College in die Pro-Tour geschafft hatte. Das war auch Wes' größter Traum gewesen, sein einziger Traum. Bis Kaylee ihn abserviert und einen unkonzentrierten Trottel aus ihm gemacht hatte. Und jetzt war sie zurück, was eigentlich nur eine kranke Laune des Schicksals sein konnte. Dass er sie immer noch attraktiv fand, machte die Sache nur schlimmer. Sogar dann, wenn sie nach einer harten Golfstunde ganz verschwitzt war. Dann ganz besonders.

Wes hatte sich an keine andere Frau rangemacht, seit Kaylee aufgetaucht war. Er hatte das auf seinen straffen Trainingsplan geschoben, war aber inzwischen besorgt, dass mehr dahintersteckte.

»Wes, ich muss gleich in den Flieger, aber da hat sich eben etwas ergeben«, erklärte Tom und verscheuchte damit Wes' Tagtraum, in dem er Kaylee gerade aus dem verschwitzten Polohemd half. »Auf einem der Plätze, die zur Tour gehören, gab es einen krassen Zwischenfall. Schwerer Brand im Clubhaus. Niemand verletzt, aber die Anlage kann nicht rechtzeitig für das Turnier instandgesetzt werden. Die Tour braucht also einen Ersatz.«

Wes, der gerade die Lampen im Golfshop ausschaltete, erstarrte mitten in der Bewegung, und dann begann sein Herz wie wild zu hämmern.

Es kam extrem selten vor, dass ein Unglück einen der Plätze der Tour traf und unbespielbar machte. »*Bitte* sag' mir, dass sie Club Tahoe in Betracht ziehen. Und wenn du mir falsche Hoffnungen machst, dann komm ich rüber und trete dir in den Arsch.«

Tom lachte. »Tja, mein Freund, ich war zufällig zur rechten Zeit am rechten Ort und habe von deinem Golfplatz geschwärmt. Hat sicher auch nicht geschadet, dass eins der Ausschussmitglieder schon mal bei euch gespielt hat.«

»Willst du mich verarschen?« Wes ging im Raum auf und ab, raufte sich erregt die Haare.

Er ließ seine Schläger nahe des Verkaufstresens liegen. Das war *die* einmalige Gelegenheit für das Resort, das finanziell angeschlagen war, seit er und seine Brüder die Leitung übernommen hatten.

Keiner seiner Brüder hatte etwas mit dem Resort zu tun haben wollen, nachdem sie erwachsen geworden waren. Sie waren eher davongerannt, sobald sie konnten. Sein Bruder Adam war die Ausnahme. Adam hatte zunächst für ihren Vater gearbeitet und war dann ins Management der Konkurrenz, Blue Casino, gewechselt. Wes war auch irgendwie die Ausnahme, aber nur, weil er den Golfplatz liebte. Seine anderen drei Brüder hatten bis zum Tod ihres Vaters Malocher-Jobs gemacht und nicht die geringste Ahnung davon gehabt, wie man ein Luxusresort leitete. Daher stolperten sie seither in einer beispiellosen Aufholjagd durch ihren jeweiligen neuen Alltag.

»Nein, ich verarsche dich keineswegs, aber du musst schnell handeln. Ich habe Club Tahoe ins Spiel gebracht, und die waren alle offen dafür, aber du musst die Gelegenheit beim Schopf packen und zusagen.« Tom rasselte Namen und Nummer des zuständigen Gremiumsmitglieds herunter.

Wes angelte hastig nach einem Stift hinter dem Tresen und kritzelte beides auf einen Zettel.

»Sag' ihm, dass ich dich ins Bild gesetzt habe und dass dein Platz pünktlich zum Turnier fertig ist.«

»Klar, ich tue alles, was nötig ist. Welches Turnier ist es?«

»Das zweite der Saison.«

Wes rechnete kurz im Kopf nach. »Das ist in sieben Wochen.«

»Japp. Willst du es trotzdem machen?«

Wes wäre ein Narr, wenn er diese Gelegenheit verstreichen ließe. »Aber sowas von.«

»Dann ruf' ihn an. Ich melde mich, wenn ich wieder in San Francisco bin. Ach ja, Wes?«

»Hm? Ich bin hier.« Das war er, auch wenn sein Verstand bereits eifrig vorausgaloppierte.

»Vergiss nicht, wenn das Turnier im Club Tahoe stattfindet, bekommt der Pro-Lehrer einen der Ausnahmeplätze der Sponsoren.«

Während Wes im Kopf bereits all die Dinge durchgegangen war, um die er sich kümmern musste, um den

Platz für das Turnier vorzubereiten, hatte er einen wesentlichen Bonus außer Acht gelassen.

Als leitender Golflehrer des Clubs durfte er das Turnier mitspielen.

Ohne sich zuvor qualifizieren zu müssen.

Heilige Scheiße nochmal.

Irgendwie gelang es ihm, das Telefongespräch zu beenden, ohne ohnmächtig zu werden. Er legte die Hände flach auf den Tresen und atmete ganz tief ein.

Das könnte alles verändern. Dem Club eine neue Ausrichtung geben. Seine Golfkarriere zurückbringen.

KAPITEL 12

Am nächsten Morgen stieß Wes schwungvoll die Tür zu Levis Büro auf und stürmte ins Zimmer. »Mach dich auf was gefasst.«

Emily kletterte hastig von Levis Schoß herunter, hielt ihre Bluse vor der Brust zusammen und knöpfte sie dann rasch wieder zu.

Wes hielt sich eine Hand vor die Augen. »Tut mir leid. Ich hätte anklopfen sollen.«

»Arschloch«, brummte Levi. »Meine Freundin arbeitet hier. Was denkst du denn, was wir machen, wenn sonst niemand da ist?«

Wes spähte zwischen den Fingern hindurch, um sich zu vergewissern, dass alles wieder ordentlich verpackt war, und senkte dann die Hand. »Arbeiten?«

»Nein, Blödmann, wir knutschen ... und sowas.« Levi fügte den letzten Teil nur ganz leise hinzu. Emily war rot geworden, bedeckte ihr Gesicht mit den Händen und schüttelte den Kopf. Levi zeigte mit dem Finger auf Wes. »Also denk' nächstes Mal daran, bevor du hier hereinplatzt.«

Wes verdrehte die Augen. »Sehr gut, Levi. Äußerst professionell.«

»Hör besser gar nicht hin«, wandte Emily ein. »Wir machen hier sicher nicht den ganzen Tag rum.«

»Würde ich aber, wenn ich könnte«, murmelte Levi.

Emily nahm einen Stapel Papierkram von Levis Schreibtischkante an sich. »Ich werde dann mal gehen. Lasse euch Jungs in Ruhe.«

Levi griff nach ihrer Hand und zog sie erneut auf seinen Schoß. »Bleib' doch.«

Wes schloss endlich die Tür. »Weißt du, Emily, du solltest wirklich bleiben. Was ich euch zu sagen habe, ist ein Riesending – wir werden alle verfügbaren Leute brauchen.«

Als Wes das Wort ›Sponsorenplatz‹ ungefähr fünfhundertmal in seinem Kopf wiederholt und die Vision von sich selbst mit der Trophäe in den Händen nach hinten gedrängt hatte, riss er sich zusammen und sprach mit dem Tour-Verantwortlichen, dessen Nummer Tom ihm gegeben hatte. Der Mann war absolut dafür, das Turnier im Club Tahoe abzuhalten. Er hatte sogar zugestimmt, die Veranstaltung entsprechend umzubenennen. Solange Wes nur den Platz und die gesamte Anlage rechtzeitig dafür vorbereiten konnte.

»Wir werden Gastgeber des *Tahoe Invitational*.« Wes wippte hoch auf die Fußballen, sein Körper vibrierte geradezu vor Aufregung.

Levi sah Emily an. »Weißt du, wovon er spricht?«

Sie schüttelte den Kopf, aber ihre Augen leuchteten. Emily war scharfsinnig. Wes konnte praktisch zusehen, wie sie sich zusammenreimte, was Sache war. »Redest du von einem Profi-Golfturnier? Hier im Club?«

»Ja, verdammt nochmal, ja!« Wes klatschte laut in die Hände und marschierte auf sie zu. Er setzte sich auf die Schreibtischkante, was ihm einen finsteren Blick seines Bruders einbrachte.

Emily stand auf und wich Levis Grabbelhänden aus, kam herüber und tippte auf ihr Tablet, als suche sie nach dem leeren Bildschirm, auf dem sie sich Notizen machte. »Wann?«, wollte sie wissen. »Und von wie vielen Leuten, die wir versorgen müssen, reden wir denn hier grob?«

»Nicht Leute. Massen.« Wes wandte sich an Levi. »Hörst du überhaupt zu?«

Levi hatte den Blick immer noch auf Emily gerichtet, als wolle er sie zurück auf seinen Schoß ziehen. »Weißt du, was das für den Club bedeutet?«

Sein Bruder kratzte sich am Kinn. »Hat das etwas mit deinem Kumpel Tom zu tun? Ich würde nichts auf das geben, was aus dem Mund dieses Schwachkopfs kommt.«

Das einzige Mal, dass Wes ein Treffen zwischen seinem Bruder und Tom arrangiert hatte, hatten Wes und Tom sich sinnlos betrunken und Frauen mit nach Hause genommen, statt wie geplant darüber zu sprechen, ob sie ein Turnier in den Club bringen konnten. Er sah ja ein, dass das eine unreife Aktion gewesen war, aber es war auch Monate her. Wes hatte mehr als genug von solchen Dummheiten. Er wollte mehr.

Und seine Chance auf den Erfolg, den er sich immer gewünscht hatte, war ihm gerade in den Schoß gefallen.

»Vergiss das alles doch mal. Diesmal geht es nicht um eine entfernte Möglichkeit, diesmal ist es ernst, und ich habe es schwarz auf weiß. Ich habe den vorläufigen Vertrag heute früh unterzeichnet.« Wes legte ein Blatt Papier vor Levi auf den Schreibtisch.

Levi starrte auf das Dokument hinab. »Ohne meine Erlaubnis?«

»Die endgültige Version müssen wir sowieso alle gegenzeichnen. Ich nahm an, dass du mir die Details bezüglich des Golfplatzes überlassen wollen würdest.«

»Da hast du richtig gedacht.« Levi tippte mit dem Finger auf den Schreibtisch. »Was beinhaltet das Ganze sonst noch? Können wir ein so großes Event überhaupt stemmen? Wann genau soll die Chose denn stattfinden?«

»In sieben Wochen, was der Hauptgrund ist, dass sie uns den Zuschlag gegeben haben. Ich habe versprochen, dass wir bis dahin bereit sind.«

»In sieben Wochen?«, brüllte Levi. »Hast du den Verstand verloren?«

Wes rieb sich übers Kinn. »Es wäre ein Wunder, wenn wir das hinbekämen. Aber wenn es uns tatsächlich gelingt? Unser Resort wird weltweit im Rampenlicht stehen. Denk doch nur, Levi, wir könnten ein regelmäßiger Teil der Tour werden. Und dieses Turnier garantiert uns ein ausgebuchtes Hotel zum Spitzenpreis rund um das Event. Aber wenn wir das stemmen wollen, dann muss jeder einzelne Mitarbeiter sich den Arsch aufreißen. Zweifellos werden wir auch zusätzliches Personal einstellen müssen ...« Wes stand auf, ging im Zimmer auf und ab, blieb dann abrupt stehen und starrte Levi an. »Scheiße. Kriegen wir das hin?«

Emily tippte fieberhaft auf ihrem Tablet herum, machte sich Notizen oder rechnete Einzelheiten aus – wer wusste schon, was sie die ganze Zeit mit dem Ding machte? »Ja. Ja, das kriegen wir hin. Wenn wir eine Schiffsladung Zeitarbeiter engagieren und dafür sorgen, dass die regulären Angebote wie am Schnürchen laufen.

Der einzige Bereich, der noch nicht soweit ist, wäre das Kinderprogramm Club Kids. Wir sind ausgebucht, und jeden Tag fragen neue Gäste nach Plätzen für ihre Kleinen, also wollen wir da auf keinen Fall Mist bauen. Aber wenn ich jemanden finde, der das Programm leitet – jemanden, der oder die sehr gut darin ist –, dann sollte das passen.«

Levi rieb sich über den Mund. »Bisher haben wir auf unser bestehendes Team zurückgegriffen, um Club Kids zu verstärken, aber das wird nicht funktionieren, wenn gleichzeitig ein Golfturnier läuft. Wie bald kannst du eine Vollzeitkraft einstellen, die das Programm managt?«

Emily biss sich auf die Lippe. »Das hängt von den Kandidaten ab, die sich dafür bewerben. Es geht um Kinder; da kann ich nicht einfach irgendwen einstellen. Ich brauche jemanden, der oder die absolut vertrauenswürdig ist und zupacken kann. Jemand, der sofort loslegt und das Programm großartig mit Leben füllt.«

Levi seufzte. »Das heißt also, dass uns jetzt auch noch ein Wundertäter in den Schoß fallen müsste.«

Emily nickte langsam. »So in etwa. Aber lass mich das mal annoncieren und schauen, was dabei herauskommt. Ich gebe die Stellenbeschreibung noch heute Nachmittag raus. Manchmal dauert es ewig, bis man eine Stelle füllen kann, und manchmal ist mir das Glück hold, und ich finde gleich beim ersten Versuch den Richtigen oder die Richtige.«

»Während du dich darum kümmerst«, meldete sich Wes wieder zu Wort, »setze ich eine Besprechung mit meinem Personal an. Die Tour muss einiges an Unterstützung anbieten. Ich werde nachschauen, was genau diese Unterstützung beinhaltet und was die jeweiligen

Anforderungen für Sicherheitspersonal, Bewirtung, Verkauf von Merch sind ... Scheiße, die Liste ist lang, nicht wahr?« Wes begann wieder, im Zimmer auf und ab zu gehen. »Ach, Levi, das wäre jetzt wohl auch ein guter Zeitpunkt, dem Anwalt, den du neu eingestellt hast, diesen vorläufigen Vertrag zu zeigen, damit er drübergeht und uns sagt, ob alles seine Richtigkeit hat.«

»Wird erledigt.« Levi nahm das Dokument zur Hand. »Ich lasse auch den Finanzdirektor und Jared kommen. Die beiden müssen ja wissen, was los ist.«

»Stimmt.« Wes verzog das Gesicht. »Ich kann immer noch nicht glauben, dass du den Freund deiner Ex eingestellt hast.«

»Hey«, maulte Emily sofort. »Jared ist großartig. Und Lisa ist ja nicht bloß Levis Ex, sie ist vor allem meine Schwester, und das schlägt die Einordnung als Ex um Längen.«

Wes blickte sie verständnislos an. »Emily, lass mich bitte mit deiner umständlichen Frauenlogik in Ruhe. Kaylee hat mir in den letzten Wochen schon genug Wirrwarr serviert.«

Er wandte sich zur Tür. »Levi, trommel' du auch unsere Brüder zusammen, ja? Sag' ihnen, was auf uns zukommt, und mach ihnen klar, dass sie sich auf eine Menge Zusatzarbeit gefasst machen müssen. In den kommenden Wochen werde ich komplett eingespannt und mit dem Golfplatz beschäftigt sein, um alles zu arrangieren. Ich überlasse es euch beiden, den Teil mit dem Resort zu organisieren.«

»Klar doch, überlass' uns ruhig das Resort.« Levi schenkte Wes einen genervten Blick, wandte sich dann aber sofort seinem Computer zu und fing an, etwas einzutippen, höchstwahrscheinlich eine E-Mail. Die breiten Schultern und muskelbepackten Arme waren gekrümmt, um sich der allzu schmalen Tastatur anzupassen.

Levi hatte früher als Feuerwehrmann gearbeitet, bis er sich im Dienst verletzt hatte. Sein hart arbeitender, muskulöser Bruder wirkte auf Wes oft immer noch fehl am Platz hinter einem Schreibtisch, und er fand den Anblick verdammt komisch. Aber alle seine Brüder hatten sich aus ihrer jeweiligen Komfortzone verabschieden müssen, als ihr Vater starb.

»Willst du lieber den Golfplatz übernehmen?«, fragte Wes. »Denn ich würde zu gern sehen, wie du den in Form bringst.«

Levi zeigte ihm den Stinkefinger. »Raus hier, damit ich in Ruhe arbeiten kann.«

Wes beeilte sich, Levis Büro zu verlassen. In seinem Kopf summte und brummte es vor Begeisterung, aber auch vor Beklommenheit. Himmel Herrgott, das war eine riesengroße Sache. Er wusste nicht, ob sie das alles hinkriegen konnten, aber er würde alles tun, was in seiner Macht stand, um dafür zu sorgen, dass sie es schafften. Denn von dieser Gelegenheit würde nicht nur er profitieren, sondern auch seine Brüder.

———

KAYLEE EILTE an der Rezeption von Club Tahoe vorbei und bog links ab, ging einen langen Korridor hinunter, der vor einer Doppeltür endete. Sie betrat die Verwaltungsetage und spürte den Schauer, der ihr über den Rücken lief. Dies war der letzte Schritt; danach war ihre geplante Hochzeit Geschichte. Es ging nicht darum, dass es ein falscher Schritt wäre, aber es war einer von diesen Momenten, die ihrem Leben eine völlig andere Richtung gaben. Unbekanntes Neuland, das ihr Angst machte.

Sie atmete tief ein und sprach mit dem Empfangsmenschen am Eingang. Er bestätigte ihren Termin und bat sie, noch kurz Platz zu nehmen.

Kaylee setzte sich in einen der gepolsterten Sessel im Empfangsbereich und verschränkte die Finger ineinander, bis die Knöchel weiß hervortraten.

»Kaylee?«

Sie sah auf und erblickte Emily, die mit einem herzlichen Lächeln vor einem der Büros stand.

»Kommen Sie doch herein.« Sie winkte sie zu sich herüber.

Kaylee erhob sich und durchquerte den Flur, ging an mehreren Angestellten vorbei, die geschäftig herumliefen. Die Mitarbeiter schienen beschäftigter als beim letzten Mal, als sie hier gewesen war. Mit Eddy. Ach Mensch. Es war der richtige Schritt, aber ihr machte immer noch zu schaffen, was für einen kolossalen Fehler sie um ein Haar begangen hätte. Und wenn sie darüber nachdachte, dass sie sich ein ganz neues Leben einrichten musste ...

»Danke, dass Sie heute für mich Zeit hatten«, sagte sie, sobald Emily die Tür zu ihrem Büro hinter ihnen geschlossen hatte. »Mir war nicht klar, dass hier so spät am Nachmittag noch so viel los ist.«

Emily seufzte und nahm hinter ihrem Schreibtisch Platz. »Ist es normalerweise auch nicht. Aber wir haben gerade Bescheid bekommen, dass wir in weniger als zwei Monaten ein Profi-Golfturnier ausrichten sollen.«

Ungeachtet ihrer eigenen Situation konnte sich Kaylee leicht vorstellen, wie großartig diese Neuigkeiten für den Club sein mussten. Und für Wes. »Das ist ja toll. Herzlichen Glückwunsch. Wes ist bestimmt ganz aus dem Häuschen.«

»Wissen Sie was, ich weiß es gar nicht. Ich meine, ja, er wirkt begeistert, aber es ist auch ziemlich irre, was wir jetzt alles auf die Beine stellen müssen, um das Resort für diesen Andrang vorzubereiten.«

»Nun, dann will ich Ihnen auch nicht Ihre Zeit stehlen. Ich bin nur gekommen, um die Formulare wegen der Hochzeitsabsage zu unterschreiben.«

Emily zog die Brauen zusammen. »Das tut mir so leid, Kaylee. Ich habe mir schon Sorgen gemacht, dass es darauf hinauslaufen würde.«

»Danke. Mir tut es nur leid, dass es soweit gekommen ist. Die Sache ist kompliziert ...«

War sie überhaupt jemals in Eddy verliebt gewesen? Oder er in sie? Im Augenblick war sich Kaylee über gar nichts mehr sicher.

»Keine Erklärung notwendig.« Emily nahm einen Umschlag vom Tisch und hielt ihn Kaylee mit einem vorsichtigen Lächeln hin. »Ich habe mit Levi gesprochen, und wir können Ihnen die gesamte Anzahlung zurückerstatten. Wie sich herausstellt, haben wir ein Paar, das sich total darüber freuen würde, den freigewordenen Termin für seine Hochzeit zu nehmen.«

»Oh, wow. Würden Sie Levi meinen Dank ausrichten?«

»Aber sicher doch.« Emily zog die Brauen zusammen. »Wie geht es Ihnen denn sonst so?«

»Schon besser. Ich meine, ich bin zwar entwurzelt,

fühle mich aber irgendwie wieder mehr wie ich selbst, was wohl ein Zeichen dafür ist, dass vieles falsch lief. Und ich habe mich entschlossen, in der Stadt zu bleiben, aber jetzt muss ich einen Job finden ... Deswegen konnte ich heute auch nicht früher kommen. Ich war den ganzen Tag bei Vorstellungsgesprächen.« Kaylee machte ein finsteres Gesicht. »Ich hatte vergessen, wie klein diese Stadt im Grunde ist. Es gibt nicht viele Möglichkeiten, abgesehen vom Glücksspiel. Ich hoffe wirklich, dass ich bald etwas finde, denn der Gedanke, mit 26 wieder zurück zu meinen Eltern zu ziehen, ist nicht wirklich reizvoll.« Sie lachte leise.

»Nein, ganz sicher nicht«, gab Emily langsam zurück. »Was sind denn das für Stellen, nach denen Sie suchen?«

»Ich habe Soziologie studiert, Nebenfach frühkindliche Erziehung, und ich habe vorher in einer gemeinnützigen Organisation für Frauen und Kinder gearbeitet. Naja, abgesehen von einer Tätigkeit als Aushilfslehrerin habe ich einige gemeinnützige Sachen und ein oder zwei Sozialprogramme gefunden, die ganz interessant klangen.«

Emily lehnte sich vor. »Na sowas. Nun, wissen Sie, im Club ist eine Stelle frei, für die wir ganz dringend jemanden suchen. Das passt vielleicht nicht hundertprozentig, wunderbar bezahlt ist es auch nicht, aber es hat immerhin auch mit Kindern zu tun. Ich nehme nicht an, dass Sie interessiert wären, sich auf die Stelle der Leiterin unseres Kinderprogramms zu bewerben? Wir bekommen da laufend immer mehr Zuwachs und brauchen eine vertrauenswürdige Person mit Organisationstalent. Die Bezahlung dürfte sich auch nochmal erhöhen, wenn wir das Programm erst einmal komplett aufgesetzt und am Laufen haben.«

Die Möglichkeit, im Club Tahoe zu arbeiten, hatte Kaylee nicht auf dem Schirm gehabt. Wes würde das sicher gar nicht gefallen ... Aber sie durchsuchte nun schon seit Tagen die freien Stellen, und da war wirklich nicht viel zu holen. »Ich wäre tatsächlich sehr daran interessiert.«

»Wunderbar.« Emily strahlte. Sie erhob sich und reichte Kaylee ihre Visitenkarte. »Schicken Sie mir doch Ihren Lebenslauf per E-Mail, und dann sehen wir weiter.«

Sie hatte damit gerechnet, entmutigt den Club zu verlassen, weil sie mit diesem Schritt ihre Hochzeitspläne endgültig begraben hatte, aber nun stellte sich heraus, dass sie merkwürdig gestärkt aus diesem Gespräch ging.

Ein Job im Club?

Wes würde wahrscheinlich austicken.

Aber Kaylee konnte sich schlechtere Arbeitsplätze vorstellen. Club Tahoe war das Paradies verglichen mit einigen der Firmen, in denen sie in der Vergangenheit gearbeitet hatte. Und wenn sie etwas Sinnvolles für und mit Kindern machen konnte, wäre das doch ein toller Job. Nicht gerade das, was sie sich für ihre weitere Laufbahn vorgestellt hatte, aber sie brauchte schließlich etwas, um wieder auf die Füße zu kommen.

KAPITEL 13

»**D**u hast wen eingestellt?« Eine Sekunde lang glaubte Wes, Emily hätte gerade gesagt, dass sie Kaylee eingestellt hatte, um im Club zu arbeiten.

»Du hast mich schon richtig verstanden, Wes. Und ich kann jetzt wirklich kein Gemecker von dir gebrauchen«, konterte Emily, die neben Levis Schreibtisch stand.

Diesmal war Wes nicht ohne Vorankündigung ins Zimmer gekommen, er hatte seine Lektion gelernt. Er klopfte brav an, aber es hätte keine Rolle gespielt, denn Levi und Emily arbeiteten tatsächlich, als er den Raum betrat.

»Du bist nicht der einzige, der hier rotiert, um den Club für das Turnier bereit zu machen«, stellte sie fest. »Wir haben jemanden gebraucht, um Club Kids zu leiten, und Kaylee war die perfekte Kandidatin. Sie ist sogar überqualifiziert, wenn man es genau nimmt. Aber wenn alles gutgeht, kann ich sie vielleicht überzeugen, bei uns zu bleiben. In den vergangenen zwei Wochen ist es ihr gelungen, ein Programm in den Griff zu bekommen, das mit sehr wenig Geld auskommen musste. Und es versteht sich von selbst, dass die Eltern sie lieben.«

»In den letzten zwei Wochen?« Wie zum Teufel hatte ihm das entgehen können? Ach ja, richtig, er war schwer beschäftigt gewesen, ein Turnier auf die Beine zu stellen.

Zweifellos liebten die Eltern Kaylee. Oberflächlich betrachtet war sie wunderschön und gütig und sanft, besonders im Umgang mit kleinen Dingen, so wie Kindern und Welpen. Aber wenn einem das Herz mit diesen sanften Händen zerquetscht wurde, vergaß man das nicht so leicht wieder.

Wes warf Levi einen Seitenblick zu, aber der lächelte Emily an. »Ich sehe schon, deine Sklaventreiberin tut mal wieder das, was sie am besten kann.«

»Du hast ja keine Ahnung«, stellte Levi mit stolzer Stimme fest. »Und wenn es uns gelingt, das Resort rechtzeitig für das Turnier bereitzumachen, dann kannst du dich bei ihr dafür bedanken.«

Emily tippte ihr Tablet an. »Gar nicht wahr. Alle haben ihren Beitrag geleistet.« Sie blickte Levi liebevoll an. »Du ganz besonders.«

»Weil du die Peitsche geschwungen hast«, murmelte Wes.

Emily grinste. »Dieser Teil gefällt mir.«

»Baby, nun stiehl' mir doch nicht die ganze Show«, mahnte Levi. »Du weißt, wie gern ich hier einen auf starker Mann mache.«

»Und das musst du auch. Dieser unzuverlässige Koch macht Bran schon wieder das Leben schwer. Würdest du mit ihm reden?«

»*Macon*.« Levi lehnte sich auf seinem Schreibtischstuhl zurück und verschränkte die Arme vor der Brust. »Es wird mir ein Vergnügen sein sicherzustellen, dass der hübsche Junge seine Arbeit ordentlich macht. Eigentlich finde ich sogar, dass Bran den stellvertretenden Chefkoch befördern sollte. Wir haben es doch alle satt, dass Macons nächtliche Aktivitäten seinen Arbeitseifer empfindlich dämpfen.«

»Da bin ich ganz deiner Meinung«, sagte Emily, während sie die Papiere auf Levis Schreibtisch austauschte. »Unterschreib' die hier bitte. Die müssen zur Finanzabteilung rüber.«

Wes blinzelte und rieb sich über die Stirn. Das Gespräch war längst in anderen Bahnen. »Um auf Kaylee zurückzukommen, denkst du wirklich, dass es eine gute Idee ist, wenn sie hier arbeitet?«

»Ja«, erwiderte Emily knapp. »Und es kann gar nicht schaden, wenn du mal nach ihr siehst. Sie macht schließlich eine heftige Veränderung durch.«

»Sie ist meine Exfreundin. Warum sollte ich nach ihr sehen?«

»Weil du dich um sie sorgst?«, schlug Emily zuckersüß vor.

Verdammt, das tat er. Aber es gefiel ihm nicht, dass seine Familie das wusste. Und auch der Blick in Emilys Augen gefiel ihm nicht, wenn sie über Kaylee sprach. Sie sah ihn an, als könnten er und Kaylee wieder zusammenkommen, aber das würde niemals geschehen.

Er sorgte sich um Kaylee, aber sie hatte ihm wehgetan. In seinem Leben hatte er genug Enttäuschungen zu verarbeiten, er brauchte keine zweite Runde mit seiner

Ex. Auch wenn sie wunderschön war. Und liebevoll und resolut, so wie er seine Frauen liebte.

In letzter Zeit hatte er dagegen den leichtfertigen, unkomplizierten Typ bevorzugt. Frauen, nach denen er sich nicht zurücksehnte, die er vergessen konnte. Und es war über einen Monat her, seit er mit einer von denen angebandelt hatte ...

Herrgott, vielleicht war es wirklich nicht die Turnier-Vorbereitung, die sein Hirn verschmoren ließ. Er brauchte schlichtweg einen guten Fick, um den mentalen Schlamm wegzuspülen, der sich in seinem überarbeiteten Körper und Geist angestaut hatte. Die häufige Interaktion mit seiner Ex hatte das Ganze noch verschlimmert.

»Ich habe sie doch bei den Golfstunden gesehen, und ihr scheint es gut zu gehen«, sagte er. Aber so richtig sicher war sich Wes da nicht. Sie war ziemlich aufgelöst gewesen, als er bei ihr aufgetaucht war, nachdem Eddy, der Blödmann, sie betrogen hatte.

»Hör zu.« Emily legte tatsächlich kurz ihr Tablet weg. »Ich habe Kaylee eingeladen, heute Abend mit uns in der Lounge einen Drink zu nehmen. Wir alle haben letzte Woche ausgesetzt und können die Atempause gut gebrauchen. Wenn wir uns nämlich zwischendurch nicht auch mal entspannen, sind wir schon erledigt, bevor das Turnier über uns hereinbricht.«

Sie hatte recht. Andererseits ... »Dieses regelmäßige Treffen in der Bar ist aber für uns Brüder gedacht.«

»Und für Emily«, erinnerte Levi ihn scharf.

»Und ich habe Kaylee eingeladen«, fügte Emily hinzu. »Sie hat niemanden in der Stadt, und ich mag sie echt gern. Sie ist total lieb und sehr klug. Und sie hat mir immens geholfen. Du brauchst ja nicht zu kommen, wenn du nicht möchtest, Wes, aber Kaylee ist eingeladen.«

Wes funkelte Levi an. »Seit wann kommen denn Weiber vor Brüdern?«

Levi zog Emily näher zu sich und legte ihr einen Arm um die Taille. »Emily gehört zur Familie. Gewöhn' dich dran.«

Wes warf die Hände in die Luft. »Ihr seid noch nicht mal verheiratet. Adam hat eine bessere Ausrede, Hayden mit auf ein Bier zu bringen – die beiden sind wenigstens verlobt.«

»Das ist nur eine Frage der Zeit«, gab Levi zurück.

Emily wurde rot, weil er sie mit einem rührenden Blick ansah.

Die Szene brachte Wes beinahe zum Würgen. »Ich bin raus.« Er wandte sich zur Tür.

»Also, kommst du heute Abend?«, wollte Levi wissen.

Wes öffnete die Tür und schaute sich nach seinem Bruder um. »Ich komme, aber glaub' nicht, dass ich meine Gewohnheiten ändere, nur weil meine Ex da ist. Wenn es ihr nicht passt, mir dabei zuzusehen, wie ich andere Frauen anbaggere, kann sie sich andere Freunde suchen und mit denen abhängen.«

»Du bist ganz schön überzeugt von dir selbst, Wes«, stellte Emily fest. »Woher willst du denn überhaupt wissen, ob Kaylee das nicht egal ist?«

Weil es ihm nicht egal war. Aber das würde er vor den beiden ganz sicher nicht zugeben.

»Ich weiß es eben.« Er rauschte aus dem Zimmer und marschierte den Korridor entlang.

Wahrscheinlich war es gut für Kaylee, wenn sie ihn mit anderen Frauen sah. Dann wüsste sie gleich, woran sie war. Sowas musste man klarstellen, wenn sie womöglich auf Dauer im Resort arbeiten würde.

———

»WAS IST MIT DER DA?« Kaylee zeigte quer durch den Raum auf eine schöne Frau mit roten Haaren.

Wes knirschte mit den Zähnen. So hatte er sich das nicht vorgestellt. Ganz und gar nicht.

Levi, der Trottel, hatte herausposaunt, dass Wes heute Abend Ausschau nach Frauen hielt, und Kaylee war auf die tolle Idee gekommen, ihm dabei behilflich zu sein.

Was zum Teufel?

Er blickte sie verärgert an. »Ich brauche deine Hilfe nicht.«

»Bei Frauen habe ich einen guten Geschmack. Bei Männern dagegen eher nicht.«

In Anbetracht der Tatsache, dass sie *ihn* auch einmal auserwählt hatte, ignorierte Wes diesen Kommentar lieber.

Kaylee zeigte ihr hübsches Lächeln. »Ich kann ein Psycho-Mädel auf den ersten Blick erkennen.«

»Was, wenn ich auf Psycho-Mädels stehe?« Kein Mann stand auf Psycho-Mädels, aber diese Unterhaltung ging völlig in die falsche Richtung, und er hätte alles gesagt, um sie davon abzubringen, ihm weiter zu ›helfen‹.

Sie winkte ab. »Das ist doch albern. Die Psycho-Mädels stalken dich am Ende nur und töten deine Katze, wenn du nicht hinsiehst.«

»Ich besitze keine Katze.« Nein, so hatte er sich das

Bierchen mit seinen Brüdern nicht vorgestellt. Der Abend sollte doch zu seiner Entspannung dienen, stattdessen stresste ihn das alles nur noch mehr. »Ich bin durchaus in der Lage, mir selbst eine Frau auszusuchen, Kaylee.« Er lächelte, aber offenbar hatte das doch ein wenig zu draufgängerisch geklungen, so wie sie nun zusammenzuckte.

Er hatte mit verdammt vielen Frauen geschlafen, seit sie damals Schluss gemacht hatte. Nicht, dass er jetzt damit angeben wollte. Es war ihm nur ums Überleben gegangen, nicht um den Wettbewerb. Er war auch nicht stolz darauf. Eines Tages hätte er ganz gern wieder eine feste Freundin.

Eine, die nicht kompliziert war.

Oder ihren Kerl einfach so fallenließ.

»Was ich damit sagen will«, fuhr er fort, »ich habe alles im Griff, keine Sorge.«

In Wirklichkeit hatte er inzwischen überhaupt keine Lust mehr, sich nach irgendeiner Frau umzuschauen, nachdem Kaylee ihm mehrere vorgeschlagen hatte. Er funkelte seine Brüder entnervt an, denn die saßen um den Tisch und sahen ihnen beiden zu, als wäre das hier eine Sitcom im Fernsehen.

»Ich weiß nicht, Wes«, meldete Hunt sich zu Wort. »Du solltest auf Kaylee hören. Ich hätte sie echt gern als Flügelmann.« Hunts Blick glitt über Kaylees T-Shirt, das sich locker um ihre Kurven schmiegte. Sie war nicht aufgedonnert, und das brauchte sie auch gar nicht. Sie war eine schöne Frau, und Hunt war süchtig nach schönen Frauen.

Wes warf seinem Bruder einen warnenden Blick zu, und der schmunzelte nur. Dieser Blödmann.

»Eher als Flügelfrau«, verbesserte Kaylee mit einem Grinsen. »Und ich helfe dir gern, eine anzubaggern.«

Wes starrte misstrauisch auf das Glas in ihrer Hand. Sie war bereits beim vierten Bier. Nicht, dass er mitzählen würde. Sie hatte auch schon einen Shot mit Emily gekippt, als sie hergekommen war, quasi zum Aufwärmen. Wenn sich Wes richtig erinnerte, dann wäre sie gleich völlig besoffen, wenn sie jetzt nicht zu trinken aufhörte.

Kaylee winkte die Kellnerin heran und bestellte einen Long Island Ice Tea.

Gute Güte, was hatte sie denn vor? Ihren Kummer ersäufen?

Als die Kellnerin ihr den Drink brachte, gestikulierte er streng: »Du solltest es vielleicht etwas langsamer angehen lassen. Ich habe schon öfter gesehen, was passiert, wenn du betrunken bist.«

Kaylee kniff verärgert die Augen zusammen. »Ich bin Single, Wes. Ich habe keinen Macker und ich suche auch keinen Aufpasser.«

»Sag's ihm, meine Liebe!« Emily hob ihre Hand, um Kaylee ein High-Five zu geben, aber es war ein betrunkenes Abklatschen. Beinahe hätten sich die Hände verpasst, was beide Frauen veranlasste, in prustendes Lachen auszubrechen.

Wes blickte Levi an.

»Schau mich nicht so böse an«, wehrte Levi ab. »Glaubst du, da hätte ich irgendein Wörtchen mitzureden?«

Verdammt, Wes hätte nie gedacht, dass er seinen ältesten Bruder je so unter dem Pantoffel einer Frau stehen sehen würde. »Du enttäuschst mich, ganz ehrlich.«

Levis Antwort bestand darin, seine Lippen am Hals seiner Freundin zu vergraben. Hunt hatte bereits eine Frau auf dem Schoß sitzen – wo die auf einmal herkam, hätte Wes beim besten Willen nicht sagen können –, und Adam erhob sich, um sich zu verabschieden.

»Ich gehe dann mal nach Hause«, verkündete er. »Hayden und ich haben Pläne zu schmieden. Habt ihr alle schon gehört, dass wir die Hochzeit vorziehen werden?«

Bran schob den Schirm seiner Kappe nach oben. Die anderen hatten den Versuch mit den bescheuerten Kappen wieder aufgegeben, aber Bran schien dabei bleiben zu wollen. Wenn er seinen Brüdern nicht so ähnlich sehen würde, würde Wes manchmal anzweifeln, dass sie beide vom selben Blut waren. Der Kerl konnte ein richtiger Mönch sein. »Ich dachte, die Hochzeit würde nicht vor dem Frühjahr stattfinden?«

Adam sah nervös zu Kaylee hinüber. »So war es ja auch geplant ... aber nachdem eine Hochzeit abgesagt wurde, konnten wir den freien Termin nehmen.«

Er schenkte Kaylee einen entschuldigenden Blick. »Tut mir leid. Ich hoffe, das ist okay für dich.«

Kaylee winkte träge ab. Betrunken. »Besser, es trifft dich als mich.«

Die Hochzeitstermine im Club Tahoe waren meist schon ein Jahr im Voraus ausgebucht, selbst im Herbst und Winter. Kaylee musste ihre Hochzeit also schon vor einem Jahr konkret geplant haben, und nun, da der Termin freigeworden war, hatten sich Adam und Hayden darauf gestürzt.

Sie konnte so locker tun, wie sie wollte, und diesen Unsinn über Flügelfrauen erzählen, aber wenn er sah, wie viel Alkohol sie heute Abend getrunken hatte, dann bezweifelte Wes doch sehr, dass sie über ihre geplatzte Verlobung hinweg war.

Er wusste nicht einmal, wieso ihn das störte, aber das tat es.

KAPITEL 14

Meistens blendete Wes alles andere aus, wenn er sich nach einem potenziellen Aufriss umsah. Aber heute Abend war er abgelenkt, weil er diese Dinge aus der anderen Perspektive sah – aus der einer Frau, die sich nach einem Stecher umsah.

Irgendein Arschloch in einem schicken Anzug machte sich an Kaylee ran und quatschte sie voll. Wes war es gleichgültig, wie er und Kaylee zueinanderstanden – er würde sie auf keinen Fall mit diesem Kerl nach Hause gehen lassen, wenn sie betrunken war.

Wenn sie nüchtern wäre? Vielleicht.

Auch dann hätte er zugegebenermaßen Schwierigkeiten damit, aber nein, definitiv nicht, wenn sie betrunken war.

Er stand auf und warf ein paar Scheine auf den Tisch. »Ich gehe.«

Bran tippte auf seinem Handy herum, Adam war vor einer Stunde gegangen, und Hunt hatte sich mit der Frau davongeschlichen, die irgendwann auf seinem Schoß gelandet war.

Levi, der sich mit Emily unterhalten hatte, blickte auf. »Schon?«

Wes wusste genau, worauf sein Bruder anspielte. Er hatte noch keine Frau aufgerissen, und er ging nie allein nach Hause, wenn er sich einmal in den Kopf gesetzt hatte, das zu tun. Aber das war jetzt egal. Nach der Woche, in der er eine Million Dinge für das Turnier arrangiert hatte, brauchte er sein Bett dringender als einen warmen Körper neben sich. Er musste sich bei Bran angesteckt haben. War das nicht ein deprimierender Gedanke? »Bis morgen früh dann. Acht Uhr, richtig?«

Levi nickte. »Wir werden früh hier sein, ja. Das Wochenende durchzuarbeiten wird wohl die Norm werden, zumindest bis zum Tahoe Invitational.«

Wes nickte, aber sein Blick blieb an Kaylee hängen, die nur zwei Meter weiter stand. Der Kerl hatte seine Hand auf ihrer Hüfte liegen, und Wes spannte unwillkürlich die Muskeln an.

Levi blickte ebenfalls hinüber. »Wir sorgen dafür, dass sie heil nach Hause kommt.«

»Macht euch keine Mühe«, sagte Wes. »Ich kümmere mich darum.« Er marschierte zu Kaylee hinüber und tat etwas, für das er sicher später bezahlen würde, aber das war ihm scheißegal.

Wes schlang seinen Arm um Kaylees Taille und zog sie rückwärts, ganz nah an seine Brust. »Baby, es ist Zeit, lass uns gehen.«

Sie drehte den Kopf nach hinten, und ihr Blick schwankte, als wäre sie auf See. »Was?«

Er würde sie auf keinen Fall hierlassen, wenn sie so offensichtlich betrunken war, auch nicht, wenn Levi versprach, auf sie aufzupassen. Er nahm sie bei der Hand und zog sie mit sich. Glücklicherweise wehrte sie sich nicht, sondern ließ es geschehen. Der Kerl, mit dem sie geflirtet hatte, beschwerte sich, aber Wes ignorierte ihn völlig.

»Was ist denn los?«, wollte sie wissen.

Er wartete, bis sie in der Lobby waren, bevor er stehenblieb und ihr in die Augen sah. »Ich bringe dich nach Hause.«

Sie lachte. »Warte, verstehe ich das richtig? Du kannst dich den ganzen Abend nach einem Aufriss umschauen, aber ich darf nicht mit einem Typen nach Hause gehen?« Sie verschränkte die Arme und schwankte ein bisschen, aber das änderte nichts an dem dickköpfigen Ausdruck, der sich in ihrem Gesicht breitmachte. »Ich bin solo und ich bin nicht deine Verantwortung. Schon lange nicht mehr. Niemand ist für mich verantwortlich.« Ein Hauch Verletzlichkeit schlich sich in ihren Tonfall.

»Du gehst nicht mit irgendeinem Typen nach Hause, wenn du betrunken bist.« Er verriet ihr nicht, dass er sie auch weggeschleppt hätte, wenn sie nicht betrunken gewesen wäre. Denn das konnte er selbst nicht erklären.

»Ich bin erwachsen. Du hast kein Recht dazu – kein Recht!« Sie starrte ihn entrüstet an, aber er konnte spüren, dass hinter der plötzlichen Rebellion des heutigen Abends mehr steckte. Sie litt. Alles nur wegen Eddy, dem Blödmann? Sie hätte den Kerl beinahe geheiratet, aber in Wes' Augen war sie nochmal glimpflich davongekommen, und das im letzten Moment.

Er stopfte die Hände in die Hosentaschen und wandte den Blick ab, stieß harsch den Atem aus. »Willst du denn wirklich mit irgendeinem x-beliebigen Typen nach Hause gehen?«

Sie schluckte und sah ihn nicht an. »Weiß ich nicht. Ich hatte noch nie einen One-Night-Stand. Ich will ganz sicher nichts Ernstes, also nehme ich an, dass ich dachte, es wäre schön, sich mal eine Nacht lang begehrt zu fühlen.«

Er knirschte mit den Zähnen. Der Gedanke, dass Kaylee mit diesem Typen ins Bett ging, drehte ihm den Magen um. Er war nie besitzergreifend gewesen, was Frauen anging, daher fiel es ihm auch so leicht, seine Affären rasch hinter sich zu lassen. Aber das traf bei Kaylee nicht zu. Und vielleicht würde es einfach immer so sein. Aber dann würde das alles hier nicht funktionieren: Dass sie in derselben Stadt lebten, sogar zusammenarbeiteten. Im Augenblick konnte er daran nichts ändern, denn er hatte sowieso schon zu viel zu tun, zu viel im Kopf. »Glaub mir, wenn ich dir sage, dass du nichts verpasst hast.«

Ihr Blick wurde weicher, und er befürchtete, dass sie ihn durchschaute, dass sie mehr begriff, als ihm lieb war. »Wenn es so schlimm ist, willkürlich Leute aufzureißen, wieso machst du es dann?«

»Langeweile? Weil es mich juckt?«

Es war natürlich komplizierter. Er hatte sich auf keine enge Beziehung mit einer Frau einlassen wollen, und solche unverbindlichen Affären hielten ihn davon ab, darüber nachzudenken, warum das so war.

Sie schürzte die Lippen. »Wenn es dich juckt, solltest du einen Arzt aufsuchen. Das klingt eklig.«

Er schnaubte. »Ich bin so rein wie Frühlingsregen.«

»Warum bezweifle ich das bloß?«, konterte sie.

»Meine Seele mag schwarz sein, aber sagen wir einfach, ich ziehe mir immer etwas über.«

»Mit mir hast du das nicht immer getan.«

Er spürte, wie er steif wurde. Aber nicht, weil sie plötzlich über Kondome sprachen. Sondern weil er nicht darauf vorbereitet war, dass sie die Vergangenheit ans Licht zerrte. Und sie beide. Den Sex, den sie gehabt hatten.

Bilder von ihnen beiden eng umschlungen stürmten auf ihn ein. Und die Hitze, die sich in seinem Brustkorb geballt hatte, als er sie mit diesem Saftsack in der Lounge erlebt hatte, floss jetzt mit Höchstgeschwindigkeit tiefer, wärmte und entflammte seinen Schritt. »Wir waren doch vorsichtig ... die meiste Zeit jedenfalls.« Er grinste sie übermütig an, und sie wurde blass.

»Ich muss gehen«, platzte sie heraus und eilte an ihm vorbei. Dabei stieß sie gegen seinen Arm.

Er holte sie ein. »Warte mal. Ich sagte doch, dass ich dich nach Hause bringe. Du willst doch in deinem Zustand nicht mehr fahren!«

»Na schön.«

Na schön? Keine Widerrede?

Wieso sah sie plötzlich aus, als wolle sie sich übergeben, nachdem sie über ihr früheres, gemeinsames Sexleben geredet hatten?

Ehrlich, wenn Wes auf diesem Gebiet nicht so selbstbewusst wäre, dann hätte ihm Kaylees Reaktion sicher einen Komplex beschert. Gut, dass er es besser wusste.

Er führte sie zu seinem Wagen und öffnete ihr die Beifahrertür, beobachtete sie dabei genau. Sie stolperte in seinen Range Rover und ließ sich auf den Sitz plumpsen, und allmählich kam es ihm so vor, als läge ihr Unwohlsein gar nicht am Alkohol.

Er eilte um das Heck des Wagens herum, stieg auf der Fahrerseite ein und ließ den Motor an.

Das war es doch, was er gewollt hatte. Sie nach Hause bringen. Wieso also spürte er das Adrenalin durch seine Adern fließen; wieso zitterten seine Hände? Und nicht auf erhitzte Art, so wie vorhin noch. Etwas machte Kaylee schwer zu schaffen, und das wiederum machte ihn nervös.

»Kaylee«, sagte er, als er die langgezogene Zufahrt zum Eingang des Resorts entlangfuhr. Ihr Kopf war gegen die Sitzlehne gekippt, ihr Blick aus dem Fenster gerichtet. »Warum hat es dich so aufgeregt, dass ich gesagt habe, dass wir vorsichtig waren? Denn ich war dir verflucht nochmal treu damals, im Gegensatz zu diesem Scheißkerl ...« Er atmete tief ein und dann langsam wieder aus. »Was ich damit sagen will, ich war ein braver Junge. Also warum hast du so angewidert geschaut?«

Ihr Gesicht verzog sich gequält, und sie bedeckte es mit den Händen, murmelte etwas, das beinahe wie ›Baby‹ klang.

»Was hast du gesagt?« Seine Sinne waren in höchster Alarmbereitschaft. Sie verhielt sich ganz und gar nicht normal. Nicht einmal für eine betrunkene Kaylee.

Sie ließ die Hände sinken und starrte darauf hinunter. »Ich habe unser Baby verloren.«

Ihre Worte kamen einfach aus ihrem Mund geflattert, obwohl sie solches Gewicht trugen.

Wes' Kopf ruckte herum, und er verzog das Lenkrad, fuhr den Wagen beinahe in den Graben. »Wie bitte?«

»Unser Baby.« Ihre sanften Augen glänzten; ihr

Gesicht war schmerzverzerrt. Tränen begannen zu fließen, rannen ihr über die glatten Wangen. Sie wandte den
Blick ab und drängte sich in die Lücke zwischen Sitz
und Tür.

Er blickte wie im Fieber zwischen ihr und der Straße
hin und her. »Wovon bitte redest du denn da?« Aber es
war zu spät, um eine verständliche Antwort von ihr zu
bekommen.

Sie weinte heftiger, als er sie jemals hatte weinen
sehen. Der Weinkrampf schüttelte sie, während sie in der
Ecke kauerte und sich einfach nur gehenließ.

Ihr Kopf rollte gegen den Sitz, und über ihre Lippen
kamen gemurmelte Worte, halb wütend, halb betrunken.
»Ich kann nicht drüber reden. Ich dachte, ich könnte es.
Ich dachte, wenn ich herkäme, würde das die Schuldge-
fühle und den Schmerz wegspülen. Aber die sind immer
noch da.« Stöhnend drückte sie ihre Faust gegen ihren
Bauch.

Ach du ... verdammte ... Wes überlegte, ob er rechts
ranfahren sollte. Das war doch irre. Kaylee redete Irrsinn.
Sollte er sie nicht besser ins Krankenhaus fahren? Denn
mit ihr stimmte ernsthaft irgendwas nicht.

Aber sie befanden sich mitten im Nirgendwo, und ihr
Häuschen war nur fünf Minuten entfernt.

Als sie das Ferienhaus erreichten, war Kaylee bereits
eingeschlafen, aber ihr Körper zuckte alle paar Sekunden, weil der Schluckauf vom Heulen sie marterte.

Wes fuhr sich mit schwerer Hand über das Gesicht
und blinzelte zum Eingang hoch. Er stieg aus dem Wagen
und eilte quer durch die Zufahrt, um den Ersatzschlüssel
unter einem großen, künstlichen Felsen hervorzuziehen,
den ihre Familie nicht verrückt hatte, seit er damals mit

Kaylee zusammen gewesen war. Er schloss die Tür auf und legte den Schlüssel in das Versteck zurück, kehrte dann zu seinem Wagen zurück.

Wes blickte auf den schmalen Körper hinab, der auf der Beifahrerseite seines Wagens kauerte. Kaylees Arme waren lose um ihre Knie geschlungen, und ihr weiches, dunkles Haar fiel ihr wie ein Vorhang über das Gesicht. Seine Brust zog sich zusammen, und sein Blick wurde einen Moment lang weicher. Scheiße. *Scheiße.* Sie konnte das nicht ernst gemeint haben, was sie eben gesagt hatte. Sie redete bloß Unsinn im Suff. Das war nicht die Wahrheit.

Vorsichtig öffnete er die Autotür und löste den Anschnallgurt, schob sachte ihre Schultern zurück. Sie nuschelte etwas, wachte aber nicht auf. Er schob einen Arm unter ihre Knie und den anderen um ihren Rücken, hob sie aus dem Sitz und hielt sie an seine Brust gedrückt.

Mit dem Fuß stieß er die Wagentür wieder zu, und dann trug er sie ins Haus.

Er ließ den Blick durch den Raum schweifen und dachte darüber nach, sie nach oben zu bringen und auf ihr Bett zu legen, aber dann überlegte er es sich anders. Er musste mit ihr reden, und das lieber nicht in einem Schlafzimmer.

Wes stapfte zu der großen Couch hinüber und legte sie sachte der Länge nach hin. Er fand eine Wohndecke und drapierte sie über ihrem Körper, zog ihr dann die hohen Schuhe aus und packte ihre Füße unter die Decke.

Kaylee regte sich kaum, aber ihr Brustkorb hob und senkte sich regelmäßig. Der Schluckauf vom Weinen hatte aufgehört.

Er seufzte. Er würde sie jetzt nicht alleinlassen, so viel war sicher. Sie war schließlich ohnmächtig. Menschen starben an Alkoholvergiftung. Er glaubte nicht, dass sie genug getrunken hatte, um ernsthaft Schaden anzurichten, aber was aus ihrem Mund gekommen war, klang zu irre, also war alles möglich.

Wes ging in die Küche und holte ein Glas Wasser. Er stellte es auf einen Beistelltisch in der Nähe ihres Kopfes, bevor er auch seine Schuhe abstreifte und zu dem Fenster hinüberging, das auf den Garten ihrer Eltern hinausblickte. Dass Häuschen war nett gelegen, vom Wald umgeben und dennoch unweit der Stadt.

Er rieb sich die Stirn und sah sich nach Kaylees regloser Gestalt auf dem Sofa um. Himmel, er hoffte wirklich, dass sie mit diesem Babykram nur Unsinn geredet hatte. Denn wenn nicht, würde das bedeuten, dass sie ihn die ganze Zeit belogen hatte.

Und dass ihre Vergangenheit und die Gründe, wieso sie ihn verlassen hatte, weit größer waren, als er gedacht hatte.

KAPITEL 15

Als sie das Hämmern in ihrem Kopf nicht länger aushielt, öffnete Kaylee die Augen. Draußen war es hell, und sie war ... auf der Couch?

»Morgen.«

Ihr Blick flog zu der Gestalt, die nahe dem Fußende im Sessel saß. »Wes? Was tust du denn hier?«

Und dann fügten sich die Puzzleteile des gestrigen Abends langsam zu einem Bild. Der Kerl, mit dem sie womöglich nach Hause gegangen wäre, einfach nur, um die Vergangenheit hinter sich zu lassen. Um sich begehrt zu fühlen, weil sie sich wie ein kleines Nichts gefühlt hatte.

Wes hatte sie von ihm weggezogen. Und dann auf der Fahrt nach Hause ...

»Oh Gott.« Sie setzte sich auf und wünschte sofort, sie hätte es nicht getan. Der Raum drehte sich um sie, und ihr Magen verkrampfte sich.

»Hinter dir steht Wasser«, sagte er in geduldigem Tonfall, aber sein Zorn schien hindurch.

Kaylee griff nach dem Glas und nippte vorsichtig,

achtete dabei auf das mulmige Gefühl in ihrem Bauch. Sie blickte ihn über den Rand des Glases hinweg an. Wes schien angespannt und sah aus, als hätte er überhaupt nicht geschlafen. Als hätte er die ganze Nacht dort gesessen und sie beobachtet. »Warum bist du hiergeblieben?«

»Du warst betrunken.«

»Aber doch nicht so sehr.«

Sein Mund verzog sich ganz leicht. »Du warst ohnmächtig, also doch, so sehr.«

»Na schön. Ich habe zu viel getrunken. Das College ist Jahre her. Ich bin etwas aus der Übung.«

Auch wenn sie Wes gestern Abend etwas anderes erzählt hatte, wäre sie ganz sicher nicht mit dem anderen Mann nach Hause gegangen. Dem Kerl ihre Nummer geben? Klar. Sie war Single, und wenn sie nur hier herumsaß und sich wegen der geplatzten Verlobung leidtat, würde sie nie darüber hinwegkommen. Sie hatte kein Interesse an etwas Ernstem, aber ab und an mit einem netten Typen ausgehen klang gar nicht schlecht. Allerdings würde sie sicher eine Weile brauchen, bevor sie wieder jemandem vertrauen konnte.

Wes rückte im Sessel nach vorn, und seine breiten Schultern schienen ihr den Raum zu nehmen, obwohl sie mehr als einen Meter von ihm entfernt saß. »Erinnerst du dich an das, was du gesagt hast, bevor du ohnmächtig wurdest?«

Sie war wegen ihrer Hochzeit nach Lake Tahoe zurückgekehrt, aber auch, um Wes von dem Baby zu erzählen. Um Schuld und Scham und Trauer endlich abzulegen und ihm zu erklären, was vor all den Jahren geschehen war. Und dann hatte sie Wes wiedergesehen – und er war immer noch so wütend gewesen.

Sie hatte es nicht fertiggebracht. Nicht, solange er sie hasste. Vielleicht war es auch ein Fehler gewesen, überhaupt herzukommen. Aber gestern Abend hatte Wes sie nach Hause gebracht, obwohl das nicht seine Aufgabe war. Er war auch bei ihr aufgetaucht, nachdem sie von Eddys Untreue erfahren hatte, um sich zu vergewissern, dass sie okay war. Zwischen ihnen mochten zwar immer noch Spannungen bestehen, aber er sorgte sich um sie, auch wenn er das nicht zugeben würde.

Sie hatte sich fast davon überzeugt, dass es besser für ihn wäre, wenn er nichts über die Vergangenheit erfuhr. Dass sie alles für sich behalten konnte und ihm den Schmerz nicht auch noch aufbürden müsse. Und dann hatte sie es doch hinausposaunt, in einem trunkenen Augenblick. Die Vergangenheit würde sie niemals in Ruhe lassen – sie fraß sie von innen heraus auf und hatte ihr Leben unwiederbringlich verändert.

Sie war mit der Wahrheit über ihre Schwangerschaft herausgeplatzt, denn tief in ihrem Innern war sie egoistisch und wollte, dass er es wusste. Wollte nicht allein mit der Last sein.

Kaylee rieb sich die Augen und schwang die Beine von der Couch. »Kann ich mir die Zähne putzen und was Frisches anziehen, bevor wir darüber sprechen?«

Er bedeutete ihr mit einer trägen Handbewegung, dass sie ruhig machen solle, aber jeder Muskel seines Körpers wirkte straff gespannt.

Kaylee stapfte die Stufen hinauf und ging ins Schlafzimmer, putzte sich die Zähne im angrenzenden Bad, zog sich um und dachte die ganze Zeit darüber nach, wie sie

Wes von dieser Sache erzählen konnte, die sie ihm schon vor Jahren hätte sagen sollen. Aber es war ihr Körper gewesen. Sie war diejenige, die sich unwiderruflich verändert hatte. Auch wenn er ein Recht darauf hatte, es zu erfahren, sie war schlicht zu verstört und zu verletzt gewesen, es ihm sofort mitzuteilen.

Sie griff nach einem Tablettenfläschchen, schluckte eine Kopfschmerztablette und schrubbte sich dann das Gesicht mit einem warmen Waschlappen. Sie starrte ihr Spiegelbild an. Äußerlich glich sie noch immer dem Mädchen, in das sich Wes auf dem College verliebt hatte, nur die Haare waren kürzer – aber in ihrem Innern war nichts mehr so wie damals.

Kaylee machte sich wieder auf den Weg nach unten und fand Wes im Esszimmer stehen. Er starrte durch die hohen Fenster auf die Kiefern und die Berge dahinter. Das war auch ihr Lieblingsplatz im gesamten Haus.

Auf leisen Sohlen tappte sie barfuß in die Küche und machte Kaffee, die Arbeitsschritte langsam, bedächtig und rituell. Sie schob das Unvermeidliche mit jeder Sekunde weiter hinaus. Ihm die Einzelheiten über ihre Schwangerschaft zu erzählen, würde ihr nicht leichtfallen, auch jetzt nicht, nachdem sie einige Zeit zusammen verbracht hatten.

Kaylee trug zwei Kaffeebecher hinüber und hielt Wes einen davon hin.

Er blickte auf und blinzelte, als wäre er gerade tief in Gedanken versunken gewesen. Dann nahm er ihr den Becher ab. »Danke.«

Sie sank auf die Couch und legte beide Hände um ihren Becher, zog so viel Kraft, wie sie konnte, aus der Wärme. »Wegen gestern Abend und dem, was ich gesagt habe. Es tut mir leid, dass es auf diese Weise aus mir herausgeplatzt ist. Ich hatte diesen ausgeklügelten Plan, wie ich dir alles sagen wollte, sobald ich hier ankäme. Und dann hat sich der Plan in Wohlgefallen aufgelöst und alles andere auch. Am Ende dachte ich, es wäre besser, wenn ich die Vergangenheit nicht wieder ausgrabe, sondern ruhen lasse.«

Er schüttelte heftig den Kopf. »Dann war das wirre Gerede die Wahrheit? Du hattest ... du hast ein Baby bekommen? Und hast mir nichts davon gesagt?«

Selbst nach all diesen Jahren kamen ihr die Tränen. »Nein. Es gibt kein Baby.«

Wes fuhr sich mit den Fingern durchs Haar, zauste die schönen, dunklen Locken, die ihm gleich wieder in die Stirn fielen. »Ich war die ganze Nacht wach und habe versucht, mir einen Reim darauf zu machen, was zum Teufel du gemeint haben könntest. Du musst mir das bitte von Anfang an erklären.«

Sie schloss die Augen. »Vor deinem Qualifikationsturnier im letzten Jahr war ich krank. Erinnerst du dich?« Er starrte sie verständnislos an. »Nein, tust du natürlich nicht. Du warst viel zu beschäftigt damals.« Sie stellte den Kaffeebecher auf den Couchtisch und rieb sich mit den Händen über die Oberschenkel.

Er ließ den Blick wandern, als würde er seine Erinnerung durchsuchen. »Du warst ... müde. Mehr als sonst.«

»Das war ich, ja. Ich dachte, das wäre der Stress wegen der Zwischenprüfungen. Dachte, dass mich die Uni auslaugt. Ich schlief viel, hatte kaum Appetit ... Und dann fing ich an zu bluten. Du weißt ja, dass meine Periode unregelmäßig war. Also dachte ich, dass es bloß wieder meine Tage wären. Aber dann kamen schreckliche Schmerzen hinzu.« Er spannte die Kiefermuskeln an und starrte sie abwartend an.

»Ich ging in die Ambulanz des Colleges, und die sagten, dass ich gerade eine Fehlgeburt durchmache.« Wes ließ den Kopf hängen, und sie atmete zittrig ein, zwang sich aber, das Zittern ihrer Stimme zu unterdrücken. »Ich war im dritten Monat schwanger.«

»Scheiße«, sagte er. Nach mehreren Sekunden blickte er wieder auf. »Wieso hast du's mir nicht gesagt?«

»*Dir gesagt?* Ich wusste doch nicht, dass ich schwanger war. Und wann hätte ich denn die Fehlgeburt erwähnen sollen? Während ich beinahe verblutet wäre – am selben Tag, als du mir gesagt hast, dass du dich gerade auf nichts anderes konzentrieren kannst und ich bis nach dem Turnier warten solle? Oder als ich die Notoperation hatte, in der sie die Überreste des toten Embryos entfernt haben?« Sie blinzelte gegen die Tränen an. »Nein, Wes, ich habe dir gar nichts erzählt. Ich stand unter Schock und hatte das Gefühl, fast den Verstand zu verlieren.«

Er sackte nach hinten und bedeckte das Gesicht mit seiner flachen Hand. »Es tut mir leid.«

Eine Träne rann über ihre Wange, und sie presste die Lippen zusammen. »Du warst nicht abkömmlich – in einem anderen Bundesstaat unterwegs für deine Intensiv-Trainingseinheit. Ich fuhr nach Hause, um mich zu erholen, aber ich hatte immer noch starke Schmerzen. Also ging ich zu meinem Hausarzt, und der sagte«, nun verbarg auch sie das Gesicht in den Händen, und die Tränen fielen wieder heftiger, »er sagte, dass aufgrund der Notoperation so viel Narbengewebe zurückgeblieben war, dass ich nie wieder Kinder haben könnte.«

Sie sah nicht, wie er sich bewegte. Hörte ihn auch

nicht. Aber bevor sie sich versah, hob Wes sie in seine starken Arme und zog sie auf seinen Schoß. Er rieb ihr über den Rücken, und sie weinte sich an seiner Schulter aus. Seine Hand zitterte, als sie ihr über den Kopf streichelte. »Ich war egoistisch. Jung und dumm. Ich wusste nicht, was ich hatte«, erklärte er. »Wusste nicht, was wirklich wichtig war.«

Seit sie das Baby verloren hatte und damit auch ihre Fruchtbarkeit, hatte diese Last sie niedergedrückt. Bis jetzt, als sie Wes' sanften Worten lauschte. Das war es, was sie gebraucht hatte. Seine Unterstützung, seinen Trost. Gott, sie hatte diesen Mann geliebt. Und ein Teil von ihr liebte ihn immer noch.

Sie glitt von seinem Schoß herunter, ließ ihre Beine aber noch auf seinen liegen. Er packte ihr Fußgelenk und ließ sie nicht weg. »Ich war wütend auf mich selbst. Und auf dich. Es gibt noch anderes im Leben, als Kinder zu bekommen, aber damals wollte ich dich heiraten und mit dir Babys machen.« Sie schenkte ihm ein selbstironisches Lächeln. »Ich fühlte mich, als wäre mein Leben vorbei. Ich hätte es nicht ertragen, die gleiche Enttäuschung in deinen Augen zu sehen. Ich versank in einer Depression und musste die Stadt verlassen.«

»Das verstehe ich«, erwiderte er sanft. »Und du hattest jedes Recht dazu, dir Zeit für dich selbst zu nehmen. Aber wieso hast du es mir nicht erzählt, als es dir etwas besser ging? Wieso hast du mit mir Schluss gemacht und bist nie zurückgekommen?«

Sie hob die Beine von seinem Schoß und schwang sie langsam von der Couch auf den Boden. »Das ist es ja. Ich glaubte, dass *du mich* verlassen würdest. Ich habe das aus reinem Selbstschutz gemacht. Du warst davor so abwesend, und das Ganze war eine Riesensache. Ich hätte es nicht ausgehalten, wenn du mit mir Schluss gemacht hättest.« Die Tränen liefen ihr erneut übers Gesicht, und sie wischte sie mit dem Handrücken weg. »Ich war nur noch eine halbe Frau. Selbst wenn du bei mir geblieben wärst, hättest du mich nie wieder auf dieselbe Weise angesehen.«

Sein Ausdruck verhärtete sich. »Kaylee, ich habe dich verdammt nochmal *geliebt*. Nichts, was du sagen könntest, hätte daran etwas geändert.«

Die Aufrichtigkeit in seiner Stimme raubte ihr den Atem. »Das wusste ich doch nicht. Ich ... ich dachte, ich würde dich viel mehr lieben als du mich. Ich dachte, wenn ich dir sage, was passiert ist, dann würdest du mich nicht mehr wollen.«

Er stand abrupt auf und fluchte heftig. »Nach all dieser Zeit.« Er schüttelte den Kopf. »Ich schätze, wir werden nie erfahren, was hätte sein können.«

Er wandte sich zur Tür.

»Wes.« Kaylee kam hastig auf die Beine, während sich ein schreckliches Verlustgefühl in ihrem Magen ausbreitete.

Er öffnete die Tür und sah sich zu ihr um, aber sein Blick ging ins Leere. »Bis die Tage.«

Die Tür fiel hinter ihm ins Schloss, und ihre Beine gaben unter ihr nach. Sie sackte auf dem Fußboden zusammen und weinte leise in sich hinein.

Vor Jahren hatte sie gefürchtet, dass er sie verlassen würde, wenn er die Wahrheit wüsste, aber nach dem, was er eben gesagt hatte, hatte sie sich damals geirrt.

Und wenn dem so war, dann hatte sie weit mehr verloren, als sie geglaubt hatte.

KAPITEL 16

Draußen war es dunkel. Keine Ahnung, wie spät. Wes war beim achten Eimer Bälle auf der Driving Range, nach einem langen Tag der Turniervorbereitungen und einer miserablen Runde Golf, die er dazwischengeschoben hatte. Er hatte den Sponsorenplatz sicher in der Tasche, aber er wollte verdammt nochmal allen beweisen, dass er diesen Platz im Turnier verdiente.

Wes konnte so ungefähr sehen, wohin seine Bälle flogen. Zumindest die Flugbahn. Er brauchte nicht haargenau zu wissen, wo sie landeten, solange seine Haltung und sein Schwung perfekt waren und der Bogen, den die Bälle in der Luft beschrieben, stimmte. Bei der nachmittäglichen Golfrunde hatte er teilweise kreuz und quer geschlagen, und das ging so gar nicht für das Tahoe Invitational. Er durfte es nicht vermasseln. Ganz gleich, wie fertig er war, nachdem Kaylee heute Vormittag diese Bombe hatte platzen lassen.

Sie hatte eine Fehlgeburt erlitten … hatte ihm nichts davon gesagt. Schlimmer noch, sie hatte bleibende Schäden davongetragen. Körperlich, aber auch seelisch.

Der Schweiß floss ihm über die Stirn, sein unterer Rückenbereich schmerzte, und es fühlte sich an, als hätte man ihm einen Nagel in den Kopf gebohrt, der nun immer tiefer hineingehämmert wurde. Er packte den Schläger fester, sodass die Knöchel weiß hervortraten. Dieses Geheimnis war wie eine Lawine, mit der er niemals gerechnet hätte, über ihn hereingebrochen. Und er hatte keinen Schimmer, was er tun sollte, um sich wieder freizuschaufeln. Um die Wahrheit zu sagen, hatte sie ihm keine Chance gegeben, überhaupt irgendetwas zu tun. Denn damals hatte sie entschieden, dass er von dem Baby nichts zu wissen brauchte. Und er konnte es ihr nicht einmal verdenken.

Er war sehr selbstbezogen gewesen. Und so viel hatte sich daran auch gar nicht geändert. Golf beherrschte nach wie vor sein Leben und seine Gedanken.

Wes legte einen weiteren Ball zurecht und bereitete sich zum Ausholen vor. Kaylee glaubte nicht an ihn. Nicht genug, um ihm anzuvertrauen, dass sie ihr gemeinsames Kind verloren hatte. Dieses fehlende Zutrauen …

»Wes.«

Sein Ellbogen sank hinab, und er drehte sich rasch zu der Stimme um.

Bran hob sein Bein über die Kette, die den Zugang zum Übungsplatz abtrennte. »Was machst du denn hier draußen? Ist dein Telefon aus, oder was? Levi hat den ganzen Nachmittag versucht, dich zu erreichen.«

Wes legte den Schläger neu an, zog ihn zurück und schwang ihn dann hinab, durch die Spitzen der Grashalme, schickte den Ball in einem hohen Bogen ins dunkle Universum hinaus. »Ich habe seine Nachrichten bekommen. Alles läuft nach Plan.«

Bran stieß einen entnervten Seufzer aus. »Alter, du kannst nicht einfach so vom Erdboden verschwinden. Nicht jetzt. Nicht, wenn du der Dreh- und Angelpunkt für den gesamten Club bist, was diese Show angeht.«

Das, was da in Wes' Kopf wummerte, schwoll nun zum Presslufthammer an, während sein Brustkorb so eng wurde, dass er glaubte, er würde gleich platzen. Er knurrte, holte weit aus, schwang seinen Schläger in hohem Bogen nach vorne und ließ los, ließ ihn ins Dunkel des Übungsplatzes fliegen. Dann drehte er sich zu Bran um, der ihn mit gehobener Braue musterte. »Ich kann mir diesen Mist jetzt nicht auch noch anhören!« Wes griff sich mit beiden Händen an den Kopf und marschierte frustriert auf und ab. »Nicht *jetzt*.«

Man sollte meinen, das würde seinen Bruder dazu bringen, ihn in Ruhe zu lassen, aber nein, Bran zog sich die Baseballkappe vom Kopf und kratzte sich. Die Spitzen seiner schmutzig-blonden Haare wellten sich ein bisschen. »Geht es um das Turnier; bringt dich das so auf die Palme?«

»Nein.« Wes ließ das Kinn gegen die Brust sinken und massierte seinen Nasenrücken.

»Was ist es denn dann?«

Wes blockte zum Himmel hinauf, der von Sternen übersät war. »Kaylee. Sie hatte ... Ich habe Mist gebaut, Bran. Ich bin ein Mistkerl.«

Er hörte seinen Bruder seufzen. »Du bist doch aber nicht absichtlich ein Mistkerl.« Wes warf ihm einen finsteren Blick zu, den Bran ignorierte. »Kaylee weiß das, sonst wäre sie gar nicht mit dir zusammen gewesen.«

Wes schluckte. »Ich kann das nicht wiedergutmachen. Und es ist meine Schuld. Sie war schwanger.

Damals, auf dem College. Ich war nicht für sie da, und sie hat das Baby verloren.«

Wes spürte, wie seine Augen zu brennen anfingen, und rieb sie vehement. Er weinte doch nicht. Wenn er seine Chance auf die Tour verlöre, das konnte ihn zum Weinen bringen, aber nicht diese Sache, die vor so langer Zeit geschehen war. Nein, seine Augen waren bloß vom Gras gereizt, das war alles.

Sein Bruder stieß einen Fluch aus. »Wes, ich bezweifle, dass du etwas daran hättest ändern können. Sowas passiert ganz vielen Paaren, häufig ohne ersichtlichen Grund.« Irgendetwas in Brans Tonfall …

Wes sah seinen Bruder von der Seite an und bemerkte den düsteren Ausdruck, den er von Bran gar nicht kannte. »Ist dir auch sowas passiert?«

Einen Moment lang kam keine Antwort, aber dann nickte Bran. »Auf der Highschool. War nicht ganz dasselbe, aber ich war womöglich noch ein viel größerer Scheißkerl als du. Falls du dir das vorstellen kannst.«

Wes wippte auf den Fersen nach hinten. Wie kam es, dass er nichts davon wusste? Und ausgerechnet Bran? Nicht in seinen wildesten Träumen hätte Wes damit gerechnet, solche Worte aus dem Mund seines nahezu keusch lebenden Bruders zu hören. »Wieso hast du denn nie etwas gesagt?«

Bran fing nun auch an, auf und ab zu gehen. »Weil ich ein totales Arschloch war und scheiße damit umgegangen bin? Weil niemand da war, mit dem ich darüber hätte reden können, außer vielleicht Levi, und der hätte mir heftig in den Arsch getreten, wenn er davon gewusst hätte.« Er blieb stehen und starrte in den Nachthimmel hinauf. »Sie hatte eine Abtreibung.«

Wes wandte sich ab. »Was stimmt denn nicht mit uns? Wieso sind wir alle solche Versager?«

»Wir haben uns praktisch selbst erzogen. Das könnte etwas damit zu tun haben. Aber Levi und Adam geben mir die Hoffnung, dass wir nicht alle nur Mist bauen. Die beiden haben's doch auch hingekriegt.«

Wes lachte leise und humorlos in sich hinein. »Weil sie Emily und Hayden kennengelernt haben, die ihnen so lange die Hölle heißgemacht haben, bis sie sich zusammengerissen haben. Adam war auch kein Heiliger, und Levi war mindestens ebenso selbstbezogen wie wir anderen, bis er Emily wiedergesehen hat.«

»Stimmt auch wieder.« Ein leises Lächeln breitete sich auf Brans Gesicht aus, verschwand dann aber gleich wieder. »Ist mit Kaylee alles in Ordnung?«

»Nein. Ich bin ziemlich sicher, dass es ihr furchtbar geht. Sie sagte, sie sei völlig fertig gewesen, nachdem es passiert war. Und dass sie ...« Seine Stimme stockte. »Dass sie deswegen keine Kinder mehr bekommen kann.«

»Himmel. Das tut mir leid.«

Die Verletzlichkeit schnitt ihm tief ins Herz. »Ich weiß nicht, was ich tun soll. Weiß nicht, wie ich es in Ordnung bringen soll.«

»Wie kannst du etwas in Ordnung bringen, was vor langer Zeit passiert ist? Sie hat dir doch jetzt erst von dem Baby erzählt, richtig?«

Wes ließ sich auf die Bank hinter der Driving Range sinken. »Sie sagte, dass sie nicht wusste, dass sie schwanger war, bis es bereits zu spät war. Und ich war völlig auf mich fokussiert und habe sie weggestoßen.« Er sah auf. »Sie war im dritten Monat schwanger, Bran, und ich wusste nichts davon. Hatte nichts davon wissen wollen, denn mein eigener Mist war ja so viel wichtiger. Sie war krank, und ich sagte mir, sie kommt schon wieder auf die Beine. Was für ein Mann macht sowas? Ich habe sie mehr als jede andere Frau geliebt und ihr das Herz gebrochen.« Er starrte auf seine Hände hinab – große Hände, selbst für einen Mann, aber anmutig wie die seines Vaters. Er war nicht für Kaylee dagewesen, so wie sein Vater nicht für ihn dagewesen war. »Vielleicht war es meine Schuld, dass sie das Baby verlor.«

Bran rieb sich die Stirn. »So laufen diese Dinge nicht – auch wenn ich natürlich kein Experte bin. Aber es bringt nichts, dir Vorwürfe für etwas zu machen, auf das du keinen Einfluss hattest.«

Wes schaute zu ihm hinüber. »Hast du je aufgehört, dir Vorwürfe zu machen? Du hast dich seit der Highschool verändert, aber du schaust kaum je eine Frau an.«

Bran setzte seine Kappe wieder auf. Seine Haltung war steif und distanziert. »Es geht aber jetzt gerade nicht um mich. Du hast Kaylee doch wieder. Wenn du sie willst.«

Wes lachte leise. Es klang düster. »Hast du dich je gefragt, warum ich mich nie wirklich auf eine Frau einlasse?«

»Weil du ein Aufreißer bist?«

Er warf Bran einen finsteren Blick zu. »Weil ich so sauer auf Kaylee war, dass sie mich verlassen hatte, dass ich jede Frau, die nach ihr kam, dafür bestrafte. Ich habe keine an mich herangelassen und immer sofort verflucht deutlich gemacht, dass nichts Ernstes daraus wird. Ich habe Kaylee für alles die Schuld gegeben, und dabei konnte sie überhaupt nichts dafür. Die ganze Zeit war eigentlich ich selbst das Problem.«

Bran verdrehte die Augen. »In Ordnung. Ich werde dir das nur einmal sagen, denn ich will dein Ego echt nicht noch weiter aufblasen. Du bist ein guter Mensch, Wes. Ein Gentleman. Du hast dich auf keine Frau mehr eingelassen nach Kaylee, aber ich habe dich auch niemals grausam oder lieblos erlebt. Wenn du Kaylee verletzt hast, dann doch unabsichtlich. Und wenn man bedenkt, dass du jetzt erst von diesem Baby erfahren hast, dann trägt sie auch einen Teil der Schuld daran, wie sich die Dinge entwickelt haben.«

»Nein, tut sie nicht. Sie hat das ganz allein durchmachen müssen. Und dann fand sie heraus, dass sie keine Kinder mehr bekommen konnte. Dafür bin ich verantwortlich.« Wes ließ den Kopf hängen und verbarg das Gesicht in den Händen, die Ellbogen auf die Oberschenkel gestützt.

»Kann ich irgendwas für dich tun?«

»Halt' mir Levi vom Leib. Sag' ihm, ich habe alles unter Kontrolle.« Er hob den Kopf. »Jeder Händler, mit dem ich gesprochen habe, hat sich ein Bein ausgerissen, um mir zu liefern oder zu besorgen, was ich für diese Veranstaltung brauche. Keiner will sich diese lukrative Chance entgehen lassen.«

Bran nickte. »Bei mir genauso. Die Fressbuden stehen Schlange; ich könnte locker jetzt schon ein ganzes Dorf durchfüttern ... Also gut, ich werde Levi sagen, dass ich mit dir gesprochen habe. Ich nehme nicht an, dass du ihm von Kaylee und dem Baby erzählen willst?«

»Scheiße, bloß nicht. Aber ich werde Kaylee sagen, dass ich es dir erzählt habe. Tut mir leid, dass ich dich damit belastet habe. Hast mich im schlechtesten Moment erwischt.«

Bran schlug ihm auf die Schulter. »Ich bin immer für dich da.«

Wes und seine Brüder mochten sich mehr oder weniger selbst großgezogen haben und immer unabhängig gewesen sein, aber sie waren füreinander da, wenn es darauf ankam. Sie stritten und blafften sich gegenseitig an, aber sie waren immer da, wenn Wes einen von ihnen brauchte.

Er stand von der Bank auf und spähte in die Dunkelheit. Er war ein Dummkopf. Nun würde er seinen Lieblingsschläger suchen gehen müssen, den er in die Nacht hinausgeschleudert hatte. »Wie spät ist es eigentlich?«

»Eins. Geh nach Hause und schlaf dich ein bisschen aus. Bist du sicher, dass du klarkommst?«

Nein. »Klar.«

»Wenn ich bei einem von euch übernachten muss, ist mir Levis Couch lieber«, erklärte Bran, »aber ich kann auch auf deinem Sofa schlafen, wenn du möchtest, dass jemand da ist.«

»Mir geht's gut. Aber ... hast du Kaylee heute gesehen? Denkst du, sie ist okay?«

»Ich habe sie am Strand mit ihrer Kindergruppe gesehen. Sie macht sich gut mit denen.«

Natürlich tat sie das. Sie hätte selbst längst Mutter sein sollen ... Wes spürte, wie ihm die Kehle eng wurde. »Na gut, schön.« Er schaltete die Taschenlampenfunktion seines Handys ein und marschierte ins Dunkel, um nach seinem Schläger zu suchen.

»Wes. Ruf an, wenn du irgendwas brauchst. Und denk' darüber nach, mit Kaylee zu reden. Ich rate jetzt einfach mal und nehme an, dass du ihr gar nicht gesagt hast, wie zerrissen du dich wegen des Babys fühlst. Und wegen allem, was sie durchgemacht hast.«

Wes warf ihm einen Blick über die Schulter hinweg zu. »Was glaubst du wohl?«

»Ganz genau. Vielleicht solltest du das aber tun. Könnte helfen, dass sie sich besser fühlt, und dir würde das womöglich auch guttun.«

»Was ich dem Mädchen angetan habe, kann ich doch eh nicht wiedergutmachen.«

»Sie ist kein Mädchen mehr«, rief Bran ihm nach. »Und vielleicht weiß sie es zu schätzen, wenn ein Mann zu Kreuze kriecht. Vor allem einer, der sie immer noch liebt.«

Wes wäre beinahe gestolpert. Der letzte Abgrund, in den er zu schauen wünschte, war der seiner Gefühle für Kaylee. Weil dort auch die Tatsache auf ihn wartete, dass ihr Schlussmachen nichts damit zu tun hatte, dass sie ihn nicht geliebt hatte, sondern nur damit, dass Wes nicht für sie dagewesen war.

Wenn er sich anders verhalten hätte, wären sie womöglich heute noch zusammen. Und dieser Gedanke machte ihn fix und fertig. Denn wenn er ehrlich mit sich selbst war, war er niemals über Kaylee hinweggekommen.

KAPITEL 17

Kaylee sah zu, wie die Kinder unter Hunts Anleitung Sandburgen bauten. ›Anleitung‹ war allerdings ein weitgefasster Begriff, denn Hunt war nur bedingt als reifer und erwachsener als die Kinder zu betrachten.

»Nicht mit Sand werfen!«, rief sie kopfschüttelnd.

Von der anderen Seite des Strands blickte Hunt auf und hob mit einer verwirrten Geste die Hände. Aber Kaylee hatte ihn gerade dabei beobachtet, wie er einem Kind einen Klumpen Sand in den Rücken geworfen hatte.

»Das ist zwecklos.«

Kaylee sah sich um und erblickte Emily, die auf ihren hohen Schuhen über den Strand gewankt kam. Sie starrte zu Hunt hinüber und verzog den Mund.

Emily stapfte bis zu Kaylee und ließ den Blick mit zusammengekniffenen Augen auf den Wirrwarr der Sandburgen wandern. »Er ist wie eine größere Version der kleinen Racker.« Sie legte den Kopf schief. »Wenn du nicht direkt hinsiehst, kannst du ihn leicht mit den anderen Kindern verwechseln. Aber immerhin achtet er darauf, dass keins in Gefahr ist.«

»Das ist wahr«, stimmte Kaylee zu, die ebenfalls den Burgenbau betrachtete, der im Grunde aus Gerätschaften für insgesamt etwa 200 Dollar, Sand und einem wilden Haufen unerfahrener Baumeister bestand, die den halben Strand umgruben und überall Sand verteilten. »Er ist augenblicklich mit der Trillerpfeife am Start, wenn die Kinder zu nah ans Wasser gehen. Das trägt beinahe schon paranoide Züge.«

»Da sagst du was«, erwiderte Emily. »Hunt bestand auf zwei Lifeguards für den Strandabschnitt. Das ist ein bisschen übertrieben, aber Levi hat dennoch nachgegeben, weil es den gesamten Strand sicherer macht.«

Kaylee warf einen Blick zu den Lifeguards hinüber und schnaubte. »Ich nehme mal an, dass Hunt die beiden ausgewählt hat?«

Emily starrte sie mit gespieltem Ernst an. »Selbstverständlich.«

Die Lifeguards, die Hunt eingestellt hatte, machten ihre Sache sehr gut, das hatte selbst Kaylee auf Anhieb gesehen. Und sie war keine große Schwimmerin. Aber Hunt hatte weibliche Lifeguards ausgewählt, eine Blondine und eine Brünette. Beide waren schlank mit großen Brüsten; echte Naturschönheiten mit hübschen Gesichtern und langen Haaren. Keine der beiden konnte älter als 19 sein, und sie wirkten unglaublich athletisch und fit. Na gut, sie besaßen schlichtweg perfekte Körper.

Kaylee war nicht übergewichtig, aber sie war eine normale Frau mit Dellen auf der Rückseite ihrer Oberschenkel. Wenn diese Lifeguards je auch nur eine einzige Zellulitis-Delle an ihren makellosen Körpern gesehen hatten, würde Kaylee eine Handvoll Sand fressen. Beide besaßen glatte, perfekt enthaarte Haut.

Kaylee stieß Emily spielerisch an. »Glaubst du, er hat sie im Badeanzug aufmarschieren lassen, bevor er sie eingestellt hat?«

Emily schnaubte nun ebenfalls. »Zweifellos. Ich meine, komm schon. Hunt Cade würde sich niemals eine Gelegenheit entgehen lassen, eine Frau halbnackt zu sehen.«

Beide lachten, und das fühlte sich gut an. Seit Kaylee Wes vor ein paar Tagen von ihrer Fehlgeburt erzählt hatte, fühlte sie sich, als hätte sie etwas verloren. Sie hatte geglaubt, dass sie nichts mehr zu verlieren hatte. Nicht, nachdem sie sich nun schon zum zweiten Mal gezwungen sah, ihr Leben von Grund auf neu aufzubauen. Aber als sie Wes durch die Tür gehen sah, nachdem sie ihm die Wahrheit gesagt hatte, wurde ihr klar, dass sie sich geirrt hatte.

Ob sie das zugeben wollte oder nicht, sie und Wes hatten sich langsam wieder angefreundet. Und ihr war gar nicht klar gewesen, wie viel ihr das bedeutete. Nun fürchtete sie, dass sie damals alles gekappt hatte, was zwischen ihnen hätte sein können.

»Er hätte sich noch nicht einmal Ärger wegen möglicher sexueller Belästigung einhandeln können«, erklärte Emily, die immer noch über Hunt sprach. »Zu den Einstellungsvoraussetzungen gehörte auch ein Probeschwimmen mit Rettungsschwimmer-Übung. Alle Bewerberinnen und Bewerber mussten in Badesachen auftauchen.«

Kaylee nickte wissend. »Er ist ganz schön gewieft,

wenn es darum geht, schöne Frauen für sein Allerheiligstes zu rekrutieren.«

Emily grinste, und dann huschte ihr Blick zur Seite. Sie duckte sich, und nur einen Sekundenbruchteil später traf ein Sandball Kaylee am Hinterkopf, sodass ihre Haare nach vorn flogen und ihr den Sand ins Gesicht schleuderten. »Was zum ...«

Kaylee drehte sich um und sah noch, wie Hunt und Bella einander einen Faustcheck gaben. »Ich habe das gesehen!«, schrie sie ihnen zu.

Hunt warf etwas aus Plastik über seine Schulter. Höchstwahrscheinlich war es die Schneeball-Schaufel, die sie für die Kinder gekauft hatte.

Kaylee wischte sich den Sand aus dem Gesicht und schüttelte die Haare aus.

»Tut mir leid«, sagte Emily mit leisem Lachen. »Ich habe das kommen sehen, und mein erster Instinkt ließ mich in Deckung gehen.«

»Das war klug. Ich hätte diese Schneeball-Schaufeln niemals kaufen sollen, als Hunt darauf bestand, dass er sie für dieses Projekt brauchen würde. Aber er hat immer tolle Ideen, was wir mit den Kindern machen können, also nehme ich solchen Blödsinn und den Sand in den Haaren in Kauf.«

Emily biss sich auf die Lippe. »Dann läuft es also an sich gut? Bist du glücklich hier?« Sie klang nervös.

Auch wenn Kaylee aus einem ganz anderen Grund nach Lake Tahoe gekommen und zunächst völlig fertig gewesen war, als ihre Pläne sich in Rauch aufgelöst hatten, war sie froh, dass sie sich zum Bleiben entschieden hatte. Ganz gleich, wie die Sache mit Wes ausgegangen war, hatte sie zum ersten Mal seit Jahren das Gefühl, frei atmen zu können. Das lag wohl zum Teil daran, dass sie ihm endlich die Wahrheit gesagt hatte, ohne sich um das Resultat zu sorgen. Zum Teil lag es aber auch an ihrer Arbeit im Club Tahoe. Die Jungs gerieten zwar hier und da mal ins Schwimmen, während sie versuchten, die Leitung des Resorts in geordnete Bahnen zu lenken, aber sie hatten diesem Ort auch eine Art Magie verliehen, eine Energie, mit der sie jeden ansteckten, der hierherkam.

»Ich genieße meinen Job beim Club Kids. Es ist keine Sozialarbeit, aber gibt mir dennoch das Gefühl, etwas Besonderes zu machen. Ganz gleich, was im Leben dieser Kinder los ist, sie können das alles mal beiseitelassen, wenn sie hierherkommen, wo sie in einem geschützten Rahmen erforschen können, wer sie sind und wie die Welt um sie herum aussieht.«

Bella löste sich aus dem Grüppchen und stapfte durch den Sand herüber. Sie war fast den ganzen Sommer hier gewesen, und Kaylee freute sich, dass sie regelmäßig im Club Kids auftauchte. Wes hatte sie unter seine Fittiche genommen und im Golfspielen trainiert, aber Bella schien noch selbstbewusster, seit das Kinderprogramm gestartet war.

Emily stieß den Atem aus. »Ich bin so froh zu hören, dass du hier bei uns glücklich bist.« Sie überreichte Kaylee strahlend ein Stück Papier. »Das ist ein zusätzlicher Gehaltsscheck. Ich habe ihn von der Finanzabteilung ausstellen lassen, statt dir das Geld einfach aufs Konto zu überweisen, weil ich dir die guten Neuigkeiten persönlich überbringen wollte.«

»Die guten Neuigkeiten?« Kaylee nahm den Zettel entgegen und sah Emily fragend an.

»Das Kinderprogramm ist jetzt schon um das Doppelte angewachsen, seit wir damit begonnen haben, und du hast entscheidend dazu beigetragen, weil du das Ganze nicht nur effizient leitest, sondern vor allem dafür gesorgt hast, dass das Programm solchen Erfolg hat. Die Eltern lieben dich, die Kinder lieben dich, und ich liebe dich auch. Und darum haben wir dir eine Gehaltserhöhung verpasst.« Sie umarmte Kaylee. »Verlass' uns bitte nie.«

Kaylee lachte. Wahrscheinlich hätte sie sogar losgeheult, wenn es nicht vor den Kindern gewesen wäre. Emily hatte ja keine Ahnung, wie viel ihr das Programm gegeben hatte, seit sie nach Lake Tahoe gezogen war; wie viel sie Levis und Emilys Freundlichkeit zu verdanken hatte. »Ich habe nicht vor, euch zu verlassen.«

»Naja, für den Fall, dass dir der Gedanke kommen sollte, soll dir die Gehaltserhöhung einen Anreiz zum Bleiben liefern.«

Kaylee nahm endlich den Scheck in Augenschein. »Wow. Emily, das hättet ihr aber nicht tun müssen. Es hilft natürlich, dass ich nun weiß, ich werde meine Rechnungen auch bezahlen können, falls ich mal aus dem Haus meiner Eltern ausziehen muss. Vielen, vielen Dank.«

»Ist mir ein Vergnügen.« Emily blickte auf. »Sieht aus, als würden dich jetzt deine Kinder brauchen. Ich lasse dich dann mal mit deinen Sandbällen ... äh, ich meine, mit deinen Sandburgen allein.«

»Feigling!«, rief Kaylee ihr nach, als Emily davoneilte. Sekunden später stand Bella vor ihr und schlang kichernd ihre kleinen, sandbedeckten Ärmchen um Kaylees Taille.

»Worüber lachst du denn? Ich habe doch gesehen, wie du Hunt angestiftet hast, den Sandball auf mich abzufeuern. Und seit wann ist das eigentlich okay, Leute mit Sand zu bewerfen?« Sie tat so, als müsse sie noch ein paar Sandkörner ausspucken, was Bella erneut zum Kichern brachte.

»Das war Hunts Idee.«

Kaylee kniff die Augen zusammen und starrte in Hunts Richtung. »Das überrascht mich überhaupt nicht. Aber du merkst dir, dass du keinen Sand mehr werfen sollst. Wir wollen doch nicht, dass die Kinder das Zeug nachher alle in den Augen haben.«

Bella spähte an Kaylee vorbei und lockerte augenblicklich ihre Umarmung. »Wes!«, kreischte sie und rannte davon.

Wes kam über den Strand auf sie zu, eine Hand in der Tasche seiner Golfhose, sein Gesichtsausdruck ernst. Sein Blick huschte zu Bella und wurde weicher, als das Mädchen auf ihn zusprang.

Kaylees Magen krampfte sich zusammen, und ihr Herz raste. Ihr Gespräch mit Wes – in dem sie ihm von ihrer Schwangerschaft und der daraus resultierenden Unfähigkeit, Kinder zu bekommen, erzählt hatte – war nicht so verlaufen wie geplant. Sie hatte ihn mit der Wahrheit überrascht und überrumpelt; das leuchtete ihr ein. Auch wenn er sie einen Augenblick lang getröstet hatte, hatte er gleich darauf das getan, was sie immer gefürchtet hatte: Er war einfach gegangen. Und seither hatte sie nichts von ihm gehört.

Bella sprang Wes geradezu in die Arme, und er drückte sie kurz an sich. Er war groß, weit über 1,80, und

Bella war ein winziges Menschlein. Wes kniete sich immer hin, wenn er mit ihr sprach, so wie auch jetzt.

Er sagte ihr leise etwas ins Ohr und gab ihr einen Briefumschlag. Bella nickte aufgeregt.

»Wie läuft es im Club Kids?«, fragte er dann laut genug, dass auch Kaylee ihn hören konnte.

»Toll!«, erwiderte Bella. »Hunt hat Kaylee eben mit einem Sandball abgeworfen, direkt hinten gegen den Kopf.«

Wes verzog den Mund. »Was du nicht sagst? Ich schätze, ich muss Hunt nach der Arbeit mal ein paar Nachhilfestunden in Sachen Sandkugelwerfen geben.« Er schaute zu Kaylee herüber. »Alles in Ordnung?«

»Ich stehe drauf, für den Rest des Tages auf Sandkörnern herumzubeißen.«

»Ich rede mit Hunt.«

Sie winkte ab. »Nein, Quatsch, mir geht's gut. War doch nur Spaß. Die Kinder lieben Hunt.«

Wes stand auf und legte seine Hand auf Bellas schmale Schulter. »Ja, weil sie ihn als einen der ihren erkennen.«

Kaylee lächelte. »Das haben Emily und ich eben auch gesagt.«

Wes' Mundwinkel gingen zwar nicht nach oben, aber entspannten sich sichtlich. Und diese winzige Veränderung seines Ausdrucks war Erleichterung genug. Sie musste wissen, dass sie miteinander reden konnten.

Er sah zu Bella hinab. »Und? Wie findest du das?«

Sie hielt den Umschlag hoch, den er ihr gegeben hatte. »Schau mal, Kaylee. Wes sagt, ich darf mit meinen Eltern zu dem großen Golfturnier kommen.«

»Das ist wunderbar, Bella. Ich werde auch da sein und halte ganz sicher Ausschau nach dir.«

Bella rannte wieder zu den anderen Kindern zurück, wedelte dabei mit den Armen und dem Briefumschlag in ihrer Hand. Dann redete sie aufgeregt auf die anderen ein und teilte höchstwahrscheinlich die Neuigkeit mit ihnen.

Kaylee beobachtete die Kinder, spürte aber, wie Wes sich ihr näherte.

Ihre Haut stellte empfindsam die Härchen auf – als würde sie nur darauf warten, dass er sie versehentlich berührte oder mit dem Arm an ihr vorbeistrich.

Sie hatte gehofft, mit ihrem Geständnis über die Schwangerschaft und ihre Trennungsgründe dafür zu sorgen, dass sie beide mit der Vergangenheit abschließen konnten. Aber nichts von all dem war abgeschlossen. Und die Spannung zwischen ihnen war auch nach wie vor vorhanden.

Ihr Körper sehnte sich regelrecht nach seiner Berührung, aber gleichzeitig verspürte sie immer noch Zorn auf ihn, weil er einfach gegangen war. Diese Mischung aus Anziehung und Verstimmung war verdammt verwirrend.

Er nickte in Bellas Richtung. »Ich gebe einigen sehr guten Schülern Freikarten für das Turnier. Ich wollte, dass Bella auch kommt, damit sie sehen kann, wo sie eines Tages stehen wird.«

»Was, wenn sie sich dazu entschließt, Klavierspielen zu lernen?«

Er schenkte ihr einen nachdrücklichen Blick. »Fängst du schon wieder damit an?«

Sie unterdrückte ein Lächeln. »Naja, wäre doch möglich.«

Ein tiefes Grollen bahnte sich einen Weg aus seinem Brustkorb die Kehle hinauf. »Ganz egal, was sie am Ende macht ... ich stehe hinter ihr«, sagte er widerstrebend, und sie musste nun doch lachen.

»Du hast wirklich nur eine Sache im Kopf, Wes Cade.«

Sein Lächeln erstarb. Sie hatte gar nicht bemerkt, dass er mit ihr gelächelt hatte, bis er damit aufhörte. Dass die Spannung für einen Augenblick nachgelassen hatte, aber nun wieder da war.

Sein Blick huschte zur Seite. »Es tut mir leid, Kaylee. Dass ich auf dem College so auf Golf fixiert war, dass ich alles andere darüber vergessen habe.« Zu ihrer großen Überraschung nahm er dann ihre Hand und drückte sie. »Es tut mir leid, dass ich nicht für dich da war.«

Sie starrte auf ihrer beider Hände hinunter, dann wieder in seine Augen, die im Sonnenlicht heller als sonst wirkten. Königsblau anstelle der dunklen, geheimnisvollen, marineblauen Strudel, in denen sie sich bei ihrer letzten Begegnung verloren hatte.

Sie nickte mit enger Kehle. Dies war die Unterhaltung, die sie mit ihm hatte führen wollen. Der geteilte, gemeinsam empfundene Verlust, den sie vor Jahren einfach nicht in Worte fassen konnte. »Mir tut es leid, dass ich damals nichts gesagt habe. Die Depression ... Sie hat mich übermannt, und ich habe keinen Ausweg gesehen. Ich wusste nicht mehr, wohin mit allem.«

Er blickte über ihren Kopf hinweg aufs Wasser. »Das ist meine Schuld. Ich habe es dir nicht leicht gemacht.« Sein Blick wanderte tiefer, bis er ihr in die Augen sah.

»Aber von jetzt an kannst du mit mir über alles reden, okay?«

Er übernahm die Verantwortung, aber es war nicht allein seine Schuld. Sie war ein emotionales Wrack gewesen, und das lag teilweise schlicht an dem einschneidenden Verlust, den er nicht hätte verhindern können.

Sie betrachtete sein hübsches Gesicht, die dunklen Haare, die ihm in die Stirn fielen, diese aufrichtig blickenden Augen. So hatte er sie auch damals angesehen, als sie sich ineinander verliebt hatten ...

Hatten sie endlich den entscheidenden Schritt gemacht, die Vergangenheit hinter sich gelassen? Er hielt ihre Hand immer noch in seiner. Und sie mochte sehr, wie sich seine Hand um ihre anfühlte – warm und kräftig.

Und dann ließ er sie doch los. »Ich sollte wieder zurückgehen.« Er verlagerte das Gewicht von einem Bein aufs andere und zögerte. »Eins noch. Adam und Hayden werden dich zu ihrer Hochzeit einladen. Ich dachte, ich warne dich schonmal vor. Du musst dich wirklich nicht verpflichtet fühlen hinzugehen. Falls dir das schwerfällt und so ...«

Sie lächelte. »Das ist schon okay. Ich habe nichts gegen das Heiraten. Ich hätte meine Beziehung mit Eddy schon vor Jahren beenden sollen, aber im Nachhinein sieht man wohl immer klarer.«

Sein Blick fing ihren ein und hielt ihn fest. Sie verfluchte ihre empfindsamen Nervenenden. Das kühle, prickelnde Gefühl breitete sich überall auf ihrer Haut aus – von den Haarwurzeln auf ihrem sandigen Kopf bis zu den Fesseln ihrer nackten Beine.

Ihr Herz schlug schneller, während sie spürte, wie

ihre Wangen heiß wurden, also sah sie zu den Kindern hinüber.

Bella sprang gerade auf Hunts Rücken, und Kaylee lächelte. Das Mädchen liebte die Cade-Brüder. Nicht, dass Kaylee es ihr verdenken konnte. Sie waren allesamt liebenswert. »Für Liebe und neue Träume ist immer noch Platz. Eines Tages kommt beides auch wieder zu mir.«

»Davon bin ich fest überzeugt.« Er drückte ihren Arm und ging davon.

Kaylees Magen schlingerte von dieser einen Berührung, fing sich dann wieder, und sie atmete tief durch. Wes war eben Wes – er hatte ihr schon immer den Kopf verdreht. Das hatte gar nichts zu bedeuten.

Er hatte Zeit gehabt, sich zu beruhigen, und nun standen sie wieder auf gutem Fuß miteinander. Nur das zählte. Nachdem sie sich aus ihrer Depression gekämpft hatte, wusste sie, dass sie diese Sache mit ihm klären und sich wieder mit ihm vertragen musste. Und das war nun endlich geschehen.

KAPITEL 18

Wes schmunzelte, als Levi an seinem Hemdkragen unter der Smokingjacke nestelte.

»Ich hasse diese Dinger«, grummelte sein ältester Bruder.

Wes schnappte sich ein Glas Champagner von einem vorbeigehenden Kellner. »Wirklich?«, fragte er. »So oft, wie du den Smoking in letzter Zeit tragen musstest, hätte ich gedacht, dass du dich irgendwann mal daran gewöhnst.«

Dass er sich als der Beschützer in der Familie fühlte, war nicht der einzige Grund, warum Levi ursprünglich Feuerwehrmann geworden war. Er war einfach der Jeans-und-T-Shirt-Typ. Der Beruf des Feuerwehrmanns passte gut zu seinem legeren Kleidungsstil. Ein weiches Flanellhemd war früher so ziemlich das schickste gewesen, was man an Levi zu sehen bekam. Aber das hatte sich schlagartig geändert, als er die Leitung von Club Tahoe übernahm.

Levi hatte sich angepasst, was seine Kleidung betraf. Das Ergebnis war häufig zum Totlachen, denn obwohl ihm die Anzüge wahnsinnig gut standen, hasste er es, sich feinzumachen. Er schimpfte und jammerte – und der Rest der Familie amüsierte sich königlich darüber.

Levi entging nun wohl auch der Sarkasmus in Wes' Stimme, denn er sagte: »Hab mich immer noch nicht daran gewöhnt ... aber Emily mag es, wenn ich schick angezogen bin.« Eine Spur von Verlegenheit mischte sich in Levis Tonfall.

»Also hat die Sklaventreiberin dich vollkommen im Griff?«

»Klappe jetzt«, fauchte Adam neben ihnen. Er kniff sich in die Nasenwurzel. »Ich meine euch alle.« Er ließ den Blick über seine Brüder schweifen und meinte offenbar auch Hunt und Bran, die bisher geschwiegen hatten.

Den Bräutigam als leicht gereizt zu bezeichnen, wäre untertrieben.

»Herrgott, Adam«, meldete sich Bran zu Wort und sprach aus, was auch Wes dachte: »Du heiratest heute. Warum bist du so unter Druck?«

Adams Gesicht wurde grau.

Innerlich schreckte Wes vor ihm zurück. Adam sah echt nicht besonders gut aus. »Alles in Ordnung, Kumpel? Ich hätte nie gedacht, dass du kalte Füße kriegst, wenn du Hayden heiratest.«

»Kalte Füße?«, fauchte Adam, der offensichtlich nicht schnallte, dass das ein Witz sein sollte. »Du Spinner. Ich habe keine kalten Füße, was die Hochzeit mit Hayden angeht. Sie ist das Beste, was mir je passiert ist. Wenn ich könnte, würde ich sie von diesem *Zirkus* hier wegbringen:« Er blickte sich entnervt in der aufwendig dekorierten Lobby um, die in Rubinrot und Perlweiß erstrahlte.

Adam und Hayden wollten sich in der Mitte der künstlichen Insel, die Wes' Vater geschaffen hatte, als er das Resort erbaut hatte, das Ja-Wort geben. Die Gäste würden von der anderen Seite des trägen Flüsschens zusehen, das um die Insel herumfloss. »Und weg von euch vieren. Ihr stresst mich total.«

Adams Gesicht war nun nicht mehr grau, sondern lief beinahe purpurfarben an. »Wenn einer von euch den anderen auch nur streitlustig anfunkelt, dann schwöre ich, ... dann nehme ich Hayden und verschwinde von hier und spreche nie wieder ein Wort mit euch.« Er zupfte am Schoß seines Jacketts. Adams Smoking passte zu denen seiner Brüder, nur dass er eine rote Rose im Revers stecken hatte, wo die anderen elfenbeinfarbene trugen. »Diese Hochzeit acht Monate vorzuverlegen, hat Unmengen von Zeit und Vorbereitung gekostet, und ich bringe euch eigenhändig um, wenn ihr Hayden diesen Tag versaut.«

»Scheiße, Mann.« Hunt verzog angewidert die Lippen. »So spricht man an seinem Hochzeitstag nicht mit seinen engsten Verwandten. Nicht gerade eine romantische Stimmung, die du hier verbreitest.«

Adam ballte die Hände zu Fäusten. »Es ist ein verdammt romantischer Tag, also achte du bloß darauf, dass es zum Teufel nochmal einer bleibt, du Wichser.«

Levi legte ihm vorsichtig eine Hand auf die Schulter, und Adam zuckte daraufhin zusammen. »Mach dich locker, Adam, niemand wird dir den Tag ruinieren.« Er blickte nacheinander alle anderen bedeutsam an, als wolle er sagen, *habt ihr das verstanden?* »Emily ist für die

Feier verantwortlich, schon vergessen? Das bedeutet, dass alles ganz super laufen wird.«

Adam stieß einen Seufzer aus. »Dem Himmel sei Dank, denn sonst wären wir alle am Arsch.«

Hunt schüttelte den Kopf. »Er wirft mit Ausdrücken um sich, als wäre es die letzte Gelegenheit. Nee, er ist gar nicht nervös, nicht die Bohne.«

Adams Kopf ruckte hoch, und er machte einen Schritt auf Hunt zu.

Er war heute alles andere als sein übliches gelassenes, souveränes Selbst. Er war eher wie Levi, wenn der den herrschsüchtigen, großen Bruder raushängen ließ. Oder wie Wes, wenn er mies gelaunt war – was viel zu häufig vorkam.

Nur, dass Wes' schlechte Laune sich gebessert hatte, seit Kaylee ihrem Verlobten den Laufpass gegeben hatte. Und noch einmal mehr, seit er sich die Zeit genommen hatte, über ihre Trennung, die Fehlgeburt und sein eigenes Versagen in der Angelegenheit nachzudenken.

Wes war nicht gerade zufrieden mit sich selbst gewesen, nachdem Kaylee ihm die ganze Geschichte erzählt hatte. Es war leicht gewesen, ihr die Schuld dafür zu geben, dass sie es ihm nicht früher gesagt hatte, aber als er sich alles noch einmal durch den Kopf gehen ließ, wurde ihm klar, dass es vor allem an ihm gelegen hatte, dass sie der Meinung gewesen war, dass sie nicht mit ihm reden konnte. Er war so ein sturer Esel gewesen damals. Was sie wegen ihm hatte durchmachen müssen ... Er wollte am liebsten die Wände seiner Holzhütte hochgehen, wenn er daran dachte. Aber zumindest wusste er jetzt, was er falsch gemacht hatte, und konnte es wieder hinbiegen. Oder es zumindest versuchen.

Wes war nicht mehr derselbe Mann, der er damals gewesen war. Und das würde er Kaylee auch beweisen. Denn aus irgendeinem Grund war es ihm furchtbar wichtig, ihr zu beweisen, dass er sich verändert hatte und reifer geworden war.

Er hatte sich entschuldigt, und sie kamen wieder miteinander aus, aber das reichte ihm nicht. Er wollte mehr als das.

Der Drang, seine Exfreundin zurückzugewinnen, war keine plötzliche, quasi-religiöse Eingebung gewesen. Es war mehr wie eine schrittweise Erkenntnis, die sich in ihm ausgebreitet hatte, seit er sie vor einigen Monaten im Golfshop zum ersten Mal wiedergesehen hatte. Da hatte er sich noch eingeredet, er wolle nur nahe genug an sie herankommen, um herauszufinden, warum sie ihn damals verlassen hatte. Er hatte angenommen, dass dieses Wissen es ihm erlauben würde, die Vergangenheit endlich hinter sich zu lassen und sich wieder völlig auf sein Spiel zu konzentrieren.

Was für ein ausgemachter Blödsinn. Wes hatte wissen wollen, wieso sie ihn verlassen hatte, weil er niemals aufgehört hatte, sie zu lieben. Nicht, dass er das gegenüber irgendjemandem zugegeben hätte, aber immerhin war er kein solcher Höhlenmensch, dass er sich das wenigstens selbst eingestehen konnte.

Na gut, er hatte Jahre gebraucht, es sich einzugestehen, aber immerhin. Höhlenmenschen konnten sich weiterentwickeln.

Mit einem raschen Schritt trat Levi zwischen Adam und Hunt und verhinderte so, dass Adam seinem Bruder ein blaues Auge verpasste. »Ich sehe die Brautjungfern kommen.« Levi schubste Adam in deren Richtung. »Sie machen sich für die Zeremonie bereit, also nehmen wir besser auch unsere Plätze ein.«

»Herrgott nochmal«, schimpfte Bran, sobald Levi und Adam außer Hörweite waren. »Erinnert mich bitte daran, dass ich niemals heirate.« Er sah Hunt an. »Wir sollten unseren Plan für die Hochzeitsparty über den Haufen werfen. Adams Laune ist ja unterirdisch.«

»Machst du Witze?«, wehrte Hunt entgeistert ab. »Adam hat nur kalte Füße. Wenn die beiden einander erst einmal das Ja-Wort gegeben haben, ist er bestimmt wieder ganz der Alte. Er wird unsere Idee lieben.«

Wes bedachte ihn mit einem ungläubigen Blick. »Levi und du, ihr habt euch auf seiner Verlobungsparty geprügelt. Kannst du es ihm verdenken, dass er befürchtet, ihr werdet ihm auch diese Feier ruinieren?«

Hunt verzog das Gesicht. »Ach, das ist doch schon wieder ewig her. Und was wir für die Party vorbereitet haben, wird ihn von den Socken hauen.«

»Oder er bringt uns um«, murmelte Bran.

Hunt starrte auf Hunderte Gäste, die sich auf der anderen Seite der Insel verteilten, um zuzusehen. »Nee«, entschied er zuversichtlich. »Hayden wird es lieben, und deswegen wird es Adam dann auch gefallen.«

Und wenn sie es nicht liebt, dachte Wes, *dann möge Gott uns vor Adams Zorn schützen.*

———

Es WAR die erste Hochzeit eines seiner Brüder – ein beängstigender Gedanke für Wes. Die meisten von ihnen waren Ende 20, aber trotzdem. Näherten sie sich alle unaufhaltsam dem Ehealter? Würden seine Eier demnächst auch die Spannkraft verlieren? Und wo zur Hölle stand Kaylee eigentlich? Nachdem er nun endlich sicher war, ihr beweisen zu wollen, dass er eine zweite Chance wert war, konnte er sie nirgends entdecken. Typisch.

Kaylee sollte bei dieser Hochzeit auftauchen, aber Wes hatte sie noch nicht gesehen, seit er angekommen war. Dass Adam und Hayden ungefähr 500 Millionen Leute zu dieser Feier eingeladen hatten, machte die Sache nicht einfacher, ebenso wenig wie die Tatsache, dass ein riesiger Wüstensalbeistrauch ihm von seiner Position aus den Blick in die Lobby versperrte. Er blieb also einfach auf der Insel stehen und wartete darauf, dass die Zeremonie begann.

Er verlagerte sein Gewicht. Der blöde Sand sickerte ihm schon in die Schuhe. Wessen Idee war es überhaupt gewesen, auf der Insel zu heiraten?

Das Streichquartett neben ihm stimmte den ersten Akkord des Hochzeitsmarschs an, und alle im Raum verstummten. Und dann kam Hayden, die ein enganliegendes Kleid trug, das ihre Kurven betonte, mit gemessenen Schritten über die Brücke auf die Insel. Sie ging am Arm ihres Vaters, ihr dunkelblondes Haar schwungvoll hochgesteckt, der warme Blick ihrer braunen Augen auf Adam gerichtet.

Und Adam ... verflixt, weinte der etwa?

Ja, das war definitiv eine Träne, die er sich gerade von der Wange gewischt hatte.

Na gut, es war nicht gerade männlich, das zuzugeben, aber wann immer einer seiner dickköpfigen Brüder zu weinen anfing, kamen auch Wes die Tränen. Nicht, dass er jetzt weinen würde. Er musste nur einmal tief einatmen.

Und die Luft anhalten.

Und ... *aaah,* Kaylee erblicken.

Endlich.

Da war sie, auf der anderen Seite des Flusses, in einem smaragdgrünen Kleid, das sich bis zum Boden ergoss, das dunkel glänzende Haar hinter die Ohren gesteckt, sodass die glitzernden Ohrringe ins Auge fielen. Aber all das verblasste im Vergleich mit ihrer umwerfenden Schönheit.

Und nun musste Wes aus einem anderen Grund tief einatmen. Er hatte vergessen, wie schnell ihre Gegenwart seinen Körper wie Feuerwerk entflammen ließ.

Der Offiziant sagte sein Sprüchlein auf, Levi reichte Adam die Ringe, und bevor Wes sich versah, verschlang Adam seine frischgebackene Ehefrau mit den Lippen, als wären sie gänzlich allein, nicht umgeben von Hunderten von Menschen. Na gut, ganz so schlimm war es nicht, aber Herrgott nochmal, hatten die beiden kein Zuhause?

Adam drehte sich zur Gästeschar um, hielt die Hand der Braut fest und stieß einen Triumphschrei aus.

Sehr stilvoll. Wes schüttelte den Kopf, musste aber lächeln. Und das war sein reservierter Bruder.

Die Menge brach in Jubel und Gelächter aus. Als das Chaos sich wieder etwas beruhigte und die Eheleute über die Brücke zu den anderen gingen, suchte Wes nach Kaylee. Aber die stand nicht mehr dort, wo er sie zuletzt gesehen hatte.

Wo zum Teufel war sie denn jetzt schon wieder hin?

Wes gratulierte dem Paar, umarmte gefühlt tausend

Großmütter und Tanten und schüttelte weiteren zweitausend Freunden der Familie die Hand. Als er sicher war, dass er seine Pflicht als Trauzeuge erfüllt hatte, machte er sich auf die Suche nach Kaylee. Er wollte sichergehen, dass es ihr gutging – schließlich war sie ganz allein auf einer Hochzeit.

Der Hochzeit, die eigentlich ihre hätte sein sollen.

Himmel, vielleicht hätten seine simpel denkenden Brüder auch mal darüber nachdenken können, bevor sie sie einluden. Wahrscheinlich fühlte sie sich unter Druck gesetzt und glaubte, dass sie kommen musste, weil sie im Resort arbeitete. Wes wollte sie natürlich auf der Feier haben, aber nicht, wenn es ihr schwerfiel.

Er beschleunigte seine Schritte und fing an, Angestellte zu fragen, ob sie sie gesehen hatten. Aber erst, nachdem Adam und Hayden ihren ersten Tanz als Ehepaar hinter sich gebracht hatten, entdeckte Wes Kaylee wieder.

Der Rest der Gäste hatte sich an die Tische gesetzt, um dem tanzenden Paar zuzusehen, und Wes erblickte sie endlich weiter hinten im Raum. Sie unterhielt sich mit lebhaften Gesten mit einem der anderen Gäste, den sie wahrscheinlich gerade bezauberte, denn ihr Lächeln war strahlend und ehrlich gemeint.

Wes spürte, wie sich seine Schultern entspannten. Er hatte die Anspannung gar nicht bemerkt, bis er Kaylee lächeln sah.

Der Mann neben ihr lehnte sich näher zu ihr. Er war ein gutaussehender Mistkerl mit kurzem, dunklem Haar, der einen Designeranzug trug. Kaylee lachte gerade über etwas, das er gesagt hatte. Und Wes verspürte den starken Drang, hinüberzumarschieren und den Kerl aus seinem

Stuhl zu treten, mit dem er viel zu nah zu Kaylee gerückt war.

Wenn es um Kaylee ging, konnte Wes richtig besitzergreifend werden. Das war schon immer so gewesen und traf auf keine andere Frau zu, die er kannte.

Er wandte den Blick ab und versuchte, entspannt zu bleiben. Er versuchte sogar, mit der Brautjungfer zu seiner Rechten ein Gespräch anzufangen, aber es dauerte nicht lange, bis er erneut zu Kaylee hinüberstarrte. Er konnte einfach nicht anders.

Der Kerl im Designeranzug stützte sich auf seinen Ellbogen und kam Kaylee noch näher, während sie ihm offenbar etwas erzählte. Dann winkte der Typ einen der Kellner heran und wies ihn an, Kaylee Wein nachzuschenken.

Wollte er sie etwa betrunken machen?

Jetzt reicht's. Wes hatte genug gesehen. Womöglich handelte der Kerl auch aus reiner Freundlichkeit, aber das war ihm egal.

Er stand auf und ging zu Adam hinüber, der seiner frischgebackenen Ehefrau auf die Brüste starrte. »Wollen wir die Party jetzt mal in Schwung bringen?«

Adam blickte erschrocken auf. »Wovon redest du denn da? Bisher ist die Hochzeit ganz toll, weil ihr Jungs euch zur Abwechslung mal anständig benehmt.«

»Das ist leider wahr. Wir sollten das schleunigst ändern.« Wes nickte Levi zu, der das Nicken erwiderte und dann dem DJ einen Wink gab.

Vivaldis ruhiges Stück »Frühling« wurde übergangslos von »Booty Wurk« abgelöst.

Die Brüder standen allesamt auf und sammelten sich

in der Mitte des Raums, abgesehen von Adam, der sie mit schreckgeweiteten Augen anglotzte.

Sie stellten sich in einer Reihe auf und grinsten Hayden und Adam an. Sobald der Refrain einsetzte, stießen sie alle die Fäuste nach vorn und die Hüften im Rhythmus zur Seite.

Es war Hunts Idee gewesen, auf Adams Hochzeitsfeier zu einem Song aus *Magic Mike* zu tanzen. Wem außer Hunt wäre so etwas eingefallen? Aber nachdem sie die Idee bei zwei – oder auch sieben – Bieren durchgesprochen hatten, fand selbst Bran Gefallen daran.

Ihre Eltern lebten nicht mehr; sie hatten nur einander. Wes und seine Brüder mochten ihre Liebe zueinander auf eher untypische Weise zeigen – Prügeleien und Streitereien, sexy Tanzchoreographien –, aber von den Cade-Söhnen erwartete doch auch niemand ernsthaft, dass sie konventionell agierten. Erst nach dem Tod ihres Vaters hatten sie überhaupt damit begonnen, sich halbwegs zusammenzureißen und ihr jeweiliges Leben auf die Reihe zu kriegen.

Hayden sprang auf die Füße und schwang ihre Hüften zur Musik. Sie formte die Hände zum Trichter und johlte laut, während sie erneut die Hüften zur Seite stießen – er hätte Hunt und seine Choreographie verfluchen können. Adam schüttelte den Kopf, aber auch er lächelte jetzt. Wie hätte er auch ernst bleiben können? Der ganze Saal feuerte sie jetzt an. Pfiffe und Johlen waren als Jubel für Männer vollkommen angemessen.

Hunt, der Verrückte, machte einen Rückwärtssalto aus dem Stand, und dann drehten sich Wes und seine Brüder um und stießen die Becken im Takt der Musik nach vorn, damit auch die Gäste, die hinter ihnen saßen, in den Genuss ihrer Darbietung kamen. So wie Kaylee, deren Mund offenstand.

Wes packte die Hüften einer imaginären Frau und stieß seinen Schwanz in ihre Richtung – noch eine von Hunts meisterhaft peinlichen Einlagen –, aber dabei starrte er Kaylee direkt an und stellte sich vor, dass er ihren nackten Körper gegen seinen presste.

Die Vorstellung ließ ihn sofort auf Halbmast steigen, aber das war den Blick wert, den sie ihm im Gegenzug schenkte.

Kaylees Lider flatterten, und ihr Blick glitt hinab zu seiner Taille. Und dann machte sie völlig unbewusst etwas, das er verdammt sexy fand: Sie leckte sich die Lippen.

Oh Gott, ja. *Genau das will ich.*

All die Jahre hatte Wes sich eingeredet, dass Kaylee die Schurkin war. Die Frau, die sein Leben ruiniert hatte. Aber Kaylee war nie der Bösewicht gewesen. Wes war einfach niemals über sie hinweggekommen, und es war so viel einfacher, ihr die Schuld zu geben, als sich selbst die Wahrheit einzugestehen.

Kaylee war immer noch dasselbe liebe Mädchen, das er damals kennengelernt hatte, nur dass sie eine Tragödie durchlebt hatte und daran gewachsen war. Sie hatte nicht zugelassen, dass ihr Schmerz einen anderen Menschen aus ihr machte, sondern war tief drinnen dieselbe geblieben. Freundlich und großzügig. Was man auch daran sah, wie sehr die Kinder im Club Kids sie liebten.

Wes konnte seine Fehler nicht über Nacht wiedergutmachen, aber er konnte zumindest damit anfangen. Wer konnte schon wissen, wohin das alles führen würde.

Wenn er doch bloß nicht den unbändigen Drang verspüren würde, sofort von null auf hundert zu gehen.

Er beobachtete, wie Kaylee sich die Lippen leckte und den sinnlichen Blick dann wieder hob, ihm in die Augen sah – sie war einfach verdammt sexy. Und sie war solo. Sein Reptilienhirn drängte: *Warum warten?* Wes hatte eine ganze Menge wiedergutzumachen, falls sie ihn erneut an sich heranließe. Und das war keinesfalls sicher. Aber im Augenblick spielten all diese Gedanken gar keine Rolle, denn plötzlich schien sein Unterleib weitaus schlauer zu sein als sein Hirn – egal, welcher Teil davon –, und der hatte die Führung übernommen.

Die Musik endete, der Applaus donnerte auf sie ein, und dann eilten Adam und Hayden zu ihnen, umarmten sie und klopften ihnen auf den Rücken, während der nächste Song begann.

»Das war unglaublich!«, kreischte Hayden. »Wann hattet ihr denn überhaupt Zeit, das einzuüben? Ihr habt doch das Golfturnier vorzubereiten, ihr Verrückten!«

Levi hielt Emily an sich gedrückt, die sogleich hinzugeeilt war. »Nach Feierabend. Hunt hatte die Moves bereits drauf. Wir haben es ihm bloß nachgemacht.«

Adam schüttelte den Kopf. »Warum überrascht es mich nicht, dass Hunt dahintersteckt?«

»Das sollte dich auch nicht überraschen«, warf Wes ein, der sich schon wieder nach Kaylee umschaute. Aber in diesem Moment kam eine Frau, die er schon jahrelang kannte, und unglücklicherweise auch intim kannte, auf ihn zu und versperrte ihm die Sicht auf die Frau, mit der er unbedingt sprechen wollte.

»Das war fantastisch«, gurrte sie. Die Blondine

drückte seinen Bizeps und schlang einen Arm um seinen Rücken.

Sie war eine Schönheit. Und Wes fühlte absolut gar nichts für sie. Und doch hatte er mit ihr geschlafen, wie mit so vielen anderen Frauen. Er hatte Zeit totgeschlagen und versucht, nicht über die Vergangenheit nachzudenken oder über all das, was er verloren hatte. Was er vielleicht nie wieder haben würde.

Wes wand sich aus ihrem Griff. »Entschuldige mich, ich muss mal kurz mit meinem Bruder sprechen.«

»Sehr geschickt«, kommentierte Bran, als Wes sich zu ihm gesellte.

Der zuckte nur mit den Achseln. »Ich bin nicht interessiert. Also brauche ich ihr auch nichts vorzumachen.«

Wes wollte Kaylee ausfindig machen und mit ihr den Tanz noch einmal durchspielen. Er wollte sie nackt in seinen Armen, nur sie beide.

Brans Augen weiteten sich. »Oh-oh, da kommt sie.«

Einen Moment lang dachte Wes, dass die Blondine ihm gefolgt wäre, aber als er sich umsah, marschierte eine Rothaarige in einem schwarzen Kleid auf Bran zu. Sie sah aus, als wäre sie auf der Pirsch. »Ich glaube, die mag dich.«

»Sie hat mich schon den ganzen Abend lang angestarrt«, grummelte Bran.

»Hübsch.«

Bran warf ihm einen verärgerten Blick zu. »Tja, aber ich habe kein Interesse.«

»An hübschen Frauen?«

Bran schüttelte den Kopf und blickte sich um. »Ich muss weg.« Er huschte davon, bevor die Rothaarige in seine Nähe kam.

Sie zog die Brauen zusammen und änderte ihre Marschrichtung. Als sie wegging, wirkte sie längst nicht mehr so selbstsicher.

In der Zwischenzeit hatte Bran sich zu einer der neuen Kellnerinnen gesellt, die er gerade erst eingestellt hatte. Er redete schüchtern mit ihr, und das arme Mädchen wirkte wie vom Donner gerührt.

Bran war ein gutaussehender Trottel. Konnte jede Frau haben, die er wollte. Aber wer konnte sich schon aussuchen, zu wem er sich hingezogen fühlte? Die Kellnerin war jedenfalls eher ein unauffälliges Mädchen. Nicht, dass es nur ums Aussehen gehen würde.

Wes hatte mit vielen schönen Frauen geschlafen, aber diejenige, die ihm nicht aus dem Kopf ging, könnte auch einen Kartoffelsack tragen und ihm mit wirren Haaren begegnen, er würde sie immer wollen. Denn Kaylees Schönheit war nicht rein körperlich.

Anziehung war so viel mehr als das Aussehen. Sie ließ deinen Körper summen und vibrieren, sie scherte sich weder um den schönen Schein noch folgte sie den Regeln der Logik. Vielleicht waren es nur Pheromone oder sowas, aber ihre Macht war unbestreitbar. Und Kaylees Pheromone sorgten dafür, dass sein Reptilienhirn verrücktspielte.

Er hatte inzwischen verstanden, warum Kaylee die Beziehung damals beendet hatte. Er hatte gedacht, das zu erfahren, würde seiner Konzentration im Sport helfen, aber vor allem hatte diese Frage ihn und die Frau, die er liebte, wieder näher zusammengebracht.

Und nun war es an der Zeit, den nächsten Schritt zu machen.

KAPITEL 19

»Willst du tanzen?« Wes packte Kaylees Hand und riss sie beinahe vom Stuhl hoch, zog sie auf die Tanzfläche.

Was hatte der denn vor?

Kaylee blickte sich um und lächelte dem netten Mann, mit dem sie sich unterhalten hatte, entschuldigend zu. »Habe ich denn eine Wahl?«, fragte sie, während sie Wes hinterherstolperte.

Er zog sie an sich und schlang seine starken Arme um ihre Taille, wiegte sie beide zu einem langsamen Stück aus den Achtzigern. »Nein.«

»Gut zu wissen.« Sie atmete ein. Gott, er roch wirklich gut. Warum musste ihr Ex denn bitte so unglaublich gut riechen?

Sie hatte es immer genossen, mit Wes zu tanzen. Das war auch sein Glück, denn sonst hätte sie ihm jetzt gegen das Scheinbein getreten, weil er sie so abrupt weggeschleppt hatte.

Sie legte den Kopf schief. »Beeindruckende Moves, die du eben zum Besten gegeben hast. Ich wusste gar nicht, dass deine Hüften einen so geschmeidigen Schwung haben.«

»Es gibt eine ganze Menge Dinge, die du nicht weißt. Ich habe mich ganz schön verändert.«

Sie unterdrückte ein Lächeln. »Mit beweglichen Hüften, wie du soeben bewiesen hast.«

Er sah zur Decke hoch, als müsse er darüber nachdenken. »Die beweisen meine außerschulischen Talente, ja. Aber um herauszufinden, wie sich der Rest von mir verändert hat ...« Der Blick seiner dunkelblauen Augen wanderte an ihrem Körper hinab. »Dafür musst du mehr Zeit mit mir verbringen.«

Sie kniff die Augen zusammen, und ihr Herz hämmerte in ihrer Brust. »Ich dachte, das haben wir bereits getan, auf der Driving Range. Du weißt schon, all diese strapaziösen Übungsstunden, die du mir auferlegt hast?«

Er lachte leise. »Nee, da habe ich doch nur gegrinst, während Bella versuchte, dir beizubringen, wie du einen Golfschläger schwingen musst.«

»Hey!« Sie schlug ihn spielerisch auf die Schulter, wo ihre Hände lagen. Und gab sich alle Mühe, diese Hände nicht wandern zu lasen.

Wes war immer sexy und gutaussehend gewesen, aber nun war er muskulöser, kantiger, und sein Bartschatten zierte bereits sein Gesicht, obwohl er sich sicher vor der Hochzeit rasiert hatte. Ihre Hormone, die sie ständig daran erinnerten, dass sie Single war, mochten den erwachsenen Wes ein wenig zu gern, als dass ihr wohl dabei gewesen wäre.

»Bella ist ja auch ein Golf-Wunderkind«, stellte sie

fest. »Und es ist überaus unhöflich, mir unter die Nase zu reiben, dass eine Fünfjährige besser ist als ich.«

Er schmunzelte. »Ich bitte um Entschuldigung. Aber ich würde wirklich gern mehr Zeit mit dir verbringen – und damit meine ich nicht die Driving Range.«

Ihr Lächeln erstarb, und sie musterte ihn. Meinte er das ernst? »Warum? Wir haben gerade erst die Missverständnisse der Vergangenheit aus dem Weg geräumt, und du schienst alles andere als begeistert, dass ich beim wöchentlichen Bierchen mit deinen Brüdern dabei war.«

Seine Miene verhärtete sich. »Das lag aber nur daran, dass du mit einem anderen Mann geflirtet hast.«

»Du warst *eifersüchtig?*«

Er schlang die Arme enger um sie. »Ich bin auch heute eifersüchtig. Auf den Kerl, der dich beim Essen die ganze Zeit beinahe angesabbert hätte.«

Sie lachte in sich hinein. »Kein Grund zur Eifersucht. Ich sitze nur zufällig neben Ted. Ich kenne ihn ja kaum.«

»Aber er will dich.«

Sie schüttelte den Kopf. Mochte ja sein, dass sie sich zu ihrem Ex hingezogen fühlte, aber das bedeutete noch lange nicht, dass es eine gute Idee war, darauf einzugehen. »Warum sollte dich das stören?«

Er schien sich ihre Züge einprägen zu wollen. Sein Blick wanderte von ihren Augen zu ihrer Nase, dann zu ihren Lippen ... »Muss ich das wirklich erklären?«

»Ja.« Wes war ... nun ja, er war eben Wes. Der Mann sah schrecklich gut aus, war selbstbewusst, und sie hatte nicht gelogen, als sie seinen Hüftschwung lobte. Das war verdammt erotisch gewesen und hatte sie an ganz andere Dinge denken lassen. Aber sie würde sich auf keinen Fall auf ihn einlassen. Sie schürzte die Lippen, und ihre

Stimme klang mit einem Mal eisig. »Seit ich hergekommen bin, warst du abwechselnd abweisend und offen. Was willst du denn nun wirklich?«

Er umfasste mit beiden Händen ihren Po und zog sie zu sich hoch, versengte ihre Lippen mit einem heißen Kuss, der allerdings nicht lange dauerte. »Lass es uns noch einmal versuchen, Kaylee«, sagte er leise, sein Mund noch immer nah an ihrem.

Wes ließ sie wieder auf die Tanzfläche hinab, hielt sie aber weiterhin an sich gedrückt, gegen seine Brust und seine Oberschenkel.

Ihr Atem ging stoßweise. Sie versuchte zu reagieren, ihm noch einmal so richtig die Meinung zu sagen, aber seine Hände auf ihrem Hintern machten es ihr unmöglich, sich zu konzentrieren.

Sie entzog sich ihm zumindest einige Zentimeter weit. »Bist du wahnsinnig?« Sein Blick rutschte zu ihren Lippen, so als wolle er sich jeden Augenblick erneut über ihren Mund hermachen.

»Ganz und gar nicht.«

Sie konnte nicht anders; sie musste lachen. Das war doch absurd.

»Wieso lachst du denn?«, wollte er wissen. »Findest du es komisch, dass ich mich zu dir hingezogen fühle?«

Ihr Lächeln erstarb, und ein Gefühl der Erschöpfung überkam sie. »Tragisch – ich finde es tragisch, dass wir uns auf ewig zueinander hingezogen fühlen. Da zeigt das Universum mal wieder, wie grausam es ist.«

Er senkte den Kopf und atmete sachte neben ihrem Ohr aus. »Das ist nicht tragisch. Vielleicht ist es Schicksal.«

Sie zuckte zurück. »Meine Güte. Das war der

kitschigste Spruch, den ich je aus deinem Mund gehört habe.«

Er hob eine Schulter; ein halbes Achselzucken. »Was kann ich dafür, wenn deine Nähe mich dazu bringt, poetisch zu werden?«

Sie lachte. »Poesie würde ich das nicht gerade nennen.«

Er schenkte ihr einen finsteren Blick und umfasste ihre Pobacken noch fester. Glücklicherweise war die Tanzfläche inzwischen voll, denn sonst würden sie hier eine Show für alle anderen abliefern.

»Wow. Okay. Du willst es also wirklich?« Sie betrachtete ihn skeptisch, auch wenn sie gleichzeitig verstohlen die Hitze genoss, die sein Körper abstrahlte, denn er war nun einmal Wes.

Kaylee hatte sich immer zu ihm hingezogen gefühlt. Daran hatte sich auch nichts geändert. Aber alles andere in ihrem Leben hatte sich verschoben, verflüchtigt, neu zusammengesetzt.

»Wir sind älter und reifer«, gab er zu bedenken, als könne er ihre Gedanken lesen.

»Haargenau, und deswegen sollten wir es auch besser wissen und nicht die alten Fehler wiederholen.«

»Ich bin nicht derjenige, der Fehler wiederholen möchte«, erwiderte er, während er sie zum Rand der Tanzfläche führte, als ein schnellerer Song begann. »Und unsere erste Beziehung war doch kein Fehler. Nur mieses Timing und fehlende Kommunikation.«

Sie zog an seiner Hand, damit er stehenblieb und sie anschaute. »Wir haben so viel falsch gemacht beim ersten Mal. Meine Welt lag hinterher in Trümmern.«

Er drückte ihre Hand. »Ich bereue am meisten, dass

du das alles allein durchgemacht hast und ich nicht für dich da war. Aber deswegen war doch nicht alles zwischen uns falsch. Wir können nicht ändern, was geschehen ist. Dieser Teil war eine Tragödie, aber der Rest ...« Er starrte in ihre Augen. »Ich habe noch nie für jemanden so empfunden, wie ich für dich empfinde.«

Empfinde. Er hatte es gesagt, hatte in der Gegenwartsform gesprochen.

Wes ließ seine Hand ein Stück höher zu ihrem unteren Rücken wandern und führte sie zum Ausgang des Ballsaals. Und der einzige Grund, wieso sie das geschehen ließ, war dieser: Sie war noch ganz verwirrt von seinem Geständnis. *Wie ich für dich empfinde.*

»Das ist nicht genug«, stellte sie schließlich in dem Versuch, wieder einen klaren Kopf zu kriegen, fest. Einer von ihnen musste die Kontrolle behalten, denn sie konnte sich nur allzu leicht vorstellen, sich erneut in Wes zu verlieben. Und das machte ihr Angst.

In Wes verliebt zu sein, hatte sie beim ersten Mal beinahe umgebracht.

»Wohin willst du überhaupt mit mir?« Sie sah sich um.

Er schenkte ihr ein unanständiges Grinsen. »Nach draußen.«

»Aber die Hochzeit ...«

»Ist gelaufen. Jetzt wird nur noch getanzt.«

»Genau. Tanzen. Und die Hochzeitsparty? Wird dein Bruder nicht sauer sein, wenn du verschwindest?«

Er zuckte nachlässig die Achseln. »Doch, wahrscheinlich schon. Aber nur so lange, bis er mit Hayden abzischt. Aus irgendeinem Grund stresst ihn diese Hochzeit doch selbst.«

»Das haben Hochzeiten manchmal so an sich.«

Er blickte besorgt auf sie herab. »Bist du traurig? Weil das heute eigentlich dein Tag hätte werden sollen?«

Sie schüttelte bedächtig den Kopf. »Nein. Ich bin vielmehr erleichtert. Dass ich herausgefunden habe, dass Eddy mich betrügt, hat mich vor einer späteren Scheidung bewahrt. Und seine Untreue hat ja nichts daran geändert, dass es schon vorher falsch war. Es war nie das Richtige zwischen uns; das weiß ich jetzt.«

Wes nickte und setzte sich wieder in Bewegung. Sie verließen den Saal durch eine der hinteren Türen und gingen am Flüsschen vorbei. Dann bogen sie zu einer halb verborgenen Nische mit zwei Klubsesseln ab, die sich hinter der Lagerfeuer-Insel befand. Von dort aus hatte man eine unverstellte Sicht auf den See und die Lichter von South Lake Tahoe.

Wes kannte offensichtlich jede noch so versteckte Ecke des Resorts. Inklusive solcher hübscher Orte mit wunderbarem Ausblick. Sie fragte sich, ob er wohl viele Frauen mit hierherbrachte.

Er lud sie mit einer Geste ein, in einem der Sessel Platz zu nehmen. »Möchtest du vielleicht irgendwas zu trinken? Champagner?«

Sie hob eine abwehrende Hand. »Nein, danke. Ich achte auf meinen Alkoholkonsum, besonders nach dem Abend mit dir und deinen Brüdern in der Fireside Lounge. Ich vertrage ja offenbar nicht viel.«

Er knöpfte seine Smokingjacke auf und machte es sich in dem zweiten Sessel gemütlich, die Arme hinter dem Kopf gefaltet. »Ich schätze, dieser Abend hat uns aber vorangebracht. Was du gesagt hast, wäre dir irgendwann sowieso herausgerutscht, aber ich bin froh, dass du nicht noch länger damit gewartet hast. Ich wollte immer wissen, wieso.«

»Ich hätte es dir schon vor Jahren sagen sollen.«

Er ließ den Blick über die Aussicht schweifen. »Die Dinge passieren eben irgendwann so, wie sie passieren sollen. Wir sind jetzt hier, zusammen. Nur das zählt.«

Sie spürte, dass sein Blick wieder auf ihr lastete. Die Hitze darin. Das Gewicht seines Blicks. »Apropos hier und jetzt«, raunte er, »warum kommst du nicht etwas näher?«

Sie senkte den Kopf ein wenig. »Du bist unmöglich. Ich fasse es nicht, dass du mich da drinnen vor allen Leuten geküsst hast.«

»Komm schon, Kaylee, dieser Kuss hat schon seit Wochen in uns gebrodelt. Er war unvermeidlich.«

Das war er wirklich, auch wenn sie das nur ungern zugeben wollte. Und es war außerdem kalt hier draußen. Der Übergang vom Sommer zum Herbst war ziemlich plötzlich gekommen, und die kalte Abendluft ließ sie frösteln.

Wen juckte es, was sie beide miteinander taten? Besonders jetzt, nachdem es keine Geheimnisse mehr gab. Sie waren beide Singles ... »Na schön. Aber du behältst deine Hände bei dir.«

»Ich bin ein *Gentleman*. Ich würde doch niemals eine Lady anfassen. Es sei denn, sie bittet mich darum.«

Kaylee hörte den Humor in seiner Stimme. Sah das amüsierte Zucken seiner Mundwinkel. Sie verdrehte die Augen, kletterte aber trotzdem mit in seinen Sessel.

Natürlich machte er ihr kaum Platz, was bedeutete, dass sie sich unweigerlich eng an ihn schmiegen musste und praktisch in seinem Schoß saß. »Du darfst die Arme um mich legen. Denn es ist ganz schön kalt hier draußen. Und dann falle ich wenigstens nicht von diesem Ding runter, da du mir ja nur für eine halbe Arschbacke Platz gelassen hast.« Sie bedachte ihn mit einem missmutigen Blick über ihre Schulter hinweg.

Aber das war alles nur Theater, denn es gefiel ihr viel zu sehr, sich so nah an Wes zu kuscheln. Er hatte gesagt, dass er nie für jemand anderen so viel empfunden hatte wie für sie. Nun, sie hatte auch niemals einen anderen so geliebt wie ihn.

Wes setzte sich auf und zog seine Jacke aus, drapierte sie über sie beide. Er schob seine Arme um ihre Taille und legte das Kinn auf ihren Kopf. Dann strich seine Hand träge ihren Arm hinauf und hinunter. »Besser so?«

Ob das besser war? Es fühlte sich wunderbar an. Als gäbe es keinen Ort, an dem sie die ganze Zeit lieber hätte sein wollen als in seinen Armen. Aber das konnte so nicht stimmen. Das war nicht echt. Die Vergangenheit war immer noch real, allzu real – all das saß einfach zu tief.

Sie drehte sich herum, bis sie ihn richtig anschauen konnte und ihre Brust gegen seine gepresst wurde. »Warum war Golf damals wichtiger als ich?«

Der Kuss, ihr Zusammensein – das würde doch nirgendwohin führen, selbst wenn sie sich noch so sehr zu ihm hingezogen fühlte. Sie wusste nicht, warum sie das Bedürfnis hatte, die Vergangenheit immer wieder an die Oberfläche zu zerren, aber so war es eben.

Na gut. Sie zog in Betracht, wieder mehr als einen Freund in ihm zu sehen, nachdem sie seine Lippen und Hände gespürt hatte. Das löste eben schmutzige Gedanken aus. Ja, sie zog schmutzige Sachen in Betracht, aber zuerst musste sie wissen, was im Hirn dieses sturen Mannes vorgegangen war, als sie damals zusammen waren.

Wes behielt seine Arme um sie, gab ihr aber Raum in der neuen Position. Sie spürte, wie er seinen Kopf über ihrem schüttelte. »Golf war nie wichtiger als du. Du warst doch …«

Sie hob das Kinn, um wenigstens einen Teil seines Gesichts sehen zu können. »Was war ich?«

Er lehnte sich ein Stück weit zurück und sah zu ihr herab. »Du warst alles.«

KAPITEL 20

Wes hob Kaylees Kinn und küsste sie sanft auf die Lippen.

Als sie nicht widersprach, ließ er seine Hand ihren Rücken hinabgleiten und zog sie näher an sich, senkte seinen Mund erneut auf den ihren und küsste sie intensiver.

Sein Herz hämmerte in seiner Brust, sein Körper heizte sich immer weiter auf. Allein das Gefühl ihrer Zungen, die einander berührten, würde ihn jeden Moment explodieren lassen. Und dann löste sie sich wieder von ihm.

»Was meinst du denn damit, ich war alles? Offenbar war ich das nicht, denn sonst hätte ich mich ganz sicher nicht von dir getrennt.«

Er rieb sich mit der Hand hastig über das Gesicht. »In meinem Kopf warst du alles für mich. Ich wusste bloß nicht, was ich tat. Du weißt doch, dass ich ohne Mutter aufgewachsen bin, und mein Vater war kaum wirklich da. Zuneigung habe ich von meinen Brüdern gelernt.« Er schmunzelte. »Stell dir das mal vor. Wir waren wie blinde

Blindenführer. Das einzige Positive an uns war unsere Loyalität. Aber wir wollten einander auch ständig übertrumpfen. Das Bedürfnis zu gewinnen und zu beweisen, dass wir etwas wert sind. Oder vielleicht hatte auch nur ich das.«

Er starrte ihr in die Augen. »Ich glaubte ernsthaft, dass ich den Erfolg im Golf brauchte, um dich zu verdienen. Erst jetzt, als du erneut in mein Leben getreten bist, ist mir klar geworden, dass ich nur dich brauchte.«

Ihre Augen wurden immer größer, und sie erwiderte den intensiven Blick. »Zum Teufel mit dir«, wisperte sie. Und dann zog sie seinen Kopf zu sich herunter und verschlang seinen Mund mit ihren Lippen, ihrer Zunge, ihren Zähnen.

Mit Daumen und Zeigefinger neigte er ihr Kinn noch ein wenig mehr, um den richtigen Winkel zu haben und ihren wunderschönen, sinnlichen Mund zu liebkosen. Um sie zu schmecken und von ihren Lippen zu trinken, so wie er es sich in den letzten Wochen immer wieder ausgemalt hatte.

Er hatte sich zunächst eingeredet, dass sie nur deshalb in seinen Träumen aufgetaucht war, weil er so viel Zeit mit ihr verbrachte. Dass er sie immer wieder ansah, wenn sie nicht hinschaute, weil sie schlicht eine schöne Frau war.

Das war alles völliger Blödsinn.

Er wollte sie, begehrte sie.

Er hatte ernst gemeint, was er eben gesagt hatte. Golf war ihm niemals wichtiger gewesen als Kaylee. Aber was wäre er ohne diesen Sport? Er war nie in irgendetwas richtig gut gewesen, nur im Golf. Und er hatte geglaubt, ohne dieses Talent nicht genug für sie zu sein. Aber das war vorbei. Wenn sie nur bei ihm bleiben wollte, dann würde er alles tun, was in seiner Macht stand, um sie glücklich zu machen.

Er hatte damals den Jackpot gewonnen, als das schöne Mädchen auf der College-Party aufgetaucht war und sich als perfekte Frau für ihn herausgestellt hatte. Er hatte gedacht, er müsse nur eine Lebensgrundlage für sie beide aufbauen, dann wäre alles geritzt. Aber irgendwo auf dem Weg dorthin hatte er aus dem Blick verloren, was *sie* brauchte.

Und dann hatte er sie ganz verloren.

Jetzt war Kaylee wieder da, und er würde sie nicht einfach wieder gehen lassen.

Sie schlang die Arme um seinen Hals, und er nutzte die Gelegenheit, um seine Hand an ihrer Taille und ihrer Hüfte hinabgleiten zu lassen. Er raffte den Stoff ihres Kleides immer höher und fuhr mit den Fingerspitzen über das seidig weiche Bein darunter. Und dann schob er es über sein Bein, sodass sie noch näher beieinander waren.

Kaylee stöhnte, und seine Augen verdrehten sich ganz von allein, als er ihre Hitze spürte, die sich gegen seine Erektion presste.

Sein Schwanz war schon fast im siebten Himmel, so nah bei Kaylee und doch nicht nah genug. Aber das war okay. Wes kam mit dieser Art Bestrafung klar. Den Schmerz, den er gefühlt hatte, als sie ihn verließ, den wollte er allerdings nicht noch einmal durchmachen müssen.

Er küsste ihren Hals und ihr Dekolleté. »Willst du das in einem intimeren Rahmen fortführen?« Strafe hin oder her, Wes hatte da schon Ideen. Glitschige, nackte Ideen.

Und wieso zum Teufel auch nicht? Sie war doch *sein* Mädchen – die einzige, die er je für sich beansprucht hatte.

Er zog ihren BH ein Stück herunter und ließ seine Zunge um ihren Nippel kreisen.

Sie zog an seinen Haaren, rieb sich gegen ihn. »Hm?«

»Zu öffentlich hier. Es könnte jemand vorbeispazieren.«

»Was schlägst du dann vor?« Ihre Stimme war rau und ein wenig höher als sonst – genau wie früher, wenn sie scharf gewesen war.

Er wurde härter.

Und küsste sie lange und tief. »Ist das ein Ja?«

Sie zögerte gerade lange genug, dass er anfing, sich zu sorgen, sie könnte nein sagen. »Ja.«

Er grinste und zog sie hoch.

»Wes«, stieß Kaylee hervor, während sie versuchte, mit ihm Schritt zu halten. Er ging vielleicht wirklich etwas zu schnell. »Wo gehen wir hin?« Sie sah sich nach der Nische mit den Klubsesseln um, die er dort für seinen Privatgebrauch hatte platzieren lassen.

Kaum jemand wusste von dem halben Versteck. Die Sessel standen schön weit hinten, und er ging dort immer hin, wenn er ein bisschen Zeit für sich und Ruhe brauchte. Ab und zu leistete ihm einer seiner Brüder Gesellschaft. Es war eine private Ecke, aber längst nicht privat genug für das, was ihm jetzt vorschwebte.

»Ich könnte dich tragen, wenn deine Füße schmerzen«, schlug er vor. »Willst du, dass ich dich Huckepack nehme?«

»Oder eine ganz wilde Idee«, warf sie sarkastisch ein, »du könntest auch einfach langsamer laufen.«

War es denn seine Schuld, dass er es eilig hatte? Endlich war es soweit, und das war eine Gelegenheit, die er kaum ungenutzt verstreichen lassen konnte. »Kann ich nicht. Ich will augenblicklich da weitermachen, wo wir gerade aufgehört haben.« Er drehte sich nach ihr um und grinste. »Hast du dich je auf einem Golfplatz nackig gemacht?«

»Du bist ganz schön anmaßend.«

»Ich würde eher sagen, begierig. Beantworte doch meine Frage.«

»Nein. Du weißt doch, dass ich mich noch nie auf einem Golfplatz ausgezogen habe. Mit wem hätte ich denn beim Golfen auf dumme Gedanken kommen sollen, außer mit dir?«

»Auch wieder wahr.« Er drückte ihre Hand. »Dann wollen wir das doch gleich mal ändern.«

Sie zupfte ihn am Arm. »Ich will aber nicht zu deinem Lieblings-Aufrissplatz gehen, Wes Cade.«

Er legte seine freie Hand auf ihren weichen, kleinen Po und drängte sie zum Weitergehen. »Ich habe noch nie einen Aufriss dafür mit auf den Platz genommen.«

»Niemals?« Er konnte ihren Blick spüren. »Nicht ein einziges Mal?«

»Nee. Das wird auch für mich das erste Mal. Und das ergibt doch Sinn.«

Sie schlang den Arm, den er nicht festhielt, um ihre eigene Taille. Die Temperatur sank ganz schön schnell. Selbst Wes fühlte, dass es zu kalt war. Er hatte ihr seine Jacke gegeben, aber sie trug nur dieses dünne Kleid. »Inwiefern?«

»Weil ich zum ersten Mal auf einem Golfplatz mit

einer Frau schlafen werde – mit der einzigen Frau, die ich je geliebt habe.«

Kaylee blieb stehen und stieß einen schweren Seufzer aus, aber sie drückte gleichzeitig seine Hand und starrte auf seinen Mund. »Das ist total anmaßend.«

»Hoffnungsfroh, Kaylee. Hoffnungsfroh.«

»Ich konnte dir noch nie widerstehen. Und jetzt feuerst du gleich aus allen Rohren mit deinem Süßholzraspeln.«

Er nahm ihr Gesicht in beide Hände. »Ich will es wirklich versuchen ... wenn du mir noch eine Chance gibst?«

Sie blinzelte mehrfach und musterte ihn dann. »Fangen wir doch mit Sex and und sehen dann weiter.«

Er grinste und drückte sie an sich, hob sie von den Füßen. »Damit fange ich am liebsten an.«

———

KAYLEE STIESS EIN QUIETSCHEN AUS. »Wes! Du hast mir gerade eine Rippe gebrochen.«

»Sorry.« Er setzte sie vorsichtig wieder ab. »Warte hier, okay?«

Kaylee starrte ihm verblüfft nach, als er auf den Golfshop zu trabte.

Das würde er nicht tun, oder? »Wes, wenn du auch nur darüber nachdenkst, deine Schläger zu holen, um ein paar Bälle zu schlagen, dann schwöre ich bei Gott, du gehst heute ohne deine Glocken nach Hause!«

Wes erstarrte mit der Hand auf dem Türknauf. »Scheiße, Kaylee, setz' mir doch nicht so ein Bild in den

Kopf, wenn wir kurz davor sind, in die Horizontale zu gehen.«

Aber er lächelte, als er in den Laden hineinhuschte. Wenige Sekunden später kehrte er mit einem Päckchen zurück, das wie eingeschweißter Stoff aussah.

Wes klemmte sich das Paket unter den Arm und nahm ihre Hand. »Decken.« Dann hielt er eine Schachtel Kondome in die Höhe. »Und andere unverzichtbare Sachen.« Er wackelte mit den Augenbrauen.

Wollte sie das jetzt wirklich tun? Sex mit dem Ex haben? »Du verkaufst Kondome im Golfshop?«

»Männer spielen Golf, Kaylee. Manchmal brauchen sie noch ein paar Dinge, bevor sie danach zu anderen Verpflichtungen eilen.«

»Ich bin eine Frau, und ich spiele Golf.«

»Na schön, dass wir auch Kondome im Angebot haben, war meine Idee.« Er grinste teuflisch. »Ist doch praktisch.«

Sie verdrehte die Augen.

»Hast du echt gedacht, ich gehe jetzt meine Schläger holen, nach allem, was wir durchgemacht haben?« Er klang ernsthaft verletzt.

Sie warf ihm einen verstohlenen Seitenblick zu. »Sowas hast du schon mehr als einmal gemacht.«

Er blieb stehen und drehte sie sanft zu sich herum. »Und ich habe meine Lektion gelernt. Es gibt nichts – rein gar nichts –, was ich jetzt lieber täte ... als dich zu vögeln.« Er grinste sie lüstern an.

Kaylee verpasste ihm einen Stoß gegen die Brust. »Das ist null romantisch!«, schimpfte sie, lachte aber bereits wieder, weil er ihren Hals küsste und sie gleichzeitig kitzelte.

»Du hast doch gesagt, dass du nur Sex willst.« Er hob sie hoch und warf sie sich über die Schulter. »Ich bin dein Mann.«

Sie mochte seine verspielte Seite sehr, und für etwas Ernstes war sie noch nicht bereit. Nicht nach der geplatzten Verlobung. Aber das hier ... war nett.

Im Grunde sollte sie sich auf gar nichts einlassen in ihrer Situation. Aber sie war so lächerlich scharf auf Wes, und er war ja nicht gerade dabei, ihr seine unsterbliche Liebe zu gestehen. Er schien völlig einverstanden damit, dass sie es locker angingen. Und für Kaylee war das auch in Ordnung, denn sie fühlte sich mit Wes sicher.

Ihr Bauch wurde auf seiner Schulter eingequetscht, während sie auf die Schachtel in seiner Hand hinabsah. »Du weißt schon, dass wir die gar nicht brauchen?«

Er schnaubte. »Willst du mich in die Falle locken?«

»Du bist so ein Arsch! Ich kann nicht schwanger werden, schon vergessen? Du bist echt der einzige Clown, der aus meinem schlimmsten Leid einen Witz machen kann.« Ihre Worte waren ernstgemeint, aber ihr Ton nahm dem Ganzen die Schärfe. Männer waren eben nicht die hellsten, wenn es um den weiblichen Körper ging, und Wes wollte wahrscheinlich nur vorsichtig sein.

Er drückte ihr Bein, das er festhielt. »Ich mache keinen Witz daraus.« Er ließ sie an seiner Brust hinabgleiten, aber das war nicht Teil seiner Verführungstaktik. Als sie auf Augenhöhe waren, unterbrach er ihre langsame Rutschpartie. »Es tut mir wirklich so verflucht leid, Kaylee. Es tut mir leid, dass du wegen mir keine Kinder bekommen kannst.«

Sie fuhr mit ihrem Daumen über seine volle Unterlippe. »Das war ja nicht deine Schuld. Du hattest doch keinen Einfluss darauf, was passiert ist. Aber diese Kondome brauchst du wirklich nicht. Es sei denn, du warst ein schmutziger Junge. Himmel, wann hast du dich denn das letzte Mal testen lassen?«

Er warf die Schachtel Kondome über die Schulter nach hinten und hob sie wieder höher hinauf. »Ich hab' dir doch gesagt, sauber wie der erste Frühlingsregen. Ich habe mich tatsächlich erst vor ein paar Wochen testen lassen. Aber ich hatte auch nie mehr Sex ohne Kondom, nachdem wir ein Paar waren. Verdammt, Kaylee, ich kann es kaum erwarten, in dir zu sein.« Er beschleunigte seine Schritte und fing schließlich sogar an zu rennen.

»Mach langsam!«, rief sie, als sie auf seiner Schulter herumgeschüttelt wurde. »Hast du eigentlich eine Vorstellung davon, wie unangenehm das hier ist?«

»Ich kann doch jetzt nicht langsamer werden. Muss dich irgendwohin bringen, wo uns keiner findet, und dich dann sofort von diesem Kleid befreien, bevor du es dir anders überlegen kannst.«

»Das ist doch hier keine Entführung! Schämst du dich denn gar nicht?«

»Nee, gar nicht.« Er ließ sie erneut an sich hinabgleiten, und diesmal hatte er den Mund zu einem überheblichen Grinsen verzogen, während er sie über die harten Beulen und Rillen seines muskulösen Körpers sinken ließ.

Als ihre Zehen den Boden berührten, beugte er sich hinunter und küsste sie sachte, aber in ihrem Kopf drehte sich alles, und ihr Körper wurde von einem Prickeln heimgesucht, das sich auf die strategisch wichtigen Stellen konzentrierte. Das machte er doch mit Absicht, um sie völlig verrückt zu machen.

Wes stand einen Augenblick lang nur da, rührte sich nicht, betrachtete einfach nur ihr Gesicht und sah ihr in die Augen. »Kaylee.« Er schüttelte den Kopf. »Ich fasse noch immer nicht, dass du wieder da bist.«

Zu viel – das hier war nicht nur Sex für Wes, ebenso wenig wie für sie, aber für den Moment wollte sie, dass es nicht mehr war. Nur auf diese Weise konnte sie loslassen und genießen, mit ihm zusammen zu sein.

Sie nahm seine Erektion in die eine Hand und schlang die andere um seinen Nacken, zog ihn zu sich herunter, um in seine Lippe zu beißen. »Zieh deine Hose aus«, murmelte sie.

Wes knurrte und glitt aus seinen Schuhen. Er ließ die Hose herunter, während er versuchte, sie zu küssen.

Sie lachte, als er in seiner Boxershorts und dem weißen Smokinghemd vor ihr stand. »Scheiße, Mann, du willst es aber echt wissen.«

Er riss sich die Fliege vom Hals und zog sich das Hemd mit einem Ruck über den Kopf, bis er nur noch die Unterhose trug – und mit einem Mal lachte sie nicht mehr.

Wes war muskulös und kräftig und verflucht sexy. Und er verschlang sie mit den Augen, als würde er am liebsten jeden Zentimeter ihres Körpers mit der Zunge erforschen.

Kaylees Atem ging unregelmäßig.

Er schlang einen Arm um sie und zog sie näher zu sich, küsste sie auf die Schulter, während er den Reißverschluss in ihrem Rücken öffnete, ganz versiert. »Du bist so schön.« Er hob den Kopf. »Niemand ist schöner als du.«

Sie fuhr mit ihren Händen an seiner warmen Brust

hinunter. Sex. Das hier war nur Sex. Mit einem Mann, den sie aufrichtig liebte, auch wenn diese Liebe mit ihrer Vergangenheit verstrickt war. Sie würde seinen Körper nehmen und was auch immer er ihr sonst noch zu geben bereit war, denn sie brauchte ihn. Gott, sie hatte ihn schon so lange gebraucht.

Wes zog ihr das Kleid hinunter und an ihren Beinen herab, bevor er den Plastikbeutel aufriss und den Inhalt ausschüttelte, der sich als Picknickdecke entpuppte. Er breitete sie beim 18. Loch auf dem Rasen aus. Um diese Zeit war der Platz überraschend abgelegen. Dann griff er nach ihrer Hand und zog, sodass sie gegen ihn fiel und auf seiner Brust landete. Er sank mit ihr im Arm hinunter, Brust an Brust, und sie lagerten so, während er seine Finger sanft ihren Rücken hinauf- und hinabgleiten ließ, dann über ihren Hintern. Er stieß einen rauen Seufzer aus. »Du fühlst dich unglaublich an.«

»Das sagst du doch nur, weil du dich darauf freust, Sex ohne Kondom zu haben.«

Er hielt inne. »Scheiße. Daran musstest du mich jetzt erinnern, oder? Ich versuche hier, die Dinge langsam angehen zu lassen.«

Seine Erektion zuckte gegen ihren Bauch, und sie griff danach, streichelte ihn. »Ist der größer geworden, seit wir zusammen waren? Du nimmst doch keine Tabletten dafür, oder?«

Er zog ihr hastig den BH aus und kauerte über ihr, und die Hitze, die er abstrahlte, reichte aus, damit sie trotz der kalten Nachtluft nicht fror. »Hör mit den blöden Witzen auf. Ich meine das ernst, dass ich es kaum abwarten kann, in dir zu sein. Und nein, mein Schwanz ist nicht gewachsen, der war immer schon riesig.«

Sie verdrehte die Augen und sah ihm dann zu, wie er ihr bedächtig das hautfarbene Höschen auszog und sie knapp oberhalb ihres Venushügels küsste. »Gar nicht eingebildet«, hauchte sie und bemühte sich vergeblich um einen herablassenden Tonfall. Dass der Mann über ihr sie mit seinen Blicken verschlang, lenkte sie aber einfach zu sehr ab.

Wes küsste eine feuchte Spur an der Innenseite ihres Schenkels hinauf, während seine Hand über den anderen strich. »Deine Haut riecht immer noch wie früher, nach Kokos und Honig.« Der Blick seiner dunkelblauen Augen fing ihren ein. »Da bekomme ich sofort Lust, dich zu lecken.«

»Verrucht.«

Wieder schenkte er ihr dieses teuflische Grinsen. »Du hast ja keine Ahnung.« Und dann spreizte er ihre Beine und leckte ihre Mitte. Seine Finger streichelten darum herum, während seine Zunge ihr Zentrum bearbeitete.

Oh Gott, das war Magie. »Du scheinst aber ... neue Fähigkeiten erlernt zu haben.«

Von unten kam daraufhin nur ein Grunzen, bevor er seinen Kopf ein wenig zur Seite drehte, und seine Zunge sie auf ungewohnte Art seitlich leckte, was sie dazu brachte, peinliche Laute von sich zu geben.

»*Schsch,* Kaylee«, machte er leise, seine Stimme verführerisch, sein Atem kühl auf ihrer empfindlichen Haut. »Wir wollen doch nicht, dass uns hier jemand aufspürt.« Und dann senkte er erneut den Kopf und machte wieder diese seitlichen Zungenbewegungen, die ihr im Handumdrehen mehrere Mini-Orgasmen bescherten. Lichtblitze flackerten durch ihren Kopf, und ihre Mitte zog sich zuckend zusammen. Da bahnte sich etwas Großes an.

Sobald die Feuerwerkskracher in ihrem Kopf minimal nachließen, packte sie seinen Kopf und zog ihn an den Ohren zu sich hinauf. »Schlaf mit mir. Jetzt.«

»Bist du sicher, dass du das willst?«

Gott, sie wusste nicht einmal mehr, was er damit meinte. Dass sie ihn in sich spüren wollte? Ja, natürlich. Sie hoffte, dass er nicht viel mehr als das meinte. »Ja.«

Wes zog sich die Boxershorts aus, stützte sich mit den muskulösen Armen zu beiden Seiten ihres Kopfes auf und glitt langsam in sie hinein.

Er spannte die Kiefermuskeln an und stieß langsam den Atem aus. »Okay, wir werden ganz langsam machen, damit ich mich nicht blamiere. Ich habe ganz vergessen, wie gut du dich anfühlst.« Sein Kopf sank herunter, und sein heißer Atem kam stoßweise, ganz nah an ihrem Ohr.

Sie beschloss, seine Bitte zu ignorieren, da sie nun einmal verflucht scharf auf ihn war, und ließ die Hüften schaukeln. Er stöhnte laut auf.

Dennoch musste es ihm gelungen sein, sich unter Kontrolle zu bekommen, denn er fing an, sich gekonnt in ihr zu bewegen und kleine, enge Kreise mit den Hüften zu beschreiben, die ihre Lust in ungeahnte Höhen schraubten. Die Mini-Orgasmen schwelten und bauten sich zu einem intensiven Höhepunkt auf.

»Nicht aufhören, nicht wegrutschen«, befahl sie. »Mach' genauso weiter. Das fühlt sich so gut an.«

Und wie ein braver Soldat behielt Wes den Rhythmus und die Position bei, bis sie so heftig kam, dass ihr Kopf gegen den Boden schlug. Das konnte auch die Picknick-decke nicht abmildern.

Wes legte seine Hand um ihren Hinterkopf und verlagerte sein Gewicht, um endlich ganz tief in sie hineinzustoßen und immer wieder diesen Punkt zu streifen, mit dem er sie gerade noch kommen lassen hatte.

Seine Bewegungen waren jetzt nicht mehr weich, und dann erfüllte er sie mit einem letzten, harten Stoß ganz und gar, stöhnte seinen eigenen Orgasmus hinaus. Langsam bewegte er sich noch einige Male in ihr, während ihn das Nachbeben zuckend heimsuchte.

Er küsste ihre Wange, ihren Mund, ließ dann den Kopf neben ihren fallen und atmete schwer, als wäre er gerade eine Meile in Bestzeit gesprintet. »Bist du sicher, dass du nicht schwanger werden kannst? Denn ich glaube, ich habe dich gerade geschwängert.«

Sie lächelte. »Das ist nicht witzig.« Aber das war es, denn es war Wes, der das sagte, und er meinte es nicht böse.

Kaylees Beine waren weit gespreizt, und der Mann, der ihre erste Liebe gewesen war, erfüllte sie und streichelte ihre Schläfe mit dem Daumen. Sie glaubte nicht einmal, dass ihm bewusst war, was er da tat.

Er schob eine Hand noch tiefer unter ihren Hintern, nahm die andere, um sie unter ihrem Rücken durchzuschlängeln, und drehte sich mit ihr herum, so dass sie auf ihm lag, während er noch immer ganz tief in ihr war. »Du musst wissen, dass ich deinen Körper jetzt nicht mehr verlasse. Das ist mein Lieblingsort.«

»Die Hochzeitsgesellschaft könnte ein Problem damit haben, wenn die uns hier so finden.«

»Mir doch egal. Ich habe dich, und diesmal lasse ich dich nicht wieder gehen.«

KAPITEL 21

Kaylee hob ihren Kopf von Wes' Brust. »Du lässt mich nicht wieder gehen, hm?«

»Nee.« Er kuschelte sich noch enger an sie und drückte ihren Kopf wieder zu sich nach unten. »Du bist jetzt bei mir hinter Schloss und Riegel.«

»Wow. Du bist aber besitzergreifend geworden, seit ich mit dir zusammen war.« Aber es gefiel ihr sehr, dass er sie zu schätzen wusste und in seiner Nähe haben wollte. Eddy hatte immer seine Freunde an erster Stelle gesehen.

Dann erinnerte sie sich daran, dass Wes Golf über alles andere gestellt hatte.

»Ich war schon immer besitzergreifend«, führte er aus, ohne zu ahnen, was ihr gerade durch den Kopf ging. »Dann habe ich einen dummen Fehler gemacht und mich vom Golf ablenken lassen, und du bist mir durch die Finger geglitten. Diesen Fehler mache ich ganz sicher kein zweites Mal.«

Sie hob erneut den Kopf und starrte auf ihn hinab, denn eine Sache musste sie klarstellen, auch wenn sie seine Worte zu schätzen wusste. »Ich habe gerade erst eine Verlobung gelöst. Ich bin froh, dass du seit unserer Beziehung reifer geworden bist. Aber das hier ...« Sie wedelte willkürlich um sie beide herum. »Das ist alles, was ich gerade will. Nichts weiter.«

Sein Grinsen wirkte gezwungen. »Ist klar. Kann aber sein, dass ich später nochmal über dich herzufallen versuche.«

Sie stieß den Atem aus, den sie angehalten hatte, und ließ sich wieder auf seine Brust hinabsinken. »Oh, das ist in Ordnung. Fall' ruhig über mich her. Solange es nur Sex ist.«

Kaylee war immer der Beziehungstyp gewesen. Gelegenheitssex wäre ihr bis vor Kurzem niemals in den Sinn gekommen. Das hatte wahrscheinlich etwas mit ihrem Partner zu tun. Wes war eben kein Fremder. Und sie glaubte ihm, wenn er sagte, dass er ihr damals nicht hatte wehtun wollen. »Locker kriege ich hin. Vor allem, weil du inzwischen beim Oralsex in der olympischen Liga mitspielst.«

»Olympische Liga.« Sie hörte das Lächeln in seiner Stimme. »Nicht übel. Aber Kaylee?« Er wartete, bis sie ihr Kinn reckte. »Das war nur ein Vorgeschmack auf das, was noch kommt.«

Ihr Magen zog sich wohlig zusammen. Mehr brauchte es gar nicht. Wenn Wes ihr mit seiner tiefen, sexy Stimme zukünftige Orgasmen versprach, schmolz sie sofort dahin.

Er drückte liebevoll ihre Pobacken. »Na los. Gehen wir zurück und holen uns etwas zu Essen. Ich bin völlig ausgehungert.«

Essen? Ja, Essen war eine gute Ablenkung. Denn sie

konnte doch nicht wirklich schon auf Runde zwei warten, oder? Doch, sie dachte an nichts anderes.

Als sie sich von ihm erhob, griff er nach ihrem Kleid und hielt es ihr hin.

Kaylee sah zu, wie er seinen Smoking wieder anzog. Sie liebte es, wie er sich bewegte. Das Selbstvertrauen, das er mit jeder Handlung zum Ausdruck brachte. Knitterfalten oder zerzaustes Haar waren ihm völlig egal. Er fuhr sich einfach mit den Fingern durch die Frisur und befand das Ergebnis für gut genug, steckte dann die Hand in seine Hosentasche und betrachtete sie mit einem sinnlichen Lächeln. Er war maskulin, ehrgeizig und doch gab er so gern. Besonders mit seiner Zunge. Und seinen Händen ...

Kaylee beugte sich hinunter, um ihre Schuhe wieder anzuziehen – und um ihr Gesicht zu verbergen, damit er nicht sah, wie rot ihre Wangen plötzlich geworden waren. Wes war arrogant. Also wollte sie seinem Ego nicht noch mehr Futter geben. Denn dann würden sie doch gleich wieder mit Runde zwei weitermachen.

Sie rückte ihr Kleid zurecht, glättete den Stoff. »Ich überlasse es dir, Adam zu erklären, wo wir gewesen sind.«

Er griff nach ihrer Hand und küsste sie auf die Knöchel. »Keine Sorge, ich kümmere mich darum.«

————

ALS WES und Kaylee zur Party zurückkehrten, verschwand Kaylee umgehend in der Damentoilette.

Wes erhaschte einen Blick auf Adam, der gerade irgendetwas zu Hayden sagte, dann aber auch schon auf ihn zusteuerte, und zwar geradewegs. Sein Bruder packte ihn am Arm und zerrte ihn in eine Ecke. Natürlich hätte sich Wes auch losmachen können. Sie waren einander am ähnlichsten, was Größe und Gewicht betraf. Wenn Adam und er sich früher geprügelt hatten, endete es immer unentschieden. »Wo zur Hölle bist du gewesen? Du warst während der gesamten Party nicht da!«

»Stimmt doch gar nicht. Ich habe nur den Teil mit der Tanzerei verpasst.«

Adam starrte ihn finster an, und es klang, als würde er mit den Zähnen knirschen.

»Adam«, sagte Wes, »ich glaube, du brauchst Medikamente, wenn das Eheleben dich schon am ersten Tag so runterzieht. Was ist denn los? Du scharrst ja mit den Hufen wie ein Stier in Pamplona.«

Adam seufzte schnaubend auf und wandte den Blick ab. »Hayden hat uns eine Sexpause bis nach der Hochzeit auferlegt. Sie wollte, dass die Hochzeitsnacht etwas Besonderes wird.«

Wes hob eine Braue. »Wie lange läuft das jetzt so?«

»Vier Wochen.«

»*Meine Güte.*« Wes blickte sich dramatisch nach seinen anderen Brüdern um. »Wir sollten dich ins Krankenhaus bringen.«

»Sei nicht so ein Idiot«, schimpfte Adam. »Ich war doch nie wie du und Hunt. Ich brauche nicht jede Nacht eine andere Frau.«

»Ach, wirklich? Und wie steht es jetzt um deinen Sexualtrieb, seit Hayden in dein Leben getreten ist?«

Adam schluckte. »Ich gebe ja zu, dass es mich ein bisschen gereizt macht, wenn ich sie zwar habe, aber doch nicht haben kann.«

»Und was machst du dann immer noch hier? Na los, schnapp' dir deine Ehefrau.«

Adams Wange hob sich in Erwartung eines Lächelns, aber dann kehrte der finstere Blick zurück. »Das kann ich nicht.« Er fuhr sich mit der Hand über den Mund. »Ich habe Hayden versprochen, dass wir nach der Party noch diese Pizza-und-Cocktails-Sache hinterherschieben. Unsere Hochzeit war so eine Riesengeschichte, dass sie noch etwas Eigenes für die engsten Freunde dranhängen wollte.«

»Ich werde es niemandem verraten, wenn ihr beide euch davonschleicht. Tu's doch einfach, Mann, bevor du implodierst.«

»Ich hätte gar nicht das Gefühl, jeden Moment zu implodieren, wenn ihr Idioten nicht solche Idioten wärt.«

»Doch, hättest du.«

»Doch, hätte ich.« Er sah Wes flehend an. »Wie bekomme ich sie hier raus, ohne dass sie sich aufregt?«

Wes legte seinem Bruder die Hand auf die Schulter und lehnte sich näher zu ihm. »Pass auf, du machst Folgendes ...«

Nur wenige Augenblicke später kehrte Kaylee zu ihm zurück. »Hast du Hayden gesehen?« Sie blickte sich im Saal um. »Ich wollte ihr nochmal gratulieren, aber ich kann sie nirgends finden.«

»Tja, das liegt daran, dass ich Adam behilflich war, sie hier rauszuschaffen«, erklärte Wes.

Sie starrte ihn an. »Echt jetzt?«

Er zuckte die Achseln. »Adam wollte endlich in den Honeymoon starten. Und ich bin doch so ein Romantiker.«

Sie verschränkte die Arme. »Und das hatte rein gar

nichts damit zu tun, dass Adam sich aufgeregt hat, weil wir verschwunden waren?«

»Er hat sich übertrieben aufgeregt. Er wäre aber gar nicht so reizbar, wenn Hayden ihm nicht bis zur Hochzeitsnacht den Sexhahn zugedreht hätte.«

Kaylees Ausdruck wurde weicher. »Och, das ist ja süß. Sie wollte, dass die Nacht romantisch wird.«

Er starrte sie erschrocken an. »Komm bloß nicht auf dumme Gedanken.«

»Wes, du wirst nicht bei meiner Hochzeit sein, also mach dir keine Sorgen darüber, was ich in jener Nacht tun werde oder auch nicht.«

Oh doch, werde ich wohl, dachte er. Dann schluckte er. Das war doch irre. Er wollte wieder etwas mit Kaylee anfangen, das war alles. Er war bereit für etwas Handfestes zwischen ihnen – weit mehr als sie, wie es schien –, aber doch nicht fürs Heiraten.

»Wie hast du denn nun Adam dabei geholfen, sie dazu zu bringen, jetzt schon zu gehen?«

»Ich meinte, er soll ihr sagen, dass er in der Präsidentensuite ein Geschenk für sie hat, das nicht warten kann.«

»Hat er das denn?«

Wes zeigte mit beiden Händen auf seinen Schritt.

Sie kniff die Augen zusammen. »Willst du mich verarschen? Hayden wird richtig sauer sein, wenn sie herausfindet, dass er sich das nur ausgedacht hat, um sie in die Kiste zu kriegen.«

»Kann schon sein. Aber nur so lange, bis mein Bruder sie in dieser Kiste glücklich macht.«

»Wenn sie es bis in die Kiste schaffen, bevor sie ihn umbringt.« Sie schüttelte den Kopf. »Ihr Cades seid echt verrückt, weißt du das?«

»Du sagst das, als wäre es etwas Schlechtes.« Er schlang den Arm um ihren unteren Rücken. »Lass uns von hier verschwinden. Wir brauchen uns doch jetzt nicht vom Rest meiner Brüder zu verabschieden. Ist ja nicht so, als würden wir sie nicht eh Tag für Tag sehen, oder?« Er sah demonstrativ an sich herab. »Außerdem bin ich bereit für Runde zwei.«

»Ha!«

Er lehnte sich näher zu ihr heran, bis sein Mund nur noch Millimeter von ihrem Ohr entfernt war. »Meine Zunge braucht Bewegung.«

Er hörte, wie sie schluckte. »Ja, ich schätze, wir können jetzt gehen«, erwiderte sie in ihrer erregten Stimmlage.

Wes schmunzelte. »Was immer du willst, Kaylee. Mein Körper gehört ganz dir.«

KAPITEL 22

Wes konnte es Kaylee nicht verdenken, dass sie übervorsichtig geworden war, was Beziehungen anging. Er hatte sie enttäuscht, und dann war der Blödmann gekommen und hatte es völlig vermasselt. Aber dies war Wes' zweite Chance mit der Frau, die er nie zu lieben aufgehört hatte. Er würde sein absolut Bestes geben.

Wes erspähte Kaylee, die an einem der Tische am Pool saß und zu den Kindern im Wasser hinüberlächelte. Er ging mit großen Schritten auf sie zu und zog mit dem Fuß den Stuhl neben ihr heran, setzte sich und hielt ihr zwei in Papier gewickelte Sandwiches hin. »Schinken oder Truthahn?«

Kaylee zog die kleine Tüte Kesselchips unter seinem Arm hervor. »Du weißt es noch!« Lächelnd riss sie die Chipstüte auf und zeigte dann auf das Truthahnsandwich.

Er reichte es ihr und sah sie ungläubig an. »Als ob ich dein Lieblings-Junkfood vergessen würde.« Er rückte seinen Stuhl näher an ihren heran, als er ihn zum Tisch zog. »Ich hätte beinahe einen Arm verloren, als ich dir mal den letzten Chip geklaut habe. So eine Lektion vergisst ein Mann nicht einfach.« Er tat, als würde er erschauern. »Klau' einer Frau niemals das Essen, wenn sie ein Messer in der Hand hält.«

Kaylee hob eine Hand vor den vollen Mund, um ihr Lachen und Kauen zu verbergen. »Das geschah dir doch nur recht. Ich hätte dir zum Beispiel nie die letzte rote Lakritzstange weggegessen. Ich fasse es nicht, dass du diesen Chip damals genommen hast.«

Er schüttelte den Kopf. »Darüber wirst du niemals wegkommen, oder?«

»Nein.« Aber sie lächelte.

Wenn er könnte, würde Wes den ganzen Tag damit verbringen, Kaylee zum Lachen zu bringen. Was ihn anging, galt: Wenn Kaylee glücklich war, dann blühten die Blumen, Wildfremde umarmten einander, und im Straßenverkehr regte sich niemand mehr auf. Er fühlte sich dann, als könne er alles schaffen. Aber das Turnier stand vor der Tür, und Wes machte sich Sorgen, es ebenso zu vermasseln wie damals auf dem College.

Die Vorbereitung auf ein so hochrangiges Turnier war umfangreich, und er wollte die gerade erst beginnende Beziehung nicht im Keim ersticken, indem er ständig abwesend war. Nicht, dass Kaylee ihr Ding für eine Beziehung hielt. Sie beharrte darauf, dass es sich nur um Sex handelte. Und er machte da nur zu gerne mit. Aber die Dates zum Mittagessen, die er in den letzten Wochen immer wieder arrangiert hatte, machten es zu etwas mehr als diesen ›gelegentlichen Treffen‹. Auch wenn er Kaylee darauf gar nicht groß hinweisen wollte. Er versuchte einfach, jeden freien

Moment mit ihr zu verbringen. Leider gab es davon gar nicht so viele.

Er hatte sich den Arsch aufgerissen, um alles für das große Event in Stellung zu bringen, und hatte sogar eigene Übungseinheiten hintenangestellt, um seine Arbeit zu erledigen und noch ein wenig Zeit für Kaylee übrig zu haben. Das war neu. Er hatte noch nie etwas über den Golfsport gestellt.

Wes war gewillt, ein paar Stunden weniger zu trainieren, aber er konnte seine Brüder keinesfalls hängenlassen, wenn es darum ging, den Club am Laufen zu halten. Und dieses Turnier würde wesentlich dabei helfen, das Resort wieder auf sichere Füße zu stellen, nachdem ein faules Ei unter den Angestellten Gelder veruntreut hatte. Das war geschehen, als sie das Unternehmen gerade erst übernommen haten, und leider waren Club Tahoe im Zuge der Affäre auch mehrere große Geschäftskunden abgesprungen. Sie brauchten dieses Turnier.

Wenn er Kaylee doch nur davon überzeugen könnte, dass eine Beziehung mit ihm das Richtige wäre, dann könnte er sie auch sicher dazu bringen, sich noch kurz zu gedulden, bis das Turnier vorbei war, und danach hätten sie endlich mehr Zeit füreinander. Aber sie war so verflucht stur in ihrer Auffassung, dass sie beide jetzt ›Freunde mit gewissen Vorzügen‹ waren, und wies immer wieder darauf hin, wie großartig das war.

Typisch Kaylee, ganz plötzlich zu beschließen, dass sie außer Sex gar nichts wollte.

Wes biss in sein Schinkensandwich und musterte sie aus dem Augenwinkel. »Hör mal, ich dachte, wir könnten heute Abend ein bisschen früher Feierabend machen. Dann gibt es ein Barbecue für dich. Ich habe noch ein paar Steaks in der Gefriertruhe, die dringend auf den Grill müssen.« Die er gestern auf dem Heimweg noch nach Mitternacht im Laden gekauft hatte, um sie in seine Lasterhöhle zu locken. Aber das brauchte sie ja nicht zu wissen. »Was sagst du?«

Sie nickte. »Lecker. Dann bringe ich einen Salat mit.«

Er schüttelte den Kopf. »Ich will mich um alles kümmern.«

Sie blickte ihn misstrauisch an. »Ich liebe es, meine Zeit mit dir zu verbringen, aber ... du versuchst doch nicht gerade, mich zu umwerben, oder?«

Er lachte leise und lehnte sich auf seinem Stuhl zurück, gab sich ganz locker. »Ein Abendessen zubereiten macht noch lange keine Beziehung.«

»Und wieso sprichst du plötzlich fast schon wie Meister Yoda?«

Gott, er war so nervös. Und eingerostet, was Dates und all das anging. »Ich meine doch nur, dass du das Essen mir überlassen sollst. Und mach dir keine Sorgen, es geht nach wie vor nur um Sex.«

Wes nahm sich einen Chip aus der Tüte und hielt ihn hoch, wie um Erlaubnis zu fragen. Sie nickte lächelnd. Er steckte sich den Chip in den Mund und wischte sich die Finger an seiner Papierserviette ab. »Frag' doch meine Brüder. Ich habe seit Jahren keine Beziehung mehr gewollt. Warum sollte ich jetzt damit anfangen?«

»Richtig. Ja, in Ordnung.«

Wes verzog den Mund. Ihr Blick ging ins Leere, und sie massierte sich gedankenverloren den Oberschenkel.

Hatte sie ihre Meinung geändert? Wollte sie im Grunde doch eine Beziehung, hatte aber zu viel Angst, es zu versuchen?

Verflucht, es war einfach so anstrengend, die Dinge langsam angehen zu lassen.

Er wartete, bis Kaylee mit ihrem Sandwich fertig war. Dann sammelte er den Abfall vom Tisch ein und warf ihn in einen nahestehenden Mülleimer.

Kaylee warf einen Blick auf ihr Handy und steckte es dann gleich wieder ein. »Ich sollte wieder zurückgehen. Hunt passt auf die Kinder auf.« Sie verzog das Gesicht. »Wenn ich ihn dort zu lange alleinlasse, komme ich zurück, und er hat Sprengfallen mit ihnen gebaut.«

Wes grinste. »Das klingt nach meinem Bruder. Dann hole ich dich um sieben ab?«

»Klar.«

Na also. Es war ein Date. Auch wenn Kaylee davon nichts wusste.

———

Wes holte Kaylee ab und fuhr sie zu seiner kleinen Hütte unweit des Pioneer Trail. Sie hätte auch selbst hinfahren können, aber auf diese Weise hatten sie noch mehr Zeit zu zweit. Und sie war so beschäftigt damit gewesen herauszufinden, ob ein Abendessen mehr bedeutete, dass sie sich gar nicht beklagt hatte, als er sagte, er würde sie abholen.

Wes durchquerte die Küche und holte als erstes einen von Kaylees Lieblingssnacks zum Knabbern. Streichkäse und Kräcker. Er kam damit zum Thekentisch und reichte ihr beides, dazu eine Flasche Bier, während die Steaks noch marinierten.

Er trommelte mit den Fingern auf der Theke und sah ihr zu, wie sie die Kräcker tief in den leckeren Streichkäse tunkte und leise Stöhnlaute von sich gab. Das machte ihn augenblicklich noch schärfer auf die anderen Aktivitäten, die er an diesem Abend noch mit ihr vorhatte.

Der Tisch nahm beinahe ein Viertel des Raums ein, das Bett fast eine Hälfte. Das reichte ihm aber völlig, denn im Bett fand schließlich die Magie statt. Und wenn er Glück hatte, würde das heute besonders magisch. Mit der Frau, die er …

Die ihm viel bedeutete.

Nicht ständig von Liebe reden. Es war doch gar nicht nötig, gleich so verrückt nach ihr zu werden wie Adam nach Hayden, oder wie Levi nach Emily.

Herrgott. Nur weil seine älteren Brüder sesshaft wurden, musste er sich doch nicht ebenfalls auf Dauer festlegen. Wes wollte etwas Ernsthaftes mit Kaylee, sicher, aber es ging ja nicht um ›für immer‹.

Er zog bei diesem Gedanken die Brauen zusammen. Wenn er und Kaylee sich allerdings nicht auf Dauer festlegten, dann würde sie irgendwann mit einem anderen ausgehen … und das gefiel ihm gar nicht. Überhaupt nicht.

Innerlich verpasste er sich eine Ohrfeige. Er wollte jetzt nicht darüber nachgrübeln. Er arbeitete schließlich immer noch daran, sie zu überzeugen, ihn wieder als ihren festen Freund zu sehen.

»Es gibt da etwas, das mir immer noch querliegt«, sagte er, denn er wollte ihre Aversion gegen eine feste Beziehung mit ihm gern verstehen. Er nahm an, dass die Vergangenheit den größten Einfluss darauf hatte, aber da musste es noch andere Gründe geben. »Du hattest erwähnt, dass der Blödmann …«

Sie verdrehte die Augen. »Eddy.«

»Dass er für dich da war, nachdem wir uns getrennt hatten.«

Sie schüttelte den Kopf. »Es hat fast ein Jahr gedauert, bis ich mich wieder soweit aufgerappelt hatte, mit jemandem auszugehen, und dann bin ich Eddy begegnet.«

Wes biss die Zähne zusammen. Er steckte sich einen Kräcker in den Mund und atmete tief durch die Nase ein und aus. Wenn er daran dachte, dass Kaylee die medizinische Odyssee ganz allein durchgestanden hatte, dann wollte er am liebsten irgendetwas kaputtmachen. »Na gut. Aber wieso bist du mit ihm zusammengekommen und nicht mit einem anderen? Du hattest doch nie die Geduld für Idioten wie *Eddy*.«

Sie nahm ihm den Kräcker aus der Hand, mit dem er jetzt schon mehrere Sekunden lang im Käse herumgerührt hatte, und biss einmal ab. »Zu Beginn war er echt nett. Und Eddy sieht ja nicht so schlecht aus.«

»Wenn man auf sowas steht«, brummte Wes.

»Aber du hast recht.«

Er blickte auf. »Habe ich?«

Sie legte den Kräcker auf den Teller zurück, und Wes hob sein Bier, während er ungeduldig darauf wartete, dass sie fortfuhr. »Eddy ist nicht die Art Mann, mit dem ich normalerweise etwas anfangen würde. Ich glaube, wir haben zusammengefunden, weil er auch keine Kinder bekommen kann.«

Wes verschluckte sich an seinem Bier. »Wie bitte?«

Sie zuckte die Achseln. »Er hatte einen Unfall beim Lacrosse, weil er herumgealbert hat, ohne die richtige Ausrüstung zu tragen. Dabei wurden seine ...«

Wes stellte die Flasche mit einem lauten Knall auf der

Theke ab. »Stopp. Aufhören. Die Einzelheiten brauche ich echt nicht. Wenn du über Nüsse und Verletzungen sprichst, wird mir sofort schlecht.«

Sie schüttelte genervt den Kopf. »Ich habe gar nichts von Nüssen gesagt.«

»Aber das ist doch impliziert.«

Sie zuckte die Achseln und steckte sich den Rest des Kräckers in den Mund.

Er machte eine Faust. Er wusste nicht, wieso es ihn so aufregte, dass sie diese verquere Art von Verbindung mit Eddy hatte, aber das tat es. »Also konntet ihr euch in den anderen reinversetzen.«

»Keiner von uns wäre enttäuscht, dass der andere keine Kinder haben konnte, also ja, so war es wohl. Zumindest dachte ich das immer. Aber jetzt ... Heute bin ich mir nicht mehr sicher, ob Eddy der Typ Mensch wäre, der überhaupt gern Kinder hätte. Ich glaube nicht, dass seine Unfruchtbarkeit für ihn tatsächlich so eine große Sache war. Ich frage mich beinah, ob er sie nicht nur benutzt hat ...«

»Um an dich ranzukommen?«

»Ja.«

Wenn man bedachte, was für ein Mistkerl dieser Eddy war, hätte Wes seine Eier darauf verwettet, dass sie recht hatte. Allerdings wollte er seine Nüsse definitiv behalten.

»Manchmal ...« Sie verzog den Mund.

»Manchmal was?«

Sie nahm einen tiefen Schluck von ihrem Bier. »Manchmal frage ich mich, ob er nur mit mir zusammen war, weil ich verletzlich und leicht zu manipulieren war. Ich wollte so verzweifelt jemanden finden, der verstand, was ich durchmachte, dass ich die Probleme in unserer Beziehung völlig ignorierte.« Sie barg ihr Gesicht in den Händen. »Ich habe einige unserer gemeinsamen Freunde angerufen ... Eddy hatte sich einen regelrechten Harem aufgebaut. Ich war so eine Idiotin, dass ich gar nicht gemerkt habe, was er alles treibt.«

»Kaylee.« Er nahm ihre Hand in seine, und sie schaute auf. »Was auch immer er getan hat, das war nicht deine Schuld. Er ist einfach so. Das hat rein gar nichts mit dir zu tun.«

Sie nickte, entzog ihm aber ihre Hand und schlang die Arme um ihre Taille.

Wes stand auf und ging zum Kühlschrank, um ihr ein neues Bier zu holen. Er stellte es neben das, was sie fast ausgetrunken hatte. Er hätte das Thema gar nicht anschneiden sollen, aber immerhin erklärte das so einiges. »Ihr beide wart also im Grunde nie auf Augenhöhe. Und jetzt hast du Angst, dass es mit uns dasselbe wäre.«

Sie versteifte sich sichtlich. »Du bist mir doch auch auf der Nase herumgetanzt.«

Er legte die Hände auf die Tischplatte und beugte sich zu ihr hinunter. »Bin ich nicht. Du warst immer das Wichtigste für mich. Ich hatte keine andere Frau, während ich mit dir zusammen war. Das habe ich dir auch schon gesagt.«

»Auf Augenhöhe hat sich unser Verhältnis aber nicht angefühlt, jedenfalls nicht in den letzten sechs Monaten, die wir zusammen waren. Es war ziemlich offensichtlich, dass körperlich mit mir nicht alles in Ordnung war. Ich war krank. Und du hattest absolut keinen Schimmer.«

»Aber doch nur, weil ich damals ein Idiot war. Das habe ich dir doch erklärt.«

Sie löste die Arme, die sie eng um ihren Körper geschlungen hatte, und straffte ihren Rücken. »Ich werde mich nie wieder auf etwas einlassen, wobei ich so zurückstecken muss.«

»Und das solltest du auch nie tun, nie müssen.« Er dachte an die Arbeit, die ihm mit dem Turnier bevorstand, aber drängte die damit verbundenen Bedenken zurück. Er konnte für Kaylee da sein und sein Arbeitspensum trotzdem schaffen. Das musste er einfach.

»Du hast recht. Werde ich auch nicht. Denn ich werde das zwischen uns nicht größer werden lassen, als es jetzt ist. Ich habe aus unserer Vergangenheit gelernt.« Sie schenkte ihm ein zittriges Lächeln. »Freunde mit gewissen Vorzügen, richtig?«

Verdammt nochmal, nein, aber er war nicht so dumm, ihr in diesem Moment zu widersprechen. Was sie auch sagen mochte, sie waren so viel mehr als Freunde. »Vorerst.«

Bevor sie darauf etwas erwidern konnte, drückte er seine Lippen auf ihre und küsste sie, bis sie sich wie von selbst an ihm festhielt. Dann löste er seine Lippen ganz kurz von ihren. »Wir können noch so viel mehr sein, Kaylee.«

KAPITEL 23

Wes redete Irrsinn. Sie konnten eben nicht mehr sein, als sie jetzt waren. Das war zu riskant, und Kaylee würde keinen Teil von sich opfern, denn sie hatte schon zu viel verloren. In dieser Sache würde sie keine Zugeständnisse machen, und das würde er schon bald einsehen müssen.

Wes fuhr mit den Händen ihre Schultern hinab und fasste sie dann an den Ellbogen, zog sie sanft hoch.

»Was ist mit dem Abendessen?«, wollte sie wissen, als sein Mund ihren Hals berührte. Sie kippte den Kopf zurück, weil sich seine Lippen so unglaublich gut anfühlten.

Er steuerte sie auf das riesige Bett zu, was nicht besonders schwer war, da er praktisch in einem Schuhkarton lebte.

Passte doch super zu einem Jungen mit fettem Treuhandfonds, in einer Hütte mit 45 Quadratmetern Grundfläche zu wohnen.

So wie es hier aussah, war sein Bett der schönste

Gegenstand, den er besaß. Aber sie wollte sich nicht beklagen, genoss sie doch gegenwärtig alle Vorteile seiner Fixiertheit auf alles, was man in so einem Bett anstellen konnte.

Ihre Kniekehlen stießen gegen die weiche Matratze, und er strich mit den Händen an ihren Rippen entlang, über ihre Taille und hinab zu ihren Hüften. »Mir gefällt der Gedanke, dich in meinem Bett zu haben.«

Bisher hatten sie es meist bei ihr zu Hause getan.

Er hob sie ein Stückchen hoch und warf sie dann rückwärts auf die Matratze.

»Wes!«, rief sie, lachte aber dabei und zog die Schultern ein, als er sich gleich darauf auf sie warf, das Gewicht aber mit den Armen abfing.

»Ja, Kaylee?«

»Wir haben noch nichts gegessen. Ich dachte, du wolltest mir Abendessen machen.«

Er saugte an ihrem Hals und ließ seine Zunge gekonnt kreisen. »Oh, das werde ich. Aber das hier ist eine nagelneue Matratze.« Er ließ die Hand verführerisch über die Bettdecke gleiten, während er sein Gesicht an ihrem Hals vergrub und mit den Lippen an ihrer Kehle leise murmelte. »Sie einzuweihen, sollte oberste Priorität haben, findest du nicht?«

Seine Hand fand den Weg auf ihre Brust, und sie packte im Gegenzug seine Pobacken. Sie hatte ganz vergessen, wie viel Spaß Sex machen konnte, wie verdammt heiß er sein konnte, bis sie und Wes vor ein paar Wochen angefangen hatten, verschwiegene Ecken im Club Tahoe aufzusuchen. »Ich mag es, mit dir Sex zu haben«, sagte sie mit einem Seufzen.

Er hob grinsend den Kopf und dann eine Braue. »Und ich mag es, mit *dir* Sex zu haben.« Er küsste ihren Nippel durch das T-Shirt aus dünner Baumwolle. In ihrem Unterleib spürte sie die elektrische Ladung.

Sie zog seinen Kopf an den seidigen, dunklen Haaren hoch.

»Ja?«, sagte er fragend, zog das Wort in die Länge und klang belustigt, als er ihr in die Augen sah.

»Ich meine, du gibst mir das Gefühl, schön zu sein. Wenn wir zusammen sind ...« Sie hätte beinahe gesagt, dass es sich zum ersten Mal seit Jahren richtig anfühlte, aber das konnte sie nicht aussprechen. Er würde mehr hineininterpretieren. Sie wollte nicht mehr als das, was sie jetzt miteinander hatten. »Für mich bist du etwas Besonderes. Das ist alles. Ich wollte nur, dass du das weißt.«

Sein Grinsen schwand. Sie war sicher, dass er auch etwas sagen wollte – wahrscheinlich, dass sie eben mehr als Sexpartner waren –, also brach sie lieber den Bann und warf ihn zur Seite.

Er rollte auf den Rücken, und Kaylee setzte sich rittlings auf ihn.

Seine Hände landeten auf ihren Brüsten. »Unten liegen hat auch seine Vorteile.« Glücklicherweise ließ er sich von Brüsten ganz leicht ablenken.

Sie ließ ihre Hände über seine Brust wandern und war zufrieden, dass das Gespräch sich nicht zu weit in die falsche Richtung bewegt hatte. Mit den Handflächen fuhr sie über seinen Bauch, schob sie dann unter sein T-Shirt, um die ausgeprägten Bauchmuskeln zu erforschen. Ihre Fingerspitzen tanzten zu seinen Hüftknochen und suchten ihren Weg weiter nach Süden, über die wohlgeformten Muskeln, die zu einem erregenden V zusammenliefen.

Wes' Körper zuckte – oder zumindest zuckte seine Erektion ihr entgegen. Er wurde zu einem sehr entgegenkommenden Mann, wenn sie ihre Hände auf die Reise schickte.

»Noch tiefer, und ich drehe dich augenblicklich herum«, stieß er hervor. »Aber lass dich dadurch nicht von deinen Erkundungen abbringen.« Er verschränkte die Arme hinter dem Kopf und grinste, als sie ihren BH aufhakte. Und dann waren seine Hände auch schon wieder auf ihren Brüsten, und sein Gesichtsausdruck voller Ernst. »Die beiden werde ich auf ewig lieben, Kaylee. Sie gehören mir.«

Sie lachte. »Du bist albern.«

»Das einzig Alberne ist die Tatsache, dass du noch immer eine Hose anhast.«

Sie ignorierte ihn, öffnete den Knopf seiner Jeans, zog dann den Reißverschluss auf und schob seine Hose bis über die Oberschenkel herunter.

Seine Augen verschwanden halb hinter schweren Lidern. »Nicht aufhören. Bitte hör nicht auf. Ich mache es dir fünfmal täglich mit dem Mund, wenn du jetzt weitermachst.«

»Was ist das denn für ein Handel? Das würdest du doch sowieso machen.«

»Auch wieder wahr.« Feuer in seinem Blick. »Ich liebe es, wie du schmeckst.«

Eine Welle der Erregung durchfuhr sie dort, wo es zählte, und sie glitt an ihm hinab, plötzlich ganz scharf auf das, was sie vorhatte. »Ich erinnere mich auch noch gut daran, wie du schmeckst.« Sie zog seine massive, lange Erektion hervor, und er stöhnte auf, als sie ihn streichelte. »Und wie du dich in meinem Mund anfühlst.« Sie schenkte ihm ein anzügliches Grinsen.

Wes starrte sie an, ohne zu blinzeln, als sie mit ihrer Zunge über seine Eichel fuhr. Sie nahm ihn, so tief sie konnte, in den Mund, ließ ihre Zunge kreisen und saugte an ihm.

Sein Atem ging schneller, und er ballte die Hände auf der Matratze zu Fäusten. »*Shit.*«

Sein Kopf fiel nach hinten, und sie beobachtete ihn, während sie mit ihrer Hand an seinem Schaft auf- und abfuhr. Wenn ihr Mund nicht so beschäftigt gewesen wäre, hätte sie wohl auch gelächelt, weil ihm das Ganze so verdammt gut zu gefallen schien. Sie hatte nicht gescherzt, als sie beim ersten Mal gedacht hatte, er wäre gewachsen. Wes hatte einen echt großen Schwanz. Auf jeden Fall größer als das, was sie in den letzten paar Jahren gewohnt gewesen war.

Kaylee bearbeitete ihn mit ihren Händen, ihrem Mund und ihrer Zunge, bis sie spürte, wie sie hochgehoben wurde. Wes zog sie hoch und drehte sie um, war sofort wieder über ihr. Und dann verschlang sein heißer, hungriger Mund den ihren.

Kaylee hatte nicht aufgehört, Wes zu lieben. Vielleicht würde sie niemals aufhören, ihn zu lieben. Aber das bedeutete nicht, dass sie ihm ihr Herz anvertrauen würde. Es war sicher nicht die klügste Idee, Sex mit ihm zu haben, wenn sie nicht vorhatte, sich ganz auf ihn einzulassen, aber sie konnte nicht anders. Er war überzeugend und er bedeutete ihr sehr viel.

Er unterbrach den Kuss nur kurz, um ihr schnell und effizient die Kleider auszuziehen. Und dann war er auch schon in ihr und starrte in ihre Augen, als liebte er sie. Als wisse er sie wirklich zu schätzen.

Wenn jemand sie vor vier Jahren gefragt hätte, was nötig war, um eine gute Beziehung zu führen, dann hätte sie es ungefähr so beschrieben. Nicht den Sex, sondern die Art, wie Wes sie ansah, wie er bei ihr und in ihr sein wollte, wie er sie mit solcher Hingabe berührte. Aber heute war sie älter und weiser. Sie brauchte mehr als das, was er ihr momentan bot und bieten konnte. Sie brauchte jemanden, für den sie an erster Stelle kam.

Wes hatte nichts mit anderen Frauen – Kaylee kannte ihn gut genug und vertraute ihm, dass er monogam war –, aber sie war unsicher, ob sie ihm darüber hinaus vertrauen konnte, nachdem er beim letzten Mal seine beruflichen Ziele über alles andere gestellt hatte. Und genau darin lag das Problem. Sie wollte doch, dass er seine Träume verwirklichte, seine Ziele erreichte – das hatte sie ihm immer gewünscht. Deswegen hatte sie die Dinge damals auch so lange so laufen lassen, ohne sich zu beklagen. Aber letztendlich hatte sie genau das beinahe zerstört: dass sie ihre eigenen Bedürfnisse hintenangestellt hatte.

Sie würde das nicht noch einmal riskieren.

»Du denkst an etwas anderes.« Er zog die Brauen zusammen. »Woran zum Teufel kannst du in einem solchen Augenblick bloß denken? Ich explodiere jeden Moment, aber ich will, dass du zuerst kommst.«

»Ich denke an dich.«

Er kniff die Augen zusammen. »Hoffentlich denkst du daran, dass du ganz nah dran bist und gleich kommst.«

Er drehte sich erneut mit ihr herum, sodass sie wieder oben war. Sein Daumen berührte ihre empfindlichste Stelle, kreiste langsam und rhythmisch um den Puls, der dort schlug.

Sie stöhnte und stemmte die Hände gegen seine Brust, ritt ihn und konzentrierte sich auf die Empfindungen, die sie immer höher hinauftrieben. Er stieß in sie hinein, genau an die richtige Stelle, und mit jedem Hinabgleiten spürte sie die Lust, die in ihr brodelte. Ihre Muskeln zogen sich zusammen, und ein Aufschrei löste sich aus ihrer Kehle.

Wes ließ sie weitermachen, bis ihr Höhepunkt abebbte, dann packte er ihre Hüften und stieß noch tiefer in sie hinein. Er kam nur Sekunden später, und seine Bewegungen wurden langsamer, sein Brustkorb hob und senkte sich mit tiefen, erschauernden Atemzügen.

Kaylee rollte sich auf ihm zusammen, fühlte seinen hämmernden Herzschlag, als sein Körper sich langsam wieder beruhigte.

»In dir zu kommen, ist immer wieder der Wahnsinn.«

»Ich bin froh, dass du glücklich bist«, erwiderte sie, aber Kaylee war überzeugt, dass sie mehr von dieser neuen Form ihrer Beziehung hatte als Wes. Er war so eifrig darauf bedacht, sie zu befriedigen – welches Mädchen konnte dazu schon nein sagen?

Er presste seine große Handfläche gegen ihren Rücken und hielt sie ganz fest an sich gedrückt. »Warum sollte ich nicht glücklich sein? Mit dir Zeit zu verbringen, ist immer toll: Wir lachen, wir haben Sex auf dem Golfplatz, ich sehe dir zu, wie du dich um die Tyrannen da draußen kümmerst, die Club Kids bevölkern. Und dein

Körper passt so perfekt zu meinem. Nichts könnte schöner sein.«

Sie schloss die Augen. Wieso war er jetzt der perfekte Mann, wenn sie so argwöhnisch und vorsichtig war? »Du bist ein großartiger Kerl, Wes.«

Er rührte sich nicht, sagte dann aber: »Ich bin großartig für dich.«

KAPITEL 24

Wes begriff, dass er ein wenig zu sehr darauf gedrängt hatte, Kaylee zu seiner festen Freundin zu machen, also ließ er ihr wieder ein wenig mehr Raum. Aber nur ein klein wenig. Er hatte immerhin aufgehört, ihr die ganze Zeit zu sagen, wie großartig sie füreinander waren, und konzentrierte sich lieber darauf, es ihr zu zeigen. Bisher schien das zu wirken, denn sie war entspannter. Das ging sogar so weit, dass sie sich keine Gedanken mehr darum machte, was die anderen Leute denken mochten, und dass sie es zuließ, dass er sie überallhin mitnahm, als wären sie ein richtiges Paar. Auch wenn sie das im Grunde nicht waren. Zumindest war das ihre Meinung.

»Bist du sicher, dass du mich dabeihaben willst?«, fragte Kaylee, als sie sich bei ihr zu Hause anzogen. Sie waren nach der Arbeit ins Ferienhaus ihrer Eltern gefahren, um zu duschen und sich umzuziehen.

Na schön, sie war nach Hause gefahren, um zu duschen, während er mitgekommen war, um sie in der Dusche zu vernaschen.

»Na klar.« Wes zog sich ein T-Shirt über den Kopf, gefolgt von einem Langarmshirt mit kurzer Knopfleiste. »Die Turnierwoche beginnt morgen, und wir gehen die letzten Einzelheiten gemeinsam durch. Da wird nicht gesoffen. Wir müssen morgen früh alle in Bestform sein.«

»Bist du denn in Bestform?«, fragte sie, während sie ihre Stiefeletten zur Jeans anzog. »Du hast zuletzt nicht mehr so viel trainiert. Machst du dir deswegen Sorgen?«

Er schenkte ihr einen gespielt finsteren Blick. »Ich war nicht nervös, bis du es erwähnt hast.«

Sie grinste. »Tut mir leid. Ich meine ja nur – das ist doch das, was du dir immer gewünscht hast.«

Er ließ sich auf ihr Bett sinken und band sich die Schuhe. »Das stimmt. Aber ich arbeite gern im Club.« Er lachte in sich hinein. »Ich hätte nie gedacht, dass ich das mal sagen würde. Als ich mehr Aufgaben übernommen habe, nachdem mein Vater gestorben war, dachte ich zunächst, ich würde das nicht aushalten, und wollte immer nur weg. Das klingt sicher komisch, aber das hat sich alles geändert, als ich anfing, Bella Stunden zu geben.«

Er war mit seinen Schuhen fertig und stützte sich auf seinen Oberschenkeln ab. »Es war einfach toll zu sehen, wie ein kleines Mädchen auf dem Platz brilliert hat. Ein echtes Naturtalent. Ich war auch von klein auf sportlich, aber Bella hat echte Zauberkräfte. Zum ersten Mal wollte ich die Karriere eines anderen Menschen fördern, das war aufregend. Bella zu unterrichten, hat mir klarge-macht, wie bereichernd es sein kann, andere zu trainie-ren. Aber ich gebe zu, dass es nicht so aufregend ist, Leute zu unterrichten, die nichts draufhaben.«

»So wie ich.«

Er schenkte ihr ein verruchtes Grinsen. »*Du* bist die Ausnahme.«

»Weil ich mit dir in die Kiste steige?«

»Ganz genau.«

Sie warf ihm ein Kissen an den Kopf. »Du bist ein ganz Schlimmer.«

Er wehrte das Kissen mit einem übertriebenen Karateschlag ab. »Jedenfalls. Was ich sagen wollte, bevor du mich so unhöflich unterbrochen hast ... Womöglich brauchte es erst die Tragödie, dass mein Vater starb, damit ich etwas Neues ausprobiere, aber in jedem Fall war das ein Weckruf. Ich mache mir nichts vor, was diesen Sponsorenplatz angeht. Es ist eine unglaublich tolle Gelegenheit, aber die wird nicht dazu führen, dass ich jetzt plötzlich meine Karriere bei der Tour bekomme. Ich habe nie durchgängig niedrig genug gepunktet, um da auf lange Sicht zu bestehen. Ich werde auf den Platz gehen und jede Minute genießen, aber ich habe jetzt andere Träume, auf die ich meine Energie konzentriere.«

»Die kleine Bella zu trainieren?«

Er stand auf und zog Kaylee mit sich hoch. »Bella und andere Wunderkinder zu trainieren, gehört auf jeden Fall dazu.« Er küsste sie auf den Mund und nahm ihre Hand, bevor sie ihn nach seinen anderen Träumen fragen konnte.

Kaylee wollte momentan nichts davon hören, was für Pläne er für sie beide hatte. Aber eines Tages, hoffentlich bald, würde sich das ändern. »Komm schon. Die warten auf uns. Lass uns gehen.«

———

»WARUM TREFFEN wir uns nochmal im Blue Casino statt in der Fireside Lounge?« Kaylee ließ den Blick durch das weitläufige Casino schweifen. Der laute Spielbereich war in Neonblau mit orangefarbenen Akzenten ausgestattet.

Adam und seine frischgebackene Ehefrau Hayden arbeiteten im Management bei Blue Casino, waren aber gerade erst von ihrer Hochzeitsreise zurückgekehrt. Kaylee nahm an, dass Hayden noch nicht wieder arbeitete, und sie hatte gehört, dass Adam die ganze kommende Woche Levi und Emily mit dem Turnier helfen würde. Sie war nicht sicher, ob es nicht als Interessenkonflikt ausgelegt werden könnte, wenn Adam für Blue arbeitete, aber gleichzeitig Teilhaber von Club Tahoe war, aber offenbar schienen sich die Chefs bei Blue nicht daran zu stören.

Wes legte ihr eine Hand auf den unteren Rücken, als sie die wenigen Stufen zur Monte Belle-Lounge hochging, wo seine Brüder und ihre Lebensgefährtinnen warteten. »Bis sieben gibt es heute zwei Biere zum Preis von einem. Das konnten wir uns doch nicht entgehen lassen.«

Sie musterte ihn. »Ist das dein Ernst? Ihr Jungs seid wahrscheinlich die reichsten Männer der Stadt und kommt hierher, um beim Saufen Geld zu sparen?«

»Wer steht denn bitte nicht auf Zwei-für-eins-Angebote?«

Sie warf die Hände in die Luft. »Selbst Milliardäre stehen drauf, wie es scheint.«

»Na, ich weiß nicht, Milliardär stimmt, glaube ich, nicht so ganz. Multimillionär könnte passen. Ich habe seit mehr als zehn Jahren nicht mehr nachgeschaut, wie viel im Fonds ist.«

Sie stolperte auf dem Teppich. »Wie bitte?«

Wes blieb stehen und drehte seinen Brüdern den Rücken zu. »Du weißt doch, dass mir dieser Kram nie etwas bedeutet hat.«

»Ich weiß, dass es dir nie wichtig war, ob andere Menschen reich waren, und ich weiß, dass du kein Snob bist. Aber wer weiß denn bitte nicht, wie viel er auf der Bank hat?«

Er kratzte sich den Nacken. »Ich weiß schon, wie viel *ich* habe; ich weiß bloß nicht, wie viel mein Vater für mich in diesen Treuhandfonds gepackt hat. Das war immer *sein* Geld.«

»Und er hat es dir gegeben. Wes, da draußen gibt es Menschen, die nichts haben. Die würden alles tun für einen Bruchteil dessen, was dein Vater dir gegeben hat. Wenn du das Geld nicht willst, solltest du es spenden.«

Er seufzte. »Ja, ich weiß, und ich werde drüber nachdenken. Im Augenblick nimmt Levi aus unseren Fonds das, was er braucht, um den Laden am Laufen zu halten. Danach ... werde ich darüber nachdenken, was ich damit anfangen will.«

Sie schob ihre Hand unter seinen breiten Oberarm, und sie gingen zu den anderen hinüber. So war Wes eben. Der Multimillionär, der in einem einfachen Ein-Zimmer-Chalet wohnte und zwei Biere zum Preis von einem trank. Er war nicht materialistisch. Er war kein Fremdgänger. Er war ein Mann, der es ihr verdammt schwermachte, sich nicht aufs Neue in ihn zu verlieben.

Sie seufzte und setzte ein Lächeln auf, als sie sich der heute etwas größeren Gruppe näherten.

Emily stand auf und umarmte Kaylee. »Ich bin so froh, dass ihr beide es einrichten konntet.« Sie sah Kaylee an und wackelte nach einem Seitenblick auf Wes mit den Augenbrauen.

»Wir sind Freunde«, sagte Kaylee leise, weil sie Emilys Gedanken nur allzu klar lesen konnte. Wes' Brüder und ihre Partnerinnen hatten sich alle schon ihre Gedanken über die beiden gemacht, aber sie weigerte sich, ihrem Verhältnis einen Namen zu geben.

»Na, *jedenfalls*«, fuhr Emily pointiert fort, weil sie ihr das ganz offensichtlich nicht abkaufte, »wollte ich dir einige unserer Freunde hier vorstellen. Das sind Jaeg und seine Verlobte Cali, und das ist Calis Cousine Ireland. Ireland hat gerade angefangen, hier im Blue Casino zu arbeiten.«

Die hübsche Rothaarige, die neben Jaegs Verlobter saß, winkte. »Nett, Sie kennenzulernen.« Ihr Blick huschte in Brans Richtung.

Armer Bran. Für Kaylee war eindeutig Wes der bestaussehende Cade, aber es gab immer wieder Frauen, die den Blick nicht von Bran lassen konnten. Leider war Wes' Bruder extrem schüchtern.

Kaylee und Wes begrüßten den Rest der Gruppe und suchten sich Plätze an den drei runden Tischen, die zusammengeschoben worden waren, um genug Platz für alle zu haben. Wes' Brüder waren allesamt groß und breit gebaut. Zusammen mit Jaeg sah es nun aus, als hätten sich hier lauter Footballspieler versammelt.

»Wie sieht denn nun der Plan für morgen aus?«, wollte Kaylee wissen. »Was kann ich tun, um euch zu helfen? Die Kinder beschäftigen und aus dem Weg halten?«

»Eigentlich«, wandte Emily ein, »habe ich gedacht, dass wir die mitnehmen können. Die meisten Eltern der

Stadt werden beim Turnier sein. Kann sein, dass wir an diesem Tag nicht viele Kinder im Club Kids haben, aber diejenigen, die da sind, können sich doch auch das Turnier anschauen. Adam verstärkt unser Team in der kommenden Woche.« Sie wandte sich an Adam, der seinen Arm um Haydens Taille gelegt hatte und völlig verliebt in seine Ehefrau wirkte. »Es macht dir doch nichts aus, ein kleines Picknick für Club Kids auszurichten, oder?«

»Zu euren Diensten; was immer ihr sagt.«

Hayden lächelte zu ihm auf. »Ich werde auch mithelfen. Ich nehme mir morgen noch frei. Blue Casino weiß, dass wir mental sowieso noch nicht wirklich aus den Flitterwochen zurück sind, und die Chefs geben uns für diese Woche jede Menge Freiraum.«

»Großartig«, sagte Emily. »Also, dann haben wir uns um die Kinder gekümmert, die Zelte für Merchandise und Sponsorenwerbung stehen, die Essensstände und Restaurants sind auf den Ansturm vorbereitet« – sie blickte kurz zu Bran hinüber, der bestätigend nickte –, »die Angestellten vom Golfplatz sowie die zusätzlichen Leute für das Turnier sind gebrieft; das haben Wes und Levi übernommen ... Wir sind also an allen Fronten vorbereitet. Außer es geht etwas schief. Und das tut es immer.« Sie ließ die Stirn auf die Hand sinken und schloss die Augen. Levi rieb ihr über den Rücken.

»Ist alles in Ordnung?«, fragte Kaylee.

»Alles bestens«, beruhigte Levi sie. Emily hob die freie Hand und winkte zustimmend. »Sie ist nur gestresst.«

»Aber du nicht?«

Levi zuckte die Achseln. »Emily hat und macht genug

Stress für uns beide. Mein Job besteht darin, sie wieder runterzubringen.«

Wes schnaubte, und Kaylee sah ihn an.

»Er meint im Schlafzimmer«, erklärte Wes.

Levi warf ihm einen finsteren Blick zu.

»Gibt es noch irgendetwas, was wir tun können, um zu helfen?«, wollte Cali nun wissen.

»Ist ja eine Riesensache«, fügte Jaeg hinzu. »Wir sollten euch morgen auch beistehen, falls es irgendwo brennt.«

»Absolut«, stimmte Cali zu. »Ich wäre gar nicht überrascht, wenn mein Chef und die gesamte Baumannschaft sich die Woche freinehmen würden, um sich das Turnier anzuschauen. So etwas kommt ja nun nicht gerade häufig in unsere Stadt.«

Auf dem Weg hierher hatte Wes Kaylee etwas über die Freunde erzählt, die heute Abend mit am Tisch sitzen würden. Offenbar arbeitete Cali für einen Freund von Jaeg und Adam, dem eine örtliche Baufirma gehörte.

»Ich kann auch aushelfen. Ich werde eh da sein«, meldete sich Ireland zu Wort. Dieses Mal sah sie nicht zu Bran hinüber, aber Kaylee erwischte ihn dabei, wie er dennoch die Brauen zusammenzog.

Er mochte diese junge Frau wohl wirklich nicht. Das war merkwürdig. Sie war sehr hübsch und schien auch nett zu sein.

»Ich bin auf absehbare Zeit hier«, erklärte Ireland. »Ich würde mich gern mehr einbringen.«

Bran grummelte leise vor sich hin.

Irelands Schultern versteiften sich bei dem Geräusch, aber sie versuchte dennoch zu lächeln. »Ich habe in beinahe jedem Sektor gearbeitet, um mir das College und danach die Uni zu finanzieren, ich habe also Erfahrung.«

Nun warf Bran ihr einen Blick zu, und diesmal war eine Spur Überraschung dabei. Vielleicht sogar Bewunderung. Aber der Ausdruck verschwand rasch wieder, und er wandte sich wieder an seine Brüder. »Solange wir keine Zwischenfälle wie diese Lebensmittelvergiftung haben, sollte doch alles glattgehen.«

»Machst du Witze?«, mischte Hunt sich ein. Er hatte die ganze Zeit nur auf sein Handy gestarrt. »Es kann alles Mögliche schiefgehen, und das wird es auch.«

Emily atmete scharf ein und riss die Augen auf.

Levi machte ein finsteres Gesicht. »Klappe, Hunt. Was du sagst, ist nicht hilfreich.«

»In dem Fall«, maulte Hunt, »sind wir hier fertig? Ich habe noch Pläne.« Er musterte Ireland. »Du darfst dich mir gern anschließen. Brauchst ja nicht bei den Pärchen sitzen zu bleiben.«

Ireland wurde rot und sah wieder zu Bran hinüber. »Es haben doch gar nicht alle einen Partner oder eine Partnerin.«

Hunt schüttelte den Kopf. »Wer, Bran? Den wirst du nie mit einer Frau erwischen.«

»Ich bin ständig mit Frauen zusammen«, grummelte Bran. »Nur nicht mit solchen wie denen, mit denen du dich herumtreibst.« Er sah Ireland an, als wäre sie ein Beispiel für diesen Typ Frau.

Ihr Gesicht wurde knallrot und passte sich ihren Haaren an. Sie wandte den Blick ab und sagte: »Nein danke, ich bleibe heute Abend bei meiner Cousine.«

Cali stupste Ireland solidarisch mit der Schulter an.

Aua. Brans Kommentar und der Blick, mit dem er Ireland abgekanzelt hatte? Ganz schön harsch.

Ireland war hübsch. Sie fiel ziemlich auf mit ihrem hellroten Haar und der blassen Haut. Sie hatte außerdem tolle Kurven, war also im Grunde der Typ Frau, den die meisten Typen richtig scharf fanden. Wenn sie darüber nachdachte, glaubte Kaylee, dass auch Wes sie richtig scharf finden müsste, aber der war viel zu beschäftigt damit, seine Hand auf ihrem Oberschenkel millimeterweise höher zu schieben. Er beugte sich auch dauernd zu ihr herüber und roch mehr oder weniger unauffällig an ihren Haaren.

»Du riechst so gut«, wisperte er in diesem leisen, sexy Tonfall.

Wes war eine Nervensäge; sie hatten doch eben erst Sex gehabt! Aber Kaylee musste dennoch lächeln. Bei ihm würde sie sich nie Sorgen machen müssen, dass er anderen Weibern nachstarrte. Wenn er sich erst einmal festgelegt hatte, war er eine treue Seele.

Und dann erstarb ihr Lächeln. Hatte er sich festgelegt?

Sie hatten regelmäßig Sex. Und obwohl er scheinbar vor ihrer Ankunft in der Stadt extrem freigiebig mit seinen Zuwendungen gewesen war, hatte sie ihn seither mit keiner anderen Frau gesehen. Und das hatte er auch bestätigt, als sie etwas in der Art erwähnte. Und nun hatten sie Sex, als Freunde mit gewissen Vorzügen.

Na schön, die Grenze zwischen einer Beziehung und einer reinen Sexgeschichte war dünn. Dünner geworden. Aber wenn er nicht der Ein-Frauen-Typ wäre, hätte sie diesem Arrangement überhaupt nicht zugestimmt.

Adam winkte der Kellnerin zu, die schon auf sein

Signal gewartet zu haben schien. Einige der Männer am Tisch tranken Bier, der Rest hatte Wasser bestellt.

Nun kam die Kellnerin mit einer Reihe von Schnapsgläsern herüber, in denen sich eine gelbe Flüssigkeit befand.

»Lemon Drops«, erklärte Levi. »Die hat Emily ausgesucht, denn sie ist die Architektin dieser Veranstaltung und hat hunderte Arbeiter angeheuert, 50 neue Leute angestellt und das Casino sowie das Hotel für das Event vorbereitet. Bran und ich haben eher die Rolle von Sherpas eingenommen, Sachen geschleppt und wenn nötig Schädel eingeschlagen.«

Hunt hob eins der Shotgläser, und die anderen machten es ihm nach. »Bisschen viel Obst im Glas, aber das schadet sicher nicht. Auf Emily, die uns wie immer gerettet hat, auf Wes, der morgen auf dem Platz glänzen wird, und darauf, dass keiner von uns von der Menge niedergetrampelt wird.«

»Cheers«, sagten sie alle im Chor.

KAPITEL 25

Der erste Turniertag kam und ging, rauschte vorbei in einem Wirbel aus Geschäftigkeit. Die Belegschaft des Hotels und des Casinos legte nicht nur einen fulminanten Start hin, während Wes die Partie seines Lebens spielte, Wes schaffte es mit seiner Punktzahl von vier unter Par auch unter die besten 25. Und das war noch längst nicht alles. Die folgenden Tage liefen sogar noch besser.

Wes hätte nie gedacht, dass er mit einer so hohen Platzierung auf der Bestenliste über die erste Runde hinaus im Rennen wäre. Wer könnte so etwas voraussagen. Er war noch überraschter, als er nach dem zweiten Turniertag immer noch dabei war und sogar die Hälfte der Profispieler geschlagen hatte. Und nun war er bereits halb durch die letzte Runde des Turniers und immer noch in der Top Ten. Er hatte eine echte Chance, mit einem so guten Ergebnis aus dieser Veranstaltung zu gehen, dass er sich einen Platz im nächsten Turnier sichern konnte.

Es war total überwältigend.

Er suchte die Tribüne mit den Augen ab. Er war heute so konzentriert auf das Spiel gewesen, dass dies jetzt der erste Moment war, in dem er die Chance sah, nach Kaylee Ausschau zu halten. Nicht, dass er ernsthaft hoffte, sie zu sehen. Sie war das gesamte Wochenende mit den Kindern beschäftigt gewesen, und die Aufregung, weil sich einer aus der Gegend in der finalen Runde immer noch im Spitzenfeld befand, lockte noch mehr Menschen als an den vorherigen Tagen an.

Wes hätte eigentlich nervös sein müssen. Zu Beginn des Turniers war er das auch gewesen, aber er hatte sich wirklich verändert, seit er die Leitung des Golfplatzes übernommen hatte. Er hatte andere Träume als Golfmeisterschaften, auf die er seine Energie konzentrierte.

Ein Traum war, ein Golfangebot für talentierte Kinder aufzubauen. Ein anderer, mit Kaylee zusammen zu sein.

Das Leben war großartig, ob er nun Spitzenreiter in seinem Lieblingssport war oder nicht, aber beklagen würde er sich ganz sicher auch nicht darüber, denn natürlich war das einfach unglaublich toll.

Er lochte einen weiteren Schlag unter Par beim vorletzten Loch ein und hob seinen Ball auf, warf erneut einen Blick zur Tribüne. Immer noch keine Spur von Kaylee.

Er war verflucht froh, dass die Veranstaltung bisher so gut verlaufen war. Sie hatten ein kleineres Problem gehabt, als dem Club die Strandtücher ausgegangen waren, aber Levi hatte im Vorfeld einen Laster angemietet, sodass er Jaeg losschicken konnte, der zwei verschiedene Costco-Märkte abklapperte, um dort alle Handtücher aufzukaufen. Wie sich herausstellte, wollten die Leute an oder in den Pool, nachdem sie den ganzen Tag auf dem Golfplatz verbracht hatten. Danach strömten alle zum Spielen ins Casino, was bis spät in die Nacht dauerte. Wes hatte von zwei Situationen gehört, in denen Zuschauer sich gestritten und auch geprügelt hatten. Adam hatte sich darum gekümmert, indem er seinen Kollegen vom Blue Casino um Hilfe angefunkt hatte. Der hatte ihm ein paar Leute geschickt, die eigentlich dienstfrei hatten.

Das Resort hatte natürlich selbst auch zusätzliches Sicherheitspersonal eingestellt, aber offenbar gab es einige Golffans, die sich in echte Arschlöcher verwandelten, wenn sie getrunken hatten und im Wettkampffieber waren. Nicht, dass Wes ihnen das Fieber verdenken konnte. Er war der ehrgeizigste unter seinen Brüdern und liebte den Wettbewerb. Und darum überraschte es ihn auch so sehr, als er nun feststellte, dass, wenn er seine Ambitionen auf etwas anderes richtete – zum Beispiel darauf, eine freche Brünette für sich zu gewinnen –, ihm das den Raum ließ, einfach nur richtig gut Golf zu spielen.

Wahnsinn. Er hätte Kaylee damals zu all seinen Golfveranstaltungen mitnehmen sollen.

Hatte er aber nicht. Er war ein egoistischer Depp gewesen. Er hatte gedacht, dass er das Mädchen ja schon in der Tasche hatte und es nur noch in die Profi-Tour schaffen musste. Gott, was war er für ein Idiot gewesen.

Wes folgte seinem Caddy und den anderen zum letzten Loch. Es war immer noch Zeit, einfach auf Kurs zu bleiben – und sein Kurs bestand darin, Kaylee so glücklich wie möglich zu machen. Er wünschte nur, er könnte ihr vermitteln, dass sie das Allerwichtigste für ihn war. Denn er hatte längst begriffen, dass dem so war.

Nachdem sie ihm von der Fehlgeburt erzählt und erklärt hatte, wieso sie ihn damals verlassen hatte, hatte er für sich daraus den Schluss gezogen, dass sie aufgrund all dieser Geschehnisse gar keine faire Chance gehabt hatten. Ja, er hatte Fehler gemacht, aber sein Herz hatte doch immer nur ihr gehört. Nun musste er sie bloß noch überzeugen, dass sie füreinander geschaffen waren.

Erst, als Wes sich für seinen letzten Putt bereitmachte, erhaschte er plötzlich einen Blick auf Kaylee. Sie stand lächelnd hinter dem 18. Green und hatte die Arme um die Schultern zweier Kinder gelegt. Ihr Anblick raubte ihm den Atem. Und das war sein Glück, denn er war so abgelenkt davon, wie toll sie doch war, dass er seinen letzten Stoß vollkommen unbewusst richtig ausgelegt hatte. Er ließ den Ball ganz gelassen in das Loch rollen und hatte damit einen weiteren Schlag unter Par gemacht.

Wes fuhr sich lächelnd mit der Hand über das Gesicht. Das Turnier war vorbei, und er hatte es unter die besten Zehn geschafft. Was bedeutete, dass er sich automatisch für den nächsten Wettbewerb qualifiziert hatte. Unfassbar.

———

WES GAB seine Scorekarte ab und marschierte dann geradewegs zu Kaylee hinüber.

Und wurde von einer aufgedrehten Bella beinahe umgeworfen.

»Du hast es geschafft, Wes! Du bist weiter!«

»Eines Tages stehst du auch da auf dem Platz, Bella.«

»Wenn ich nur hart genug trainiere, richtig? So, wie du es mir immer sagst.«

»Ganz genau.« Er setzte sie ab und schüttelte ihren Eltern die Hände. Sie wirkten ebenfalls ganz aufgeregt und auch aufrichtig dankbar dafür, dass Wes sich so ins Zeug gelegt hatte, ihrer Tochter zu helfen, den Sport zu meistern.

Vielleicht waren ihre Eltern ja doch gar nicht so schlimm. Er war froh, dieses Gefühl zu bekommen. Wes sah ihnen nach, als Bella an der Hand ihres Vaters davontrippelte, ihre Mutter mit einem Lächeln auf dem Gesicht daneben.

Er suchte nach Kaylee, aber sie schien in dem Moment der Aufregung gegangen zu sein. Sie war ja auch immer noch im Dienst und damit zumindest für einige Kinder verantwortlich. Wahrscheinlich war sie mit denen zurück zum Club Kids gegangen. Er ließ die Schultern hängen. Er wollte seinen Sieg so gern mit ihr feiern, verstand aber, dass sie noch arbeiten musste.

Dann wurde er zum zweiten Mal beinahe umgeworfen, diesmal von Hunt. »Scheiße, Mann. Ich fasse es nicht«, rief sein Bruder aufgeregt. »Du Arschloch. Du hast uns nie gesagt, dass du die Chose womöglich gewinnen würdest.«

»Das wusste ich doch auch nicht.« Wes lachte leise. »Ich bin mindestens ebenso schockiert wie du.«

Es dauerte nicht lange, bis ihm auch der Rest seiner Brüder, sowie Jaeg, Cali und weitere Freunde über den Weg liefen, die ihm allesamt gratulierten. Seine Familienmitglieder konnten das alle nur im Vorübergehen tun, da sie eingespannt waren, bis auch der letzte Turniergast sich verabschiedet hatte, aber es bedeutete ihm dennoch sehr viel, sie alle um sich herum zu wissen, nachdem er gerade das Spiel seines Lebens absolviert hatte.

Er schaute kurz bei seinem Stellvertreter für die Golfabteilung vorbei, dann beim Chefgärtner. Alles lief nach Plan, und sie hatten so viele Schläger verkauft wie noch nie, womit auch niemand gerechnet hatte. Wes hatte erwartet, dass sie eine Schiffsladung von T-Shirts verkaufen würden, aber keine Schläger.

Erst, als es bereits dämmerte, erspähte er endlich Kaylee, die aus Richtung des Hauptgebäudes auf ihn zukam. Sie war ohne Kinder unterwegs, woraus er schloss, dass sie Feierabend hatte.

Er lief ihr entgegen und hob sie hoch, verschlang ihren Mund mit seinem.

Er schwang sie im Kreis herum, und sie warf lachend den Kopf zurück. »Lass mich runter, bevor ich mich übergeben muss!«

Wes stellte sie wieder auf den Boden. Es war ihm scheißegal, ob er sich wie ein Trottel benahm. »Ist das zu glauben?«

Sie grinste über beide Ohren. »Ja, ist es. Ich wusste, dass du das schaffen kannst.«

Wes war normalerweise nicht der Typ, dem schnell die Tränen kamen. Er weinte eigentlich nie, es sei denn, einer seiner bescheuerten Brüder fing zuerst damit an, was aber auch selten genug vorkam. Aber jetzt musste er gegen das Brennen in seinen Augen ankämpfen.

Er vergrub sein Gesicht an ihrem Hals und atmete ihren Duft ein. »Danke, dass du immer an mich geglaubt hast. Selbst dann, als ich ein verständnisloser Arsch war.«

»Du warst 22. Die meisten sind in diesem Alter

verständnislose Ärsche. Ich habe dir schon vor langer Zeit verziehen. Ich wollte nur, dass auch du mir verzeihst, wie ich mit all dem umgegangen bin.«

Er richtete sich auf und hielt sie nah an sich gedrückt. »Da gibt es nichts zu verzeihen.« Er hatte es schon einmal gesagt, aber er wiederholte sich gern. »Ich bin immer für dich da. Jetzt und in Zukunft, okay?«

Sie sah ihm lange in die Augen, und zum ersten Mal glaubte er, dass er vielleicht zu ihr durchdringen konnte. Dass sie ihn langsam in einem anderen Licht sah. Und dass sie vielleicht eine Zukunft hatten.

»Wes Cade?«

Wes blickte sich über die Schulter nach dem Mann um, der auf sie zukam.

Seinem Kumpel Tom war er bereits begegnet, der ihm den Kontakt vermittelt hatte, der letztlich zum Tahoe Invitational geführt hatte, aber Wes hatte sich bisher noch nicht mit einem der Hauptorganisatoren der Tour persönlich getroffen. Er war mit Spielen beschäftigt gewesen. Dieser Typ trug einen marineblauen Blazer mit einem roten Aufnäher und sah ziemlich offiziell aus.

»Ich bin Wes.« Er schüttelte dem Mann die Hand und stellte ihm dann Kaylee vor.

»Sie haben da draußen großartig abgeliefert«, sagte der Tourverantwortliche. »Ich hatte nicht gewusst, dass unser Gastgeber so gut spielt.« Er lehnte sich näher herüber, als wolle er Wes ein Geheimnis anvertrauen. »Die meisten Leute, die einen Sponsorenplatz bekommen, sind nicht so gut.«

Wes lachte in sich hinein. »Um ehrlich zu sein, hatte ich ein paar wirklich gute Tage. Das war alles.«

»Sehr gute Tage, soweit ich das gesehen habe.« Er

wandte sich an Kaylee. »Nett, Sie kennenzulernen, Ma'am. Wes, bitte melden Sie sich nach dem Turnier auf jeden Fall bei mir. Wir waren sehr zufrieden mit Ihrem Golfplatz. Ich möchte mit Ihnen gern über weitere mögliche Veranstaltungen sprechen, wenn Sie Interesse daran haben.«

»Selbstverständlich. Vielen Dank, Sir.«

Kaylee schwieg, als der Mann wieder davonstapfte, aber sobald er außer Hörweite war, drückte sie ihn aufgeregt an sich. »Verflixt nochmal, Wes! Das ist deine große Chance!«

Er nickte. Alles, was er sich immer gewünscht hatte, schien gleichzeitig in greifbare Nähe zu rücken. Aber er versuchte auch, sich vorzustellen, wie er das alles auf Dauer jonglieren sollte – sein nächstes Turnier, die Arbeit im Club, Kaylee. Als er sich auf sie konzentriert hatte, waren auf einmal all die anderen guten Dinge passiert. Aber wie zur Hölle sollte er all die Bälle fangen, die ihm da zugeworfen wurden, und keinen davon fallenlassen?

KAPITEL 26

Zwei Wochen waren seit dem Tahoe Invitational vergangen, und Wes war fast die ganze Zeit weggewesen. Auch beim nächsten Turnier hatte er großartig gepunktet, also war er nur kurz nach Hause gekommen, um dann gleich wieder zum Folgeturnier abzureisen. Er vermisste sie währenddessen viel zu sehr, aber sie verhielt sich ganz wunderbar verständnisvoll, was seine Abwesenheit anging, weil sie seine Träume unterstützen wollte.

Wes bog in seine Einfahrt ein, und Kaylee kam aus seiner Hütte gerannt, um sich in seine Arme zu werfen. »Hi«, begrüßte sie ihn dann wie beiläufig.

»Hi?« Er packte ihren Hintern und hob sie hoch, trug sie ins Haus und stieß die Tür mit dem Fuß zu. »Ich war fünf Tage weg, und alles, was dir dazu einfällt ist ›hi‹?« Er ließ seine Tasche an der Tür fallen und trug sie zum Bett, legte sich mit ihr auf die Matratze. »Ich habe dich vermisst.« Er atmete ihren Duft ein und ließ seine Hände über ihren Körper wandern.

»Ich habe dich auch vermisst, aber ich wollte nicht,

dass du dich schlecht fühlst, weil du nicht da bist. Ich wollte, dass du es genießt.«

»Halte dich bitte niemals zurück, wenn es darum geht, mir zu sagen, wie sehr du mich vermisst hast. Oder noch besser, zeig's mir doch gleich.« Er fasste ihr an die Brust, und sie zuckte zusammen. »Habe ich dir wehgetan?«

Sie rümpfte ihre niedliche Nase. »Alles okay, meine Brüste sind nur gerade so lächerlich empfindlich. Blödes PMS.«

Er senkte den Kopf und hauchte einen kaum spürbaren Kuss auf ihre Brust. »Besser so?«

Sie ließ ihre Hand über seine Erektion gleiten. »Es sind nur meine Brüste, die schmerzen. Es ist nicht nötig, dass du ansonsten sanft mit mir umgehst.« Zur Bekräftigung kniff sie ihn in den Hintern.

Er lehnte sich gespielt entrüstet zurück. »Du schockierst mich. Ich dachte, du wärst ein ganz zartes Pflänzchen.«

Sie lachte, und er begann, ihr die Hose auszuziehen und an ihrem Bauch hinab Küsse zu verteilen. »Ich habe dieses Höschen vermisst.« Er zog es ihr mit den Zähnen aus. »Und auch diese sexy Beine.« Er fuhr mit seiner Zunge an der Innenseite ihres Oberschenkels hinauf, leckte bis zur Falte hinauf, und sie vergrub eine Hand in seinem Haar, krallte sich darin fest.

»Beeil' dich, Wes. Weißt du, wie lange das letzte Mal her ist?«

Er riss sich das Hemd vom Leib. »Fünf Tage, sechs Stunden, 42 Minuten.«

Sie stützte sich auf ihre Ellbogen, während er seine Hose loswurde. »Wirklich?«

Er zuckte halb mit den Achseln und legte sich neben sie, den Blick auf ihre Brüste geheftet – die offenbar heute tabu waren. »Im Flieger habe ich mich gelangweilt, also habe ich ausgerechnet, wie lange es her ist, seit ich dich zuletzt gesehen habe. Wo waren wir gerade? Oh ja, ich muss meinen Mund heute von deinen Brüsten fernhalten. Ich schätze, dann muss ich mich wohl damit begnügen, andere Regionen deines Körpers zum Lecken zu finden.« Er hob eine Braue, und ihr Brustkorb hob sich ebenfalls.

»Mit deiner Zauberzunge?«

»Meine Zauberzunge ist sehr, sehr«, er küsste ihre Nase, dann ihre Lippen, »sehr rastlos.«

Und so verbrachten sie den Abend und die Nacht. Die fehlende Zeit nachholen. Im Bett. Dann essen, lachen und endlich einschlafen.

Um zehn am folgenden Morgen wachte Wes gähnend auf und sah zu Kaylee hinüber. Sie lag ganz ruhig da, aber sie schlief nicht. Sie lächelte auch nicht oder drehte sich zu ihm, wie sie es sonst immer machte, wenn sie aufwachte. »Alles okay?«

»Ich fühle mich nicht so gut. Ich glaube, mein Körper kämpft gerade mit irgendeinem Infekt.«

Er setzte sich auf, achtete aber darauf, dass sie weiterhin unter der Decke lag. »Willst du, dass ich Emily anrufe? Ich kann ihr sagen, dass du morgen nicht arbeiten kommst.«

Sie schüttelte den Kopf und hielt sich den Bauch. »Nein. Ich glaube, das geht wieder vorbei, aber ich würde gern heute hier bei dir im Bett liegenbleiben, wenn das okay ist?«

Er küsste sie auf die Stirn. »Bleib' ruhig, solange du

willst. Ich muss halt rüberfahren und zusehen, dass auf dem Platz alles in Ordnung ist. Ich bin aber in ein paar Stunden zurück. Soll ich dir irgendetwas mitbringen?«

Sie murmelte ein Nein und kuschelte sich noch mehr in die Decke ein.

Wes ging unter die Dusche und zog sich an. Er machte Toast und Kaffee für sie beide. Als er wieder nach Kaylee sah, lag sie immer noch im Bett unter der Decke vergraben. »Du solltest etwas essen.« Sie stöhnte bloß zur Antwort.

Er kam zum Bett und setzte sich auf die Kante, legte ihr eine Hand aufs Bein. »Kaylee, ist wirklich alles in Ordnung?«

Sie spähte unter der Decke hervor und schenkte ihm ein schwaches Lächeln. »Ich fühle mich schon ein bisschen besser.« Dann setzte sie sich auf und griff nach dem T-Shirt, das er sich am Vorabend so hastig ausgezogen hatte.

Sie glitt aus dem Bett und schlurfte zum Tisch hinüber, wo er den Toast für sie liegengelassen hatte. Sie kletterte auf den Barhocker und zog sich das Shirt bis unter den Hintern, bevor sie einen Bissen von dem gebutterten Toast nahm. »Das ist gut. Ich glaube, ich brauchte nur etwas zu essen.«

Kaylee sah zum Anbeißen aus mit ihrem zerzausten Haar und in seinem T-Shirt. Er wollte sie die ganze Zeit nur anstarren. »Ich bringe dir mit, was du willst. Ruf mich einfach an, wenn du auf irgendetwas Lust hast. Du weißt, dass Bran dir gern aus einem der Restaurants etwas zubereiten lässt.«

Sie grinste und winkte ab. »Mach dir keine Sorgen um mich. Viel Glück mit der Arbeit; lass' dich nicht zu sehr einspannen. Wissen die, dass du morgen schon wieder abhaust?«

Er schüttelte den Kopf. »Das wollte ich ihnen erst sagen, wenn ich dort bin.«

»Wie willst du das anstellen? Den Golfplatz managen und Teil der Pro-Tour sein.«

Er schnappte sich den Autoschlüssel und fuhr sich mit der Hand über das Gesicht. Es war alles so schnell gegangen. Zuerst hatte er das Tahoe Invitational geplant und damit gerechnet, dort spielen zu dürfen, und das war's, aber nun war er plötzlich Teil der Pro-Tour. »Ich hätte nie gedacht, dass ich das mal beides unter einen Hut bringen müsste. Aber es ist die Chance meines Lebens. Die kann ich nicht sausen lassen, weißt du?«

Sie schluckte, und für den Bruchteil einer Sekunde sah er Zweifel in ihrem Gesicht. Aber dann lächelte sie. »Das solltest du auch nicht.« Sie nahm eine weitere Scheibe Toast in die Hand, biss aber nicht hinein, sondern hielt sie einfach nur in der Hand und betrachtete sie, als wäre dies das Interessanteste, was sie seit Langem gesehen hätte.

Wes ging zu ihr und küsste sie auf den Hinterkopf. »Ich bin bald wieder zurück.«

Aber als er draußen war, schwand seine Selbstsicherheit. Er durfte die Sache mit Kaylee nicht vermasseln. Bisher war sie bei allem verständnisvoll und toll gewesen. Und kein Mann, der halbwegs bei Verstand war, würde sich die Chance entgehen lassen, bei der Pro-Tour mitzuspielen. Vorerst musste das, was er tat, reichen.

Wes stieg in seinen Range Rover und fuhr zum Club.

———

LEVI UND BRAN hatten sich mit Wes im Steakhouse des Resorts zum Mittagessen getroffen. »Kaylee geht es nicht so gut«, berichtete Wes.

Levi zog die Brauen zusammen. »Was meinst du damit? Ihr geht es nicht so gut? Hast du irgendwas angestellt?«

»Natürlich nicht.« Wes biss herzhaft in sein Knoblauchbrot. »Sie hat sich bloß den Magen verdorben oder sowas.« Er kaute genüsslich, legte aber gleichzeitig die Stirn in Falten. »Sollte ich mir Sorgen machen? Soll ich sie zum Arzt schicken?« Levi sah zu Bran hinüber, und Bran zuckte die Achseln. »Was fragst du uns?« Da hatte er natürlich recht. Wie sollten seine Brüder das wissen?

Wes war nicht wohl dabei, Kaylee bei sich alleinzulassen, wenn es ihr nicht gutging. Aber er war zwei Wochen weggewesen und würde morgen für eine weitere Woche verschwinden. Seine Brüder hätten ihn umgebracht, wenn er heute nicht aufgetaucht wäre. Er hatte seine Abteilung aus der Ferne gemanagt, und seine Abwesenheit bedeutete für alle anderen mehr Arbeit.

»Wes«, wandte sich Levi nun wieder an ihn. »Du musst jetzt bald eine Entscheidung treffen. Entweder nimmst du die Tour und den Profisport ernst, oder du lässt dich ganz auf den Club ein. Beides wirst du nicht hinkriegen. Aber damit du es weißt, wenn du die Sache mit Kaylee verkackst und sie uns deswegen verlässt, dann wird Emily dich mit allen Furien der Hölle verfolgen.«

Wes lehnte sich zurück. »Verdammt. Das war jetzt aber wirklich nötig, oder?«

Levi grinste. »Ich weiß doch, dass du großen Respekt vor meiner Freundin hast.«

Wes nickte weise. »Ich möchte die Sklaventreiberin wirklich nur ungern wütend machen.«

Bran lachte in sich hinein.

»Richtig«, bekräftigte Levi. »Und Emily liebt Kaylee. Außerdem braucht der Club Kaylee für Club Kids. Also bau bloß keinen Scheiß.«

»Das sage ich mir doch selbst auch die ganze Zeit, Bruder.«

KAPITEL 27

Kaylee spürte, dass Emily sie anstarrte. »Habe ich irgendwas in meinem Gesicht?«

Emily schüttelte den Kopf, während sie den Arbeitern zuwinkte, damit diese die Kisten für die neue Indoor-Kletterwand in den Spielbereich von Club Kids brachten. »Nein, du siehst bloß ziemlich blass aus. Und ... ich habe dich heute Morgen im Waschraum gehört. Ist alles in Ordnung?«

Mist. Kaylee wurde es in letzter Zeit häufig übel, aber das kam und ging, war kein dauerhaftes Problem. Wes war vor ein paar Tagen abgereist, und inzwischen fühlte sie sich schon wieder viel besser. Nur, dass sich ihr Magen von Zeit zu Zeit verkrampfte, und sie dann immer das Gefühl hatte, sie müsse sich gleich übergeben. Heute früh hatte sie vergessen, etwas zu essen, und musste sich dann tatsächlich übergeben. Wahrscheinlich war Emily genau zu diesem Zeitpunkt auch in die Damentoilette gekommen. Aber die Übelkeit war ja gleich wieder vergangen, nachdem sie ein paar Kräcker von der Poolbar gegessen hatte.

Kaylee erklärte den Männern, an welcher Wand die Kletterwand errichtet werden sollte, und wartete dann, bis sie angefangen hatten, alles auszupacken, bevor sie sich wieder an Emily wandte. »Die neue Assistentin arbeitet derzeit mit den Kindern, während ich mich um die anderen Projekte kümmere. Club Kids ist wieder etwas leerer geworden, nachdem das Turnier vorbei ist, aber ich kann auch ein paar Tage zu Hause bleiben, wenn du das für besser hältst. Es ist nur ... ich weiß gar nicht, was mir fehlen könnte. Ich habe kein Fieber, mir ist nur ab und zu schlecht.«

Emily fasste Kaylee sacht am Arm und zog sie beiseite. »Kaylee, ich möchte nicht neugierig klingen. Du und Wes, ihr macht den Eindruck, als würdet ihr nicht gern über eure ... Freundschaft reden, aber ist es vielleicht möglich, dass du schwanger bist?«

Kaylee starrte sie bloß an. Wahrscheinlich musste es von außen betrachtet so wirken. »Nein. Völlig ausgeschlossen.« Sie schüttelte den Kopf.

»Hast du einen Test gemacht?«

Kaylee schluckte. An eine Schwangerschaft hatte sie überhaupt nicht gedacht. Nicht seit ihr alter Hausarzt ihr damals eröffnet hatte, dass sie niemals Kinder haben würde. Und mit Eddy hatte sie auch nicht verhütet.

Aber Eddy konnte ja auch keine Kinder bekommen.

»Kaylee? Alles okay?«

»Ich ... ja, entschuldige. Ich bin nur ... das wäre mir gar nicht in den Sinn gekommen, weil man mir gesagt hat, dass ich keine Kinder bekommen kann.« Die Worte des Arztes waren ihr damals so endgültig erschienen. Aber ohne den Schleier der Depression, der sie damals eingehüllt hatte, fragte sie sich, ob sich der Arzt geirrt haben könnte. Sie hatte nie eine zweite Meinung eingeholt.

Emily schloss die Augen. »Es tut mir so leid, dass ich dich gefragt habe. Das wusste ich ja nicht.«

»Nein, ist schon okay. Aber ernsthaft, ich habe mir bloß irgendwas eingefangen. Ich muss aufpassen, dass ich morgens frühstücke. Heute habe ich das schlicht vergessen, und ohne etwas im Bauch scheint die Übelkeit schlimmer zu werden.«

Emily legte den Kopf schief. »Weißt du, meine Schwester ist auch schwanger. Sie meinte, wenn sie nicht gleich als erstes etwas isst, noch bevor sie morgens aufsteht, wird ihr schlecht. Glaubst du, das hat auch irgendwas mit den Hormonen zu tun?«

Kaylee lachte leise. »Keine Ahnung, aber ich werde zum Arzt gehen und mich untersuchen lassen. Versprochen.«

Emily lächelte. »Sag' mir Bescheid, falls ich dir hier irgendwas abnehmen soll. Nachdem ich vor dem Golfturnier mehrere 80-Stunden-Wochen geschuftet habe, habe ich jetzt auf einmal all diese freie Zeit.«

»Danke. Ich melde mich, wenn ich dich brauche. Ich wohne ja noch nicht so lange hier; ich habe noch keinen Hausarzt oder sowas.«

Emily zog ihr Handy aus der Tasche. »Ich schicke dir die Kontaktdaten meiner Ärzte und den der Frauenärztin meiner Schwester gleich mit dazu. Wenn es wirklich was mit den Hormonen ist, dann wirst du die brauchen.«

Kaylee bedankte sich bei Emily und rief später einige der Nummern an, um einen Termin zu machen. Alle waren für den Tag ausgebucht, aber der Krankenversicherungsplan von Club Tahoe verschaffte ihr bevorzugten Zugang, auch in der örtlichen Akutklinik. Dort würde sie auf dem Heimweg kurz vorbeischauen, um wenigstens ganz sicherzugehen, dass sie sich nichts gravierend Ansteckendes eingefangen hatte.

———

KAYLEE FUHR von der Akutpraxis nach Hause und schüttelte die ganze Zeit den Kopf. »Die irren sich. Das muss doch ein Fehler sein.«

Ihr Telefon summte auf dem Beifahrersitz, und sie schrak heftig zusammen. Sie blieb an einer Ampel stehen und warf einen raschen Blick auf das Display.

Wes. Natürlich musste er anrufen, wenn sie gerade völlig durchdrehte.

Wieder klingelte ihr Handy, und sie fuhr rechts ran. »Hallo?«

»Was hast du gerade an?«

»Ist das deine Begrüßung?«

»Du hast doch gesagt, dass du nur meinen Körper willst. Ich verhalte mich streng nach Drehbuch.«

Sie lachte. Trotz ihrer momentanen, tiefgreifenden Verwirrung schaffte der Mann es, sie zum Lachen zu bringen. »Ich habe nur gesagt, dass ich nichts Ernsthaftes möchte.«

»Genau. Nur Sex, aber den dafür dauernd.«

»Unsere Nicht-Beziehung hat bleibenden Schaden an deinem Ego angerichtet, denn es ist gefährlich angeschwollen. Wir müssen da wohl ein wenig heiße Luft ablassen.«

»Was kann ich denn dafür, dass ich ein Mann mit gesundem Selbstvertrauen bin?«

Selbstvertrauen? Oh Gott, an jenem Abend, als sie Sex auf dem Golfplatz hatten, da hatte er gescherzt, dass er sie mit seinem explosiven Wahnsinnsorgasmus womöglich geschwängert hatte. Das konnte doch nicht stimmen. Aber dem Arzt zufolge, der sie eben untersucht hatte, hatte Wes recht behalten.

Kaylee war schwanger.

Sie schluckte. »Rufst du aus einem bestimmten Grund an, oder willst du mich nur beim Autofahren nerven?«

»Du fährst Auto? Du sollst aber nicht ans Telefon gehen, wenn du Auto fährst.«

»Ich habe angehalten. Ich bin rechts rangefahren, damit du mir sagen kannst, wieso du zweimal hintereinander anrufst. Ich denke dann nämlich sofort, dass es irgendein Notfall sein könnte.«

»«Ich mache es kurz, denn der Gedanke, dass du allein im Dunkeln am Straßenrand stehst, gefällt mir gar nicht. Rate mal, wer bei den letzten Turnieren einen so guten Punktestand erzielt hat, dass er sich für den Rest der Turniere der Saison qualifiziert hat?«

»Wes Cade, der neue Stern am Golfhimmel?«

»So ist es, meine Schöne. Bist du bereit, mit mir um die Welt zu reisen?«

Ihr rutschte das Herz in die Hose. Nicht schon wieder.

Sie hatte hier in Lake Tahoe einen Job, den sie liebte. Neue Freunde. Ein neues Leben. Und nun war sie augenscheinlich schwanger ... so ganz wollte sie das immer noch nicht glauben. Und nun bat er sie, das alles aufzugeben? Er freute sich über seinen Erfolg und wusste ja gar nicht, was los war, aber es fühlte sich an, als hätten sie das alles schon einmal durchgespielt.

Als Kaylee das letzte Mal ihr Leben nach Wes ausgerichtet hatte, war es implodiert. Das konnte sie nicht noch einmal riskieren.

»Zunächst einmal: herzlichen Glückwunsch. Du bist ein unglaublich guter Sportler, und du hast hart dafür gearbeitet. Und zum zweiten: Über alles andere müssen wir reden, wenn du nach Hause kommst. Wann kommst du nach Hause?«

»Sonntag, sobald das Turnier hier vorbei ist. Aber im Ernst, Kaylee. Wir scherzen immer wieder darüber, dass die Sache zwischen uns etwas Lockeres ist, aber für mich ist sie das nicht, und ich glaube, für dich im Grunde auch nicht. Ich will mehr.« Er stieß einen tiefen Seufzer aus. »Das Letzte, was ich dir zumuten möchte, ist, dass du deinen Job aufgibst, so wie dir der Mistkerl, mit dem du verlobt warst, das aufgedrängt hat, aber das hier ist die Gelegenheit meines Lebens, und ich will dich bei mir haben. Denk einfach mal darüber nach, über das Reisen und so. Okay?«

Sie sollte darüber nachdenken, ihr Leben für ihn umzukrempeln? Das war doch genau der Grund, weshalb sie nichts Ernstes mit ihm hatte anfangen wollen. Weil sie immer in Versuchung wäre, alles zu tun, was nötig war, um mit diesem Mann zusammenzubleiben. So war es doch immer gewesen. Sie hatte sich redlich bemüht, die Sache zwischen ihnen unverbindlich zu halten, aber sie konnte sich auch nicht selbst belügen und behaupten, dass sie ihn nicht liebte. Kaylee hatte Wes immer geliebt. Viel zu sehr. Das war doch das

Problem. Sie war zu schnell bereit, ihre eigenen Bedürfnisse hintenanzustellen.

»Oh, da kommt ein Streifenwagen.« Eine Lüge. Sie brauchte eine Ausrede, um seine Frage jetzt nicht beantworten zu müssen. »Ich muss aufhören. Reden wir später?«

»Sicher.« Aber sie hörte das Zögern in seiner Stimme. Er kannte sie einfach zu gut.

Was sollte sie jetzt machen?

KAPITEL 28

Emily kannte offenbar genug Leute in Lake Tahoe, denn es gelang ihr um mehrere Ecken, für den nächsten Tag einen Termin bei der Frauenärztin ihrer Schwester zu machen. Kaylee hatte ihr nicht gesagt, warum sie eine Gynäkologin brauchte, nur dass der Arzt in der Akutklinik gemeint hätte, dass sie einen Termin machen sollte.

Eine Schwangerschaft war keine Kleinigkeit. Besonders dann nicht, wenn man der Betroffenen gesagt hatte, sie könne nicht schwanger werden.

Der Arzt in der Akutpraxis musste sich geirrt haben.

»Nun«, begann die Ärztin und faltete die Hände im Schoß, »ich sagte Ihnen ja schon, dass der Test, den man Ihnen in der Akutpraxis gegeben hat, äußerst zuverlässig ist. Nach der Untersuchung und einem kurzen Ultraschall kann ich Ihnen bestätigen, dass Sie schwanger sind.« Kaylee klappte der Unterkiefer hinunter.

»Ich habe auch das Narbengewebe sehen können, das Ihr früherer Arzt bemerkt hat. Meiner Meinung nach war das nie so gravierend, dass es eine Schwangerschaft verhindert hätte, und deswegen sind Sie nun auch schwanger geworden. Es tut mir sehr leid, dass man Sie mit einer solchen Diagnose alleingelassen hat und Sie nun völlig unvorbereitet diese Nachricht bekommen. Soweit ich das bisher sehen kann, verläuft Ihre Schwangerschaft normal; es gibt keine Auffälligkeiten. Möchten Sie den Herzschlag Ihres Babys hören?«

Meines Babys? Ein Baby.

Kaylee konnte nicht sprechen, brachte kein Wort heraus. Sie nickte lediglich.

Die Ärztin nahm den Ultraschallstab erneut zur Hand und legte ihn auf Kaylees Unterbauch. Sie übte nur leichten Druck aus. Dann drückte sie einen Knopf – und Kaylee konnte das rhythmische Geräusch des Herzschlags ihres Kindes hören.

Sie und Wes bekamen ein Kind.

Sie fing an zu weinen. »Das kann nicht sein.«

Eine warme Hand legte sich sanft auf ihre Schulter. »Doch, das ist echt«, sagte die Ärztin. Sie wandte sich dem Bildschirm zu und bewegte den Stab langsam über Kaylees Bauch. »Der Messung zufolge sind Sie etwa in der elften Woche.«

Kaylee setzte sich abrupt auf. »In der elften Woche!«

Die Ärztin lächelte. »In der elften Woche. Ich möchte, dass Sie gleich anfangen, pränatale Vitamine einzunehmen. Dann gibt es da noch eine Liste mit anderen Dingen, auf die Sie während der Schwangerschaft achten sollten. Da steht, auf welche Lebensmittel Sie verzichten sollten, und dergleichen. Es gibt eine Reihe von Schwangerschaftsratgebern, die Ihnen helfen können, die Veränderungen in Ihrem Körper zu verstehen. Aber bis dahin … haben Sie irgendwelche Fragen an mich?«

»Ja. Was soll ich denn jetzt machen?«

Die Ärztin lachte. »Achten Sie gut auf sich. Viel Ruhe, viel trinken und gesund essen. Machen Sie ruhig weiter Sport wie bisher, und wenn Sie eigentlich keinen Sport machen, sollten Sie wenigstens jeden Tag einmal spazieren gehen.«

Sie legte den Ultraschallstab beiseite und reichte Kaylee einige Papiertücher, um sich das Gel vom Bauch zu wischen. »Haben Sie es dem Vater schon gesagt?«

»Nein.« Kaylee schüttelte wie benebelt den Kopf. »Ich wusste ja nicht einmal, dass diese Möglichkeit besteht. Meine Periode ist ziemlich unregelmäßig, und wegen dem Narbengewebe ...«

»Das ist verständlich. Ich bin gern bereit, einen weiteren Termin mit Ihnen beiden gemeinsam auszumachen, wenn Sie das möchten. Ansonsten würde ich Sie gern in vier Wochen wiedersehen. Sie können den Termin mit der Sprechstundenhilfe machen.«

Die Ärztin gab ihr noch einige Formulare zum Ausfüllen und verließ dann das Behandlungszimmer, damit sie sich wieder anziehen konnte. Kaylee verließ den Raum und machte einen weiteren Termin.

Sie verließ das Gebäude und ging blindlings zu ihrem Wagen, stieg ein. Starrte durch die Windschutzscheibe. Einen Moment lang strömten ihr die Tränen über die Wangen, und sie lächelte dabei. Im nächsten Augenblick schnürte ihr die Panik beinahe die Luft ab, und sie weinte aus einem anderen Grund.

Sie atmete langsam ein und aus, versuchte sich zu beruhigen. Stress war ungesund, und in ihr wuchs nun ein *Baby* heran.

Was zum Teufel sollte sie Wes bloß sagen?

Wes' Träume erfüllten sich gerade. Träume, die ihn nicht nur von ihr entfernten, sondern ihn auch von ihrem Kind fernhalten würden – wenn diese Schwangerschaft nicht ebenfalls mit einer Fehlgeburt endete, so wie ihre erste.

Oh Gott, eine Fehlgeburt.

Sie schüttelte den Kopf. Darüber durfte sie jetzt nicht nachdenken. Sie musste sich darauf konzentrieren, was und wie sie es Wes sagen sollte. Sie durfte nicht wieder denselben Fehler machen und ihn im Dunkeln lassen. Er hatte ein Recht darauf, es zu erfahren, ganz gleich, wie er es aufnehmen würde.

Er war ein guter Mann. Ein besserer Mann als damals, als sie mit ihm zusammen gewesen war – und sie hatte ihn schon damals abgöttisch geliebt. Aber was wäre, wenn sie ihm von dem Baby erzählte und er dann die Tour aufgab? Seinen Lebenstraum aufgab?

———

KAYLEE WAR OBEN, als Wes ihren Namen rief. Er musste den Ersatzschlüssel aus dem Versteck draußen genommen haben, der Lümmel.

»Hier oben!« Rasch schob sie das Schwangerschaftsbuch, das die Ärztin ihr empfohlen hatte, unter ihr Bett und schlug die Beine übereinander, fuhr sich durchs Haar.

Sie hörte ihn die Treppe hocheilen und den Flur durchqueren, und dann erschien er im Türrahmen des Schlafzimmers.

Wes strahlte und wirkte glücklicher, als sie ihn je gesehen hatte. Er ließ seine Tasche fallen, kam zu ihr herüber und kroch neben sie ins Bett. Dann schlang er die Arme um ihre Taille und benutzte ihren Bauch als Kopfkissen. Er lag genau über ihrem Baby.

Kaylee blinzelte die Tränen weg, die ihr ganz plötzlich aus den Augenwinkeln quollen. Diese verdammten Schwangerschaftshormone. Sie durfte jetzt nicht anfangen zu weinen. Es war wichtig, dass sie dieses Gespräch führten, ohne dass sie allzu emotional rüberkam und Wes dann vor lauter Schuldgefühlen etwas tat, was er später bereuen würde.

Wes atmete mit einem langgezogenen Seufzer aus, und sein Körper entspannte sich, wurde ganz schwer. »Ich habe dich vermisst. Bin so froh, zu Hause zu sein.«

War das hier ein Zuhause, ein Heim, sie beide zusammen?

Er blickte schläfrig zu ihr hoch. Der arme Kerl war seit ein paar Wochen nur herumgereist. »Wie fühlst du dich? Du kämpfst jetzt schon seit einigen Wochen mit diesem Infekt, oder? Hast du irgendwas unternommen?«

Sie nickte.

»Und?«

»Ich bin gesund.« Sie wusste nicht, wieso sie es ihm nicht einfach direkt sagte. Ihre Ängste waren im Begriff, sie zu überwältigen.

»Gut. Also hast du darüber nachgedacht? Über das, was ich am Telefon zu dir gesagt habe?« Er klang total aufgeregt. »Willst du mit mir herumreisen? Levi wird mir zwar in den Arsch treten, wenn ich dich dem Club wegnehme, aber was soll's. Er kommt schon klar.«

Sie blickte ihn traurig an. »Ich kann nicht mit dir auf Reisen gehen, Wes.«

»Du kannst nicht?«, wiederholte er und setzte sich auf. »Warum nicht?«

»Mein Leben ist jetzt hier. Ich mag meine Arbeit wirklich gern und möchte sie nicht aufgeben.«

Er nickte langsam, als müsse er das in Betracht ziehen. »Das verstehe ich.« Dann schenkte er ihr ein verschmitztes Lächeln. »Heißt aber nicht, dass ich nicht alles versuchen werde, um dich zu überzeugen, deine Meinung zu ändern.«

Kaylee versuchte, das Lächeln zu erwidern.

Sein Grinsen schwand. »Was ist denn los? Du bist irgendwie gar nicht du selbst.«

Sie starrte aus dem Fenster auf die Kiefern in der Ferne. »Was, wenn ich dir sagen würde, dass ich erfahren habe, dass die Ärzte sich geirrt haben? Als sie mir sagten, ich könne nicht schwanger werden.«

»Dann würde ich sagen, das ist ja wunderbar.« Er schnaubte. »Und dass du sofort anfangen musst, die Pille zu nehmen.«

Sie kniff die Augen zusammen, und dann fiel ihr noch etwas anderes ein. »Wieso nicht Kondome?«

Er blickte sie unschuldig an. »Du hast mich verdorben. Ich muss ohne irgendetwas zwischen uns in dir sein.«

»Ist das jetzt dein Ernst?«

»Nein, ich würde natürlich auch ein Kondom überziehen«, grummelte er. »Aber wenn es keinen Unterschied für dich macht, würde ich mich freuen, wenn du die Pille nimmst.«

Sie sah ihm in die Augen. »Ich werde die Pille aber nicht nehmen, ... weil ich bereits schwanger bin.«

Sein Lächeln erstarb. »Sag' das nochmal.«

Sie verzog den Mund und tippte sich ans Kinn. »Weißt du, es kann sogar sehr gut sein, dass du mich in der ersten Nacht auf dem Golfplatz geschwängert hast. Das ist alles deine Schuld, ehrlich. Du hast damals gesagt, du hättest mich geschwängert, und das hast du. Es liegt nur an deiner überheblichen Männlichkeit und Potenz, dass wir jetzt in dieser Situation sind.«

Er sprang vom Bett auf. »Was zum Teufel!« Sein Blick war so intensiv, dass sie befürchtete, er könnte gerade einen Herzinfarkt erleiden.

»Setz dich hin, bevor du dir noch wehtust.«

Aber er setzte sich nicht. Er tigerte im Schlafzimmer auf und ab, warf immer wieder skeptische Blicke auf ihren Bauch. »Das kann nicht sein.«

»Ist es aber.«

»Wie ...?«

Sie bedachte ihn mit einem Blick. »Was denkst du denn, wie?«

»Aber du hast gesagt ...«

»Ich habe mich geirrt. Der Arzt, der mir gesagt hat, ich könnte nicht schwanger werden, hat sich geirrt.«

»Aber du hast auch ... du weißt schon.« Er seufzte. »Ich denke echt nicht gern darüber nach, dass du mit anderen Männern geschlafen hast, deswegen erwähne ich das mehr als ungern, aber du hast doch mit anderen Männern geschlafen.«

»Ich habe mit einem anderen geschlafen nach dir. Und der kann keine Kinder zeugen.« Sie hob eine Braue.

»Krasse Scheiße.« Er fing erneut an, durchs Zimmer zu tigern, und fuhr sich mit der Hand durch das Haar. Dann hielt er inne, um ihren Bauch anzustarren, schüttelte den Kopf und tigerte weiter. Und dann murmelte er unverständliches Zeug vor sich hin.

»Wes.« Er reagierte nicht auf sie. »Wes, du machst mir langsam Angst.«

Er blieb an der Bettkante stehen und schluckte. Seine Augen waren weit aufgerissen. »Kommst du kurz allein klar? Brauchst du irgendwas?«

Sie schüttelte langsam den Kopf. Sie hatte sich Sorgen gemacht, dass er die Neuigkeiten nicht gut aufnehmen würde, und nun sah es ganz danach aus.

»Okay. Denn ich muss mit meinen Brüdern sprechen. Aber ich komme danach wieder zu dir.« Er warf einen letzten Blick auf ihren Bauch und verließ dann das Zimmer, die Schlüssel bereits in der Hand. Sekunden später hörte sie, wie die Haustür geöffnet und wieder geschlossen wurde.

Würde das so bleiben? Wes als Zombie? Sie konnte verstehen, dass er zunächst einmal wie ein Zombie herumlief, denn sie war ja selbst noch ganz fassungslos. Das war es nicht, was ihr Sorgen bereitete.

Sie machte sich Sorgen, dass sie seine Träume ruinierte. Die Träume, die für ihn endlich in Reichweite waren. Und dass er auch der Meinung war, dass sie sie ruinierte.

KAPITEL 29

Wes setzte sich an die Theke im Steakhaus von Club Tahoe. »Ich muss mit dir reden«, sagte er zu Bran, der gerade in dem Glasregal hinter der Bar eine leere Flasche durch eine volle ersetzte.

»Was ist denn los?«

Im Augenblick war tote Hose, denn er war zwischen den Essenszeiten gekommen, aber es würde nicht mehr lange so leer sein. Schon bald würden die Leute hereinströmen, um ein Gourmetdinner in einem der besten Restaurants der Stadt zu genießen. »Ist was Persönliches«, erklärte Wes.

Bran stellte die leere Flasche ab, wischte sich die Hände an einem Lappen ab und kam um die Theke herum. Er setzte sich neben Wes. »Alles okay?«

Wes schüttelte den Kopf und atmete tief ein. Er hatte Kaylee geglaubt, als sie sagte, sie könne nicht schwanger werden – hatte sich deswegen Vorwürfe gemacht, sich verantwortlich dafür gefühlt. Und jetzt, wo endlich alles zum Greifen nah war, ließ sie diese Bombe platzen? »Kaylee hat mir gerade eröffnet, dass sie schwanger ist.«

Brans Augen weiteten sich. Er fuhr sich mit der Hand durch das helle Haar und wirkte ebenso geschockt wie Wes.

Das war es nicht, was Wes jetzt brauchte. Verdammt, er brauchte einen Bruder, der klar und rational denken konnte. Denn er glaubte, er würde jeden Moment den Verstand verlieren.

Bran war der Nachdenkliche – der einzige seiner Brüder, der nicht handelte, ohne erst alle möglichen Konsequenzen zu bedenken. Er hätte keinen ungeschützten Sex mit einer Frau auf dem Golfplatz gehabt. Scheiße, Bran war eh so ein Mönch, er hätte überhaupt keinen Sex mit einer Frau auf dem Golfplatz gehabt.

»Du bist nicht der erste Mensch, der plötzlich mit einer ungeplanten Schwangerschaft konfrontiert wird«, sagte Bran schließlich. »Ich nehme doch an, dass sie ungeplant war?«

Der einzige Mensch, dem Wes etwas von Kaylees Fehlgeburt erzählt hatte, war Bran. »Nicht geplant.«

»Wenn ich die Zeit zurückdrehen könnte, wüsste ich, was ich tun würde, wenn mir das Mädchen, mit dem ich auf der Highschool zusammen war, eine Wahl ließe. Die Frage ist, was willst du jetzt tun?«

Wes blickte seinen Bruder scharf an. »Ich will mein Kind. Und ich will Kaylee unterstützen, keine Frage. Aber das ist ja noch nicht alles.« Er rieb sich über die Stirn. »Ich habe gerade Bescheid bekommen, dass ich einen Platz für den Rest der Tour habe, also für den Rest des Jahres. Der Traum, den ich die meiste Zeit meines Lebens mit mir herumgetragen habe, wird wahr. Aber wenn ich diese Chance ergreife, bin ich die meiste Zeit unterwegs.«

Bran schüttelte den Kopf. »Dein Timing könnte aber auch echt besser sein.«

Wes lachte humorlos auf. »Das kannst du laut sagen. Das Problem ist, dass ich alles will. Kaylee, das Baby – es macht mir inzwischen sogar richtig Spaß, den Golfplatz zu managen. Es ist toll, Kinder zu unterrichten und zukünftige Star-Golfer zu trainieren.«

»Aber deinen Traum aufgeben, Mann ... das ist hart.«

Wes funkelte ihn böse an. »Ist das alles, was du dazu zu sagen hast? Warst du nicht mal Barkeeper und hast dir die Probleme aller Gäste angehört, hast ihnen weise Ratschläge gegeben?«

»Das war früher.« Bran stand auf und ging wieder hinter die Theke, nahm ein sauberes Glas aus dem Regal. »Heute manage ich vier Restaurants und würde mir lieber ein Ohr abschneiden, als mir die Probleme eines weiteren Menschen anzuhören – Brüder mal ausgenommen. Ich muss mir schon genug Blödsinn von all den Angestellten anhören, die ihre Probleme mit auf die Arbeit bringen.« Er goss eine bernsteinfarbene Flüssigkeit in das Glas und schob es über die Theke. »Flüssiger Mut, Bruder. Das ist alles, was ich zu bieten habe. Und ich will dir ja nicht noch ein Päckchen aufladen, aber du hast noch ein weiteres Problem. Levi ist immer noch sauer, weil du die ganze Zeit weg bist. Wenn du dich für die Tour entscheidest, wirst du jemanden finden müssen, der den Golfplatz für dich leitet. Und das ist nicht wirklich das, was Dad gewollt hätte. Nicht, dass ich dich daran erinnern müsste.«

Keiner von ihnen, mit Ausnahme von Adam vielleicht, hatte ihrem Vater wirklich nahegestanden. Aber seit der gestorben war, hatten alle Brüder die Verantwortung für das Resort sehr ernst genommen, so wie es sich ihr Vater erträumt hatte. Es war wie eine Art Tribut an den alten Herrn.

Wes kippte den Shot hinunter und schob das Glas wieder zu Bran zurück. »Glaub mir, das habe ich nicht vergessen.«

Bran musterte ihn, während er das Glas zum zweiten Mal füllte. »Kaylee ist ein gutes Mädchen. Du bist anders, wenn du mit ihr zusammen bist. Weniger angespannt. Macht sie dich glücklich?«

Wes nickte, aber er war nicht wirklich bereit dazu, seinem Bruder seine Gefühle für Kaylee zu erläutern, wenn er sie noch nicht einmal ihr selbst gestanden hatte. Er wollte ihr nicht wehtun, aber diese Schwangerschaft? Sie hätte ihm aus dem Nichts eine Ohrfeige verpassen können, und er wäre nicht weniger bestürzt gewesen.

Wes kippte den zweiten Shot hinunter. »Davon hast du hoffentlich noch mehr. Die werde ich brauchen, während ich das auseinanderklamüsere.«

———

Kaylee war nicht sauer, als Wes sie, direkt nachdem sie ihm von dem Baby erzählt hatte, alleinließ. Schließlich hatte sie selbst auch die letzten zwei Tage gebraucht, um sich halbwegs an den Gedanken zu gewöhnen, und sie war immer noch teilweise in Schockstarre. Aber jetzt war es draußen bereits dunkel, und Wes war noch nicht wieder da. Angerufen oder eine Nachricht geschickt hatte er auch nicht.

Eine stechende Hitze breitete sich in ihrem Brustkorb

aus. Sie hatte es satt, immer die Bedürfnisse anderer über ihre eigenen zu stellen.

Kaylee hatte sich im College immer wie ein Anhängsel gefühlt, während Wes dem Ruhm nachgelaufen war. Selbst wenn sie geglaubt hatte, dass er sie liebte, war es nicht genug gewesen. Sie wollte Vorrang haben. Und als es ihr am schlechtesten ging, war sie Eddy begegnet, und er hatte sie an die erste Stelle gesetzt. Eine Weile lang. Bis sich auch das als Lüge herausgestellt hatte. Eddy liebte nur sich selbst. Und was hatte sie getan? Sie hatte sich wieder auf Wes eingelassen und war nun schwanger, obwohl sie nie gedacht hätte, dass das überhaupt möglich war.

Kaylee war nicht bloß wütend auf Wes, weil er weggerannt war und sich nicht wieder gemeldet hatte. Sie war einfach stocksauer.

Sie hatte ihm gesagt, dass sie mit seinem Baby schwanger war, und er war abgezischt, um sich mit seinen Brüdern zusammen zu hocken? Dieses Arschloch!

Er machte es schon wieder. Seine Bedürfnisse über ihre stellen. Das hatte sich mit der Golftour bereits langsam so abgezeichnet, aber sie konnte ihm kaum vorwerfen, dass er die Chance ergriff und endlich seine Träume wahrmachte. Nur war sie jetzt eben schwanger und brauchte ihn auch. Brauchte ihn zumindest zum Reden und dazu, sich nicht erneut so mutterseelenallein zu fühlen wie damals vor vier Jahren.

Würde sie es denn nie lernen? Sie war allein.

Wes hatte sich nicht geändert. Und sie konnte es ihm nicht einmal vorwerfen. Sie war doch auch wieder in alte Verhaltensmuster gefallen, hatte nichts dazu gesagt, dass er die ganze Zeit unterwegs war, und ihm erlaubt aufzu-

tauchen, wann immer es ihm passte. Sie hatte sich eingeredet, dass sie keine Beziehung hatten, um dieses
Resultat zu verhindern. Aber sie hatten eine. Kaylee ging
nicht mit anderen Männern aus und Wes auch nicht mit
anderen Frauen.

Nur eine Sache verstand sie nicht: Wieso hatte er sich
dazu entschieden, wieder etwas mit ihr anzufangen? Egal
wie oft sie ihm gesagt hatte, dass sie nichts Festes wollte,
er hatte nur genickt und sich weiter um sie bemüht, sie in
eine Beziehung gelockt. Aber er hatte nie gesagt, dass er
sie liebte. Nie über eine gemeinsame Zukunft gesprochen, abgesehen von der Bitte, sie solle ihm während der
Tour quer durchs Land folgen. Und jetzt hatte sie ihm
eine Zukunft aufgezwungen, und er war davongelaufen.

Kaylee ließ sich auf die Couch sinken und den Kopf
in die Handflächen fallen. »Scheiße.«

Sie war doch noch nicht einmal sicher, ob sie diese
Schwangerschaft bis zum Ende aufrechterhalten konnte.
Sie hatte das erste Baby ungefähr zu diesem Zeitpunkt
verloren – und das hatte alles kaputtgemacht.

Kaylee stand wieder auf und stürmte in die Küche,
wo sie das Geschirr klirrend in die Spülmaschine packte.
Dieser Arsch! Und was zur Hölle hatte der Kerl eigentlich
für ein Spitzensportler-Sperma? Wie konnte er sie
schwängern, wenn sie zum ersten Mal seit vier Jahren
Sex hatten? Sie wusste nicht mit Sicherheit, dass es auf
dem Golfplatz passiert war, aber es musste in jener Nacht
oder kurz danach gewesen sein, wenn man bedachte, wie
weit sie schon war. Sie stieß die Tür der Spülmaschine zu
und verschränkte die Arme vor der Brust – und in diesem
Moment kam Wes zur Tür herein.

Er stieß mit der breiten Schulter gegen den Türrahmen. Als er versuchte, die Tür zu schließen, verlor er beinahe das Gleichgewicht. Sie spähte aus dem Fenster und sah ein Taxi wegfahren.

Kaylee kniff die Augen zusammen. Selbst völlig betrunken sah Wes noch gut aus. Sogar noch besser, weil er alle Vorsicht vergessen hatte, zerzaust und lässig und jungenhaft wirkte. »Ich erzähle dir, dass ich schwanger bin, und du verlässt mich, um dich zu besaufen?«

Er ließ seine Brieftasche auf den Wohnzimmertisch fallen, durchquerte das Zimmer und ließ sich auf die Couch sinken, lehnte sich zurück und legte den Arm über den Kopf. »Jetzt nicht. Können wir morgen reden?«

Sie stampfte auf ihn zu und starrte wütend auf ihn hinunter. »Willst du dieses Baby überhaupt?«

Er zog den Arm ein Stück herunter und spähte mit einem stahlblauen Auge dahinter hervor. »Du wirst unserem Baby nichts antun.«

Sie warf die Arme in die Luft. »Natürlich nicht. Herrgott, Wes. Das ist vielleicht das Beste, was mir je passiert ist. Und ich dachte, du würdest es zumindest auch ein bisschen positiv sehen.«

Er legte den Arm wieder über die Augen. »Tue ich doch.«

»Ja, klar«, fauchte sie. »Sieht ganz danach aus.«

Sie schloss die Haustür ab und drehte sich wieder zu ihm um. Er schnarchte leise, der Saftsack!

»Wes!« Sie ging hinüber und stieß sein Bein mit ihrem nackten Fuß an.

Er zuckte und schien zu versuchen, sich aufrecht hinzusetzen, hampelte aber nur unkoordiniert auf der Couch herum. »Was ist los?«, lallte er.

Alles. Einfach alles.

Sie ging auf die Treppe zu. »Versuch ja nicht, heute Nacht in mein Bett zu kommen. Dein besoffener Hintern landet sofort wieder auf dem Fußboden.« Na also. Jetzt hatte sie es ihm aber gegeben.

Hatte sie nicht. Wes war abgehauen und hatte sich betrunken, und das nicht, um zu feiern. Eher, um sich davon abzulenken, dass er nicht wusste, was er mit seiner Gelegenheitssexpartnerin anstellen sollte, die auf einmal schwanger war.

Die Tränen brannten in ihren Augen, als sie die Treppe erklomm. Sie war ohne ihn besser dran. Ein stechender Schmerz machte sich in ihrer Brust breit, und sie rieb darüber. Wes war weder gut für sie noch für ihr Baby. Und dieses Baby würde sie um keinen Preis verlieren.

Kaylee blieb am oberen Treppenabsatz stehen und legte die Arme schützend um ihren Bauch. »Diesmal kommen du und ich an erster Stelle.«

KAPITEL 30

Schon am folgenden Tag fuhr Wes wieder ab. Er hätte erst zwei Tage später für sein nächstes Turnier anreisen müssen, aber diese zwei Tage brauchte er für sich. Er musste sich über seinen nächsten Schritt klarwerden. Denn Kaylee hatte soeben sein Leben auf den Kopf gestellt.

Er hatte geglaubt, dass ausnahmsweise einmal alles perfekt lief. Kaylee war wieder Teil seines Lebens, und im Golf hatte er gerade den großen Wurf gemacht. Na gut, er befand sich am unteren Ende der Skala für den großen Wurf, denn er gewann ja schließlich nicht jedes Turnier, aber trotzdem, es lief verdammt gut.

Mit zitternden Händen ließ er ein paar Schmerztabletten in seine Handfläche fallen und schluckte sie, trank ein Glas Wasser hinterher. Sein verdammter Schädel fühlte sich an, als wäre er damit auf dem Gehweg aufgeschlagen. Was zum Teufel war gestern Abend in diesem Whiskey gewesen?

Andererseits hatte er nach dem fünften Shot nicht

mehr mitgezählt, wie viel er getrunken hatte. Das war wahrscheinlich sein vorrangiges Problem.

Im Training hatte er heute unterirdisch schlecht gespielt und schob das auf den Alkohol, den er noch immer im Blut hatte. Aber im Grunde könnte er eine ganze Menge Gründe aufzählen – und eine schöne Brünette stand ganz oben auf der Liste.

Es lief *nicht* perfekt. Nur weil er den Rest der Tour spielen durfte, hieß das noch lange nicht, dass sein Leben nur noch rosarot mit Glitzer wäre. Im Hinterkopf hatte er schon die ganze Zeit darüber gebrütet, wie er Kaylee bei der Stange halten sollte, wenn er die ganze Zeit auf Reisen war. Das war nicht gerade die Art von Leben, mit dem die meisten Frauen glücklich wären, und wegen seiner sportlichen Ambitionen hatte er Kaylee ja vor Jahren schon einmal durch die Hölle gehen lassen. Und jetzt war da ein Baby, das er in Betracht ziehen musste.

Herrgott.

Das Turnier verlief ähnlich mies wie seine Trainingsrunde. Er hatte scheiße gespielt und kam nicht unter die ersten zehn, gewann also auch kein Preisgeld. Aber damit konnte er leben, denn er war nicht wirklich bei der Sache gewesen. Und wenn es um Golf ging, war man angeschmiert, wenn man sich nicht völlig auf das Spiel konzentrierte.

Wes flog nach Lake Tahoe zurück, und als er in Kaylees Einfahrt einbog, war er nicht nur kein Stück weiser als bei seiner Abfahrt, er war auch völlig abgespannt. Er schulterte seine Reisetasche und ging langsam die Stufen zum Häuschen ihrer Eltern hoch. Er drehte den Türknauf, aber die Haustür war abgeschlossen.

Seufzend bückte er sich, um den Ersatzschlüssel aus dem Versteck zu holen, aber auch der war nicht da.

Was zum Henker? Er klopfte an die Haustür. »Kaylee, mach auf.«

Er lehnte den Kopf gegen die Tür, ruhte seine müden Knochen aus und lauschte auf Geräusche von drinnen. Sie musste da sein; ihr Wagen stand in der Einfahrt.

Endlich erklangen auf der anderen Seite Schritte, und er trat erleichtert zurück. Er war zu Hause und konnte sein Mädchen sehen.

Zuhause. Kaylee war seine Heimat.

Sie öffnete die Tür, aber sie lächelte nicht wie sonst, wenn er von einem Turnier zurückkam.

Angst machte sich in seinem Brustkorb breit. Instinktiv huschte sein Blick zu ihrem Bauch hinunter, auch wenn ihm das natürlich keinerlei Hinweise darauf gab, ob er sich Sorgen machen musste. »Geht es dem Baby gut?«

Sie lehnte sich mit der Schulter in den Türrahmen. Das war merkwürdig. Sie hatte bisher nicht Platz gemacht, um ihn hereinzulassen, und er wollte sie doch einfach nur in den Armen halten, vielleicht mit ihr auf die Couch sinken und seine Hand auf ihren Bauch legen. Nanu, das wäre ihm vorher nie eingefallen, aber jetzt klang es richtig nett.

»Es ist keine gute Idee, wenn du hereinkommst«, stellte sie fest.

Eine Sekunde lang war sein Kopf wie leergefegt. Wieso sollte er denn nicht hineingehen? Sie würden ein Baby bekommen. Bisher war es ihm nicht gelungen, sie dazu zu bringen, sich mit Worten zu einer festen Beziehung zu bekennen, aber was ihn anging, mochte das zwar unausgesprochen sein, war aber dennoch klar. Er hatte nichts mit anderen Frauen, und sie ebenso wenig mit anderen Männern.

Oder etwa doch?

Eifersucht flammte in ihm auf, und sein Gesicht rötete sich. »Warum nicht?« Die Frage klang harscher als beabsichtigt.

Kaylee schluckte und stellte sich gerade hin. »Wenn ich dieses Baby nicht verliere ...« Ihre Stimme war kratzig, und sie blinzelte ein paar Mal. »Ich werde dir nie verbieten, es zu besuchen. Ich will, dass du ein Teil seines Lebens bist.«

Was redete sie denn da? Es hörte sich fast an, als wolle sie mit ihm Schluss machen.

Das würde er nicht zulassen.

Nicht noch einmal.

»Kaylee, ich werde Teil seines Lebens sein. Ich werde Vater und ich werde für das Baby da sein. Was auch immer du brauchst.«

Sie atmete tief ein und erlaubte sich ein winziges Lächeln, aber das reichte nicht aus. Traurigkeit lauerte in ihrem Blick. »Das ist schön zu hören.«

Hatte sie es bezweifelt? »Lass mich rein, damit wir darüber reden können.«

Sie schüttelte den Kopf. »Es ist besser so. Was wir miteinander hatten«, sie wedelte zwischen ihnen herum, »war doch nie dazu bestimmt, von Dauer zu sein. Du bedeutest mir so viel, Wes, aber es ist an der Zeit, der Sache ein Ende zu machen, sonst wird es doch nur schlimmer.«

Er spürte, wie sich seine Kiefermuskeln anspannten. Für den Bruchteil einer Sekunde war ihm der Gedanke gekommen, dass sie mit ihm abgeschlossen hatte, während er fort war, vielleicht mit einem anderen ins Bett gestiegen war, aber das war nur eine Kurzschlussreaktion. Kaylee war nicht so eine. Nur spielte das gar keine Rolle, wenn sie ihn dennoch abwies.

»Nein«, erwiderte er schließlich.

Sie verschränkte die Arme. »Du hast keine Wahl, ich habe dir gesagt, dass ich nichts Festes wollte. Daran hat sich nichts geändert ...«

»Alles hat sich geändert.«

»Und ich will nicht, dass wir beide in einer Beziehung miteinander gefangen sind, nur weil ich schwanger geworden bin. Das ist für uns beide nicht das Richtige. Und für das Baby ist es erst recht nicht das Richtige. Er oder sie verdient Eltern, die einander lieben.«

Es lag ihm auf der Zunge zu sagen, dass er sie liebte. Dass er in den letzten paar Jahren so kaputt gewesen war, weil er sie verflucht nochmal so sehr liebte, dass der Verlust ihm den Verstand vernebelt hatte. Aber er sagte es nicht.

Es bestand kein Zweifel, dass sie verrückt nacheinander waren. Wenn sie zusammen waren, stand praktisch das Bett in Flammen, aber er wusste doch nicht, ob sie ihn liebte. Und sein Stolz wählte ausgerechnet diesen Moment aus, um sich in den Vordergrund zu drängen. Sein Stolz hielt ihn davon ab, sich ihr zu offenbaren.

»Wes, wir sind wieder genau da, wo wir schon einmal waren. Golf ist die Nummer eins für dich und ich ... Gott, was bin ich denn für dich? Nummer drei? Vier? Was wäre dieses Baby für dich?«

»Das habe ich dir bereits gesagt. Du bist alles für

mich.« Deutlicher würde er ihr nicht sagen, was er wirklich empfand.

»Aber das stimmt nicht, siehst du das denn nicht? Ich werde niemals alles für dich sein. Ich will dir auch gar nicht diese Chance wegnehmen, diese Tour. Du hast so tolle Ergebnisse erzielt, und du bedeutest mir so viel, dass ich mir wünsche, dass du diese Chance ergreifst. Ich verspreche dir, dass ich dir dein Kind niemals vorenthalten werde, wenn du ein Teil seines Lebens sein willst.«

»Ihres Lebens.«

»Ihres?«

»Wir bekommen ein Mädchen.«

Sie blickte ihn verwirrt an. »Das weißt du doch gar nicht.«

Er zuckte die Achseln. »Das ist so eine Ahnung. Egal, denn ich will auf jeden Fall Anteil am Leben unserer Tochter haben. Und auch an deinem.« Er lehnte sich vor, bis ihre Gesichter nur noch Zentimeter voneinander entfernt waren. »Du bist mein, Kaylee.«

———

Kaylee konnte sich nicht vorstellen, irgendjemanden so zu lieben wie Wes, daher hatte er in gewisser Weise wohl recht. Sie war sein. Und wenn alles gutging, würde sie sein Kind bekommen. Aber sie hatte endlich gelernt, ihre eigenen Bedürfnisse vorneanzustellen, sie nicht einfach beiseite zu schieben, damit Wes sich all den Dingen widmen konnte, die er sich vom Leben erträumte. Die Tour war sein Traum, nicht ihrer. Und wenn sie es zuließe, würde er alles niederwalzen, was ihr wichtig war – Freunde, Familie und einen Job, bei dem sie das Gefühl hatte, etwas zu bewirken. Club Tahoe hatte ihr zurückgegeben, was sie verloren hatte. Das würde sie nicht wegwerfen, weil es ihm so beliebte.

Und das war auch genau der Punkt, an dem ihr klar geworden war, dass die Sache mit ihnen beiden nie funktionieren würde. Wes und sie bewegten sich nicht in die gleiche Richtung, und er erwartete von ihr, dass sie die Kompromisse machte.

»Kaylee, ich bin so verdammt müde. Es tut mir leid, dass ich mich besoffen habe, nachdem du mir eröffnet hast, dass du ein Baby bekommst, aber bitte triff keine Entscheidung, bevor wir nicht die Chance hatten, wirklich über alles zu reden. Und du brauchst nicht zu denken, ich hätte nicht bemerkt, dass du das Schlüsselversteck woandershin verlegt hast. Der blöde Stein hat mehr als ein Jahrzehnt dort gelegen.« Sein Tonfall verdüsterte sich. »Ich werde jetzt gehen, wenn es das wirklich ist, was du willst. Für den Moment. Aber ich werde wiederkommen.«

Er drehte sich um und marschierte zu seinem Wagen zurück, bevor sie ihm sagen konnte, dass auch das keinen Zweck hätte. Ein Teil von ihr wollte Wes so unbedingt in ihrem Leben haben ... Aber das war der Teil, den sie ignorieren musste. Denn dieser Weg führte nur zu noch mehr Leid.

Sie blinzelte die Tränen weg. Ihre Kehle war ausgetrocknet von dem vielen Weinen, dass sie in den letzten Tagen hinter sich gebracht hatte. Er glaubte, dass es noch etwas zu bereden gab, aber es war zwecklos. Sie hatte sich entschieden.

Die Sache zu beenden, war das Richtige. Es musste sein. Jetzt musste sie nur noch versuchen, damit zu leben.

KAPITEL 31

Kaylee wollte ihn nicht sehen, und das trieb Wes in den Wahnsinn. Er war schon mehrfach bei ihr aufgetaucht, um mit ihr zu reden, aber sie hatte jedes Mal dasselbe gesagt – dass es aus war zwischen ihnen, aber dass sie ihm das Kind nicht vorenthalten würde. Nicht, dass er jemals gedacht hätte, dass sie so etwas tun würde. So war Kaylee nicht. Sie war liebevoll und hatte immer das Beste für alle Kinder gewollt, die sie kannte.

Verdammt, sie hatte auch das Beste für ihn gewollt, und er war ein Arsch gewesen. Er war nicht ganz sicher, wie er das diesmal wieder hinbekommen hatte, aber es war wohl nicht zu leugnen, dass er ein Arsch gewesen war.

Was die ganze Situation so verdammt frustrierend machte. Denn mit ihr zusammen zu sein, war doch das Beste und das Richtige für ihn.

Levi, Emily und Bran saßen ihm in der Fireside Lounge gegenüber und spießten ihn regelrecht mit ihren Blicken auf.

»Du hast es verkackt«, stellte Levi fest.

Emily schüttelte langsam den Kopf. »Wenn sie geht, Wes, ich schwöre ... Du willst gar nicht wissen, wie sehr ich dir das Leben zur Hölle machen werde.«

Levi sah nachdrücklich zu Emily hinüber, dann blickte er wieder Wes an, als wolle er sagen: Siehst du, was ich gemeint habe?

»Alter«, mischte sich Bran ein, »bring' das wieder in Ordnung. Was auch immer du getan hast, bring' es wieder in Ordnung. Lass dir von mir gesagt sein, dass du diese Chance nicht vertun darfst.«

Brans Worte hatten Gewicht, was Levi entgangen sein mochte, nicht aber Emily. Ihr Blick wanderte zu ihm hinüber. »Was meinst du damit, lass es dir von mir gesagt sein?«

Bran zog den Kopf ein und trank sein Bier. »Gar nichts.«

»Ich will sie nicht verlieren«, beteuerte Wes und half damit gleichzeitig seinem Bruder aus der Bredouille. Bran wollte ganz offensichtlich nicht, dass die anderen wussten, dass er in der Highschool ein Mädchen geschwängert hatte. Aus irgendeinem Grund schien Wes der einzige zu sein, dem er sich anvertraute. »Ich versuche, es wiedergutzumachen, aber sie ist so verflixt stur. Sie sagt, das mit uns würde nie funktionieren. Dass es genau das Gleiche ist wie früher. Aber das stimmt nicht. Früher war ich ein Esel und habe nur an mich gedacht, war so auf meine Ziele fixiert, dass ich gar nicht mitbekommen habe, was um mich herum geschah.«

Levi hob eine Braue. »Bist du sicher, dass du es nicht wieder genauso machst?«

Tat er das? Die Tour war nicht das Wichtigste in seinem Leben, aber sein Verhalten ließ es verdammt nochmal so aussehen. Und er hatte auch nicht richtig reagiert, als sie ihm gesagt hatte, dass sie schwanger war. Aber zu seiner Verteidigung, welcher Mann hätte unter den gegebenen Umständen denn gut reagiert?

Aber Levi war möglicherweise auf der richtigen Spur. Wes hatte seine Karten nicht wirklich offengelegt, obwohl sie mindestens genauso viel zu verlieren hatte wie er. Wenn er eine Chance auf ein Leben mit ihr wollte, dann würde er sich weit mehr öffnen müssen.

Wes hatte Kaylee nicht klar genug gesagt, was er für sie fühlte. Dass er mit ihr zusammen sein wollte. Dass er sie liebte ... Gott, er konnte sich doch vorstellen, für immer mit ihr zusammen zu bleiben. Das war zwar verdammt beängstigend, wenn er darüber nachdachte, aber längst nicht so beängstigend wie der Gedanke, sie erneut zu verlieren. Er wusste nicht, dass man seine Seelenverwandte mit 20 Jahren finden konnte, aber das war ihm passiert.

Jetzt musste er sie nur noch davon überzeugen.

KAPITEL 32

In den vergangenen Wochen war Kaylee aufgefallen, dass Wes sich so oft wie möglich in ihrer Nähe aufhielt. Er reiste nach wie vor zu den Turnieren, aber die Zeiten dazwischen, in denen er in Lake Tahoe war, wurden immer länger. Er schien seine Trips jetzt bis zum letzten Augenblick hinauszuzögern, sodass er wahrscheinlich immer gerade noch rechtzeitig zum Spielen dort auftauchte.

Nicht, dass das irgendetwas ändern würde. Sie hatte ihn hinter sich gelassen.

Na gut, das war natürlich nicht wirklich wahr. Sie vermisste ihn. Aber sie musste auch an ihr Baby denken. Kaylee war jetzt in der 15. Woche und hatte das erste Trimester hinter sich gebracht. Sie würde sich nicht lockermachen, bis das Baby gesund geboren worden war, aber es war schon eine große Erleichterung, dass der Zeitpunkt verstrichen war, zu dem sie beim ersten Mal das Kind verloren hatte.

Sie hatte ihren Eltern von dem Baby erzählt, und ihre Mutter war entzückt. Die Frau konnte es gar nicht erwarten, Großmutter zu werden. Ihr Vater dagegen war stocksauer und wollte Wes am liebsten etwas antun. Kaylee war unverheiratet, und ihr Vater gab Wes immer noch die Schuld für das *letzte* Mal, als er sie geschwängert hatte. Gegen seine Logik hatte sie kaum etwas einzuwenden. Es war nur natürlich, dass ihr Dad ihrem Exfreund und Vater ihres ungeborenen Babys nicht verziehen hatte.

Nachdem sich der erste Schock gelegt hatte, war Kaylee überglücklich, denn sie hatte ja geglaubt, sie könne niemals ein Baby haben. Wes war immer in der Nähe, also fühlte sie sich gar nicht so allein mit allem. Er saß auch jetzt neben ihr im Wartezimmer, denn sie hatte einen Termin bei der Gynäkologin. Er hatte darauf bestanden mitzugehen, und sie sah keinen Grund, wieso sie ihm das verwehren sollte.

Er blickte auf seine Armbanduhr. »Wir sind schon drüber.«

Kaylee ließ eine Hand auf ihr Bäuchlein sinken. Inzwischen sah man schon ein bisschen. Auf Wiedersehen, gutsitzende Hosen. Im Augenblick reichte es noch, ein Gummiband durch das Knopfloch zu fädeln und um den Knopf zu schlingen, um in ihre regulären Hosen zu passen, aber bald würde sie sich einige Schwangerschaftshosen kaufen müssen. »Ja«, bestätigte sie gelassen, während sie die Seite ihrer Modezeitschrift umblätterte.

Zehn Minuten später sah er wieder auf die Uhr. »Wieso rufen die uns denn nicht endlich rein?«

Sie wandte sich ihm zu, und er zuckte zusammen. Wieso der Todesblick? »Willst du hier sein oder nicht?«

»Ja, ich will hier sein«, sagte er. »Aber es ist unhöflich, dass die uns warten lassen. Oder etwa nicht?«

»Babys kommen ja auch nicht genau dann, wenn man

es ihnen befiehlt. Und meine Ärztin hat viel zu tun. Man muss oft lange warten.«

Wes starrte sie an. Sie sah ihm an, dass er überlegte, ob er sie weiter nerven konnte. Er kratzte sich am Kinn. »Solange du mit der Ärztin zufrieden bist.« *Kluger Mann.*

Sie lächelte und lehnte sich wieder auf ihrem Stuhl zurück. »Bin ich.«

———

ALS DIE SCHWESTER endlich Kaylees Namen aufrief, hatte Wes den Kopf in den Nacken gelegt und wachte aus einem kurzen Nickerchen auf. Die Ärztin war 45 Minuten zu spät dran, aber Kaylee schien das nicht zu stören, also würde er sich auch nicht daran stören. Ihm war in diesen 45 Minuten klargeworden, dass er glücklich war, wenn Kaylee glücklich war. Also hatte er solange gedöst.

Aber nun war er hellwach. Aufgrund von Kaylees Vorgeschichte hatten sie ihr eine weitere Ultraschall-Untersuchung angeboten, damit sie beruhigt sein konnte, dass mit dem Baby alles in Ordnung war. Wes würde also zum ersten Mal sein Kind zu Gesicht bekommen, und er war gespannt wie ein Flitzebogen.

Sein Kind. Sein und Kaylees Kind. Er war aufgeregt und hatte die Hosen voll. Was. Wenn doch etwas nicht stimmte mit seinem Baby? Was, wenn Kaylee Schmerzen leiden musste wie damals wegen ihrer Fehlgeburt?

Was waren denn das für Gedanken? Natürlich standen ihr Schmerzen bevor; eine Geburt war die Hölle. Weswegen seine nervöse Unruhe auch bereits zum Dauerzustand geworden war.

Sie durchquerten das Vorzimmer und setzten sich in

ein Sprechzimmer, wo sie noch einmal 15 Minuten warten mussten – aber wer zählte schon mit –, bis die Ärztin hereinkam.

»Wie geht es Ihnen beiden denn heute?« fragte sie, als sie die Tür hinter sich schloss. Wes stellte sich vor, und sie schüttelte seine Hand.

»Ich fühle mich besser«, erklärte Kaylee, nachdem sie mit der Begrüßung durch waren. »Mir ist morgens nicht mehr schlecht.«

»Das ist der typische Zeitpunkt, um den das Unwohlsein aufhört. Nehmen Sie Ihre Vitamine?«

Kaylee zählte die Nahrungsergänzungen auf, die sie einnahm, und die Ärztin schien zufrieden.

»Fangen wir doch mit Abmessen an und machen dann den Ultraschall.«

Kaylee legte sich auf die Untersuchungsliege, und die Ärztin holte ein Maßband hervor. Sie maß die Strecke von Kaylees Backenknochen bis zu einem Punkt über ihrem Bauchnabel. »Ihre Gebärmutter hat die passende Größe für 14 Wochen. Dann wollen wir uns doch das Baby mal anschauen, ja?«

Sie ließ ein klares, klebriges Zeug auf Kaylees Bauch triefen und zog dann einen Stab aus der Maschine vor sich. Die Bilder, die auf dem Bildschirm erschienen, waren nur verschwommene Formen, die Wes nicht erkennen konnte. Er begann zu schwitzen, und Panik durchflutete ihn. Stimmte etwas nicht mit dem Baby?

Und dann drückte die Ärztin einen Knopf, und das Geräusch eines sehr schnellen Herzschlags erfüllte den Raum.

Kaylees Augen glänzten, und sie griff nach seiner Hand. Es war das erste Mal seit Wochen, dass sie zuließ, dass er sie anfasste, und er nahm den Moment nicht als selbstverständlich. »Das ist unser Baby.«

Wes atmete schön langsam ein und aus. Er würde jetzt nicht in diesem Untersuchungsraum weinend zusammenbrechen, nur weil er den Herzschlag seines Kindes hörte. Er konnte an einer Hand abzählen, wie oft er sich seit seiner Kindheit den Tränen nahe gefühlt hatte, und das war fast alles gewesen, seit Kaylee wieder in der Stadt war. Er war eine Heulsuse geworden, aber auch das konnte er verkraften, wenn es bedeutete, dass er mit ihr zusammen war. »Ist das wirklich der Herzschlag unserer Tochter und nicht Kaylees?«

Die Ärztin lächelte. »Der Herzschlag im Mutterleib ist viel schneller als der der Mutter. Das ist Ihr Baby. Wobei ich nicht sicher bin, dass es eine *sie* ist. Könnte ebenso gut ein Junge sein. Es ist noch zu früh, das zu sagen.«

Kaylee wischte sich eine Träne aus dem Augenwinkel und grinste. »Wes ist sicher, dass es ein Mädchen wird.«

Die Ärztin fuhr mit dem Stab über Kaylees Bauch. »Das Baby liegt gerade günstig. Ich könnte mal nachsehen, wobei ich im Grunde auch nur raten kann; verlassen können Sie sich darauf noch nicht. Möchten Sie, dass ich es versuche?«

»Ja«, sagte Wes. Dann wandte er sich an Kaylee. »Wenn das für dich okay ist?«

Sie nickte.

»Nun«, meldete sich die Ärztin wieder zu Wort, nachdem sie den Stab einige Momente lang in kleinen Schritten vorwärts geschoben hatte. »Ich sehe keine Körperteile, die nur kleine Jungs haben. Sieht so aus, als könnte Wes recht haben, aber sicher können wir das erst um die 20. Woche sagen.«

Wes' Brustkorb weitete sich so sehr, dass er glaubte, er müsse gleich platzen. Er würde ein Mädchen bekommen. Es war ihm egal, was die Ärztin sagte; er war sich ganz sicher. Ein kleines Mädchen mit der Frau, die er liebte …

Wes würde das mit Kaylee wieder hinkriegen, was immer er dafür tun musste. Er würde ihr beweisen, dass er für sie und das Kind sorgen und da sein konnte, dass er sie glücklich machen konnte.

KAPITEL 33

Wes hatte den Herzschlag seines Kindes gehört, und danach war er zu seinem nächsten Turnier aufgebrochen. Am liebsten wäre er gar nicht gefahren.

In letzter Zeit klebte Wes mehr und mehr an ihr, was sie verwirrte und auch nervte. Aber verflixt nochmal, er wollte eben verzweifelt ein Teil ihres Lebens sein, und auch des Lebens seines ungeborenen Kindes.

Ihm war jede Ausrede recht, um bei Club Kids vorbeizuschauen, und wenn er in der Stadt war, brachte er Kaylee jeden Tag etwas zum Mittagessen rüber, was sie allerdings gar nicht zu nerven schien. Ihr Appetit war unglaublich angestiegen. Wenn Wes auch nur in die Nähe ihrer Mahlzeit kam, funkelte sie ihn sofort böse an.

Lektion gelernt: Wenn dir deine Gliedmaßen lieb sind, gerate nie zwischen eine schwangere Frau und ihr Essen.

Auf der Hälfte dieses Turniers lud ihn sein Kumpel Tom ein, mit ihm etwas trinken zu gehen. Wes trank nicht so gern während eines Turniers, aber Tom hatte insistiert.

Sie hatten sich gerade erst einen Platz an der Bar

ergattert und jeder ein Bier bestellt, als Tom auch schon anfing, ihm auf den Sack zu gehen.

»Ich brauche heute was fürs Bett.« Er ließ den Blick durch die Bar schweifen und blieb an einer kleinen Blondine in der Ecke hängen. »Da draußen auf dem Platz staut sich bei mir immer die Anspannung an. Machst du heute Abend den Flügelmann für mich?«

Scheiße. Das Letzte, wonach Wes der Sinn stand, war ein Flirt mit einer Frau, damit sein Freund sie dann in die Kiste zerren konnte. Und wieso sollte er da auch mitmachen?

»Nicht heute Abend.« *Oder sonst irgendwann,* dachte er.

Wes würde ein Kind bekommen. Er war nicht mehr in der gleichen Position wie Tom. Und das war eine schockierende Erkenntnis. Der Lebensstil, den sein Kumpel pflegte, interessierte ihn überhaupt nicht, auch wenn er noch vor wenigen Monaten ganz ähnlich unterwegs gewesen war. Aber er war das Ganze schon eine Weile leid gewesen.

Seit Kaylee in der Stadt aufgetaucht war, hatte Wes aufgehört, Frauen aufzureißen. Er hatte viel trainiert und gearbeitet, aber wenn er die Sache genauer betrachtete, war er wie eine Kompassnadel, die sich nur nach Kaylee ausrichtete. Alles andere war Hintergrundmusik geworden. Sie war die einzige Frau, die er wollte, und es ging dabei nicht nur um Sex. Obwohl er definitiv Sex mit ihr haben wollte, sollte sie ihn je wieder in ihr Bett lassen.

Wes liebte Kaylee. Sie war ihm gewachsen, sie war die Frau, für die er alles andere hinwerfen würde. Die Frau, die ihm sagte, dass er sich wie ein Esel verhielt, wenn er sich wie ein Esel verhielt. Und aus irgendeinem Grund war eine Abreibung von Kaylee schlimmer als von jedem anderen.

Er lachte, wenn Sklaventreiberin Emily ihm die Meinung geigte, oder wenn seine Brüder ihm auf den Sack gingen. Aber wenn er Kaylee verärgerte, kam er damit gar nicht klar. Er musste die Dinge so schnell wie möglich in Ordnung bringen, denn das Allerletzte, was er wollte, war dass sie unglücklich war.

»Nicht?«, wiederholte Tom und schüttelte den Kopf. »Wie schnell sie doch vergessen. Ich habe deinen Golfplatz in die Tour reingeholt, und damit hast du den Sponsorenplatz bekommen. Das ist der einzige Grund, wieso du jetzt überhaupt hier sitzt.« Er starrte wieder zu der Blondine und der Gruppe Frauen hinüber, mit denen sie hier war. »Ich denke, du schuldest mir noch was, findest du nicht?«

Wes erwähnte nicht, dass er verdammt gut gespielt hatte, und dass das der Grund war, dass er es über das Tahoe Invitational hinausgeschafft hatte. Er erkannte eine Drohung, wenn sie jemand aussprach. »Wie lange bist du schon so ein Arsch?«

Tom atmete schnaubend aus. »Wie bitte? Über diese Worte würde ich an deiner Stelle nochmal nachdenken. Vergiss mal nicht, dass ich mit den Organisatoren der Tour ganz dicke bin. Ein Wort von mir, und die nehmen dich umgehend aus dem Kader.« Er schnippte mit den Fingern.

War das wirklich der Fall? Wes war sich da nicht so sicher, und ehrlich gesagt war es ihm auch scheißegal.

Er stand vom Barhocker auf und warf einen Schein für sein noch volles Bier auf die Theke. »Ich gehe ins Hotel zurück. Schönen Abend noch.«

Tom erhob sich abrupt. »Das werde ich dir nicht vergessen, nur damit du es weißt«, rief er Wes nach, der auf den Ausgang zusteuerte.

Wes verließ die Bar, in die er von Anfang an gar nicht hatte gehen wollen. Und als er wieder in seinem Hotel war, überlegte er, ob er nicht auch das gesamte Turnier sausenlassen sollte. Was völlig verrückt war. Oder vielleicht auch nicht.

Seine Brüder hatten recht. Es spielte keine Rolle, wie viele Sandwiches er Kaylee brachte, wenn er in der Stadt war. Die meiste Zeit über war er eben doch nicht da. Was bedeutete, dass er die Tour über seine Familie, die er mit Kaylee haben wollte, stellte. So wie sein Vater den Club über Wes und seine Brüder gestellt hatte.

Er hatte jetzt die Chance, ein richtiger Vater zu sein, und was tat er stattdessen? Die Arbeit über die wichtigste Frau in seinem Leben und sein ungeborenes Kind stellen, nur damit er mit dem Rest der Alphatiere im Tourzirkus der Profigolfer-Szene mitspielen konnte.

Könnte er sich dauerhaft für diese Wettkämpfe qualifizieren? Ein Turnier gewinnen? Möglich wäre es. Aber was würde ihm das bringen? Der Erfolg wäre bedeutungslos, wenn er darüber verpasste, seine Tochter großzuziehen. Und wenn er Kaylee nicht hätte.

Wes machte einige Anrufe und packte dann seine Sachen zusammen.

Er wusste, wo er sein wollte. Und das war nicht hier.

———

Als Wes in Lake Tahoe eintraf, war Kaylee nicht zu Hause. Er brachte rasch seine Sachen in sein Chalet und machte sich dann auf den Weg zum Club. Es war schon weit nach Feierabend, und er hatte keinen Schimmer, wo sie sein könnte, aber er hoffte, dass einer seiner Brüder es wusste. Er wollte nur ungern die Überraschung ruinieren und sie anrufen.

Er brauchte nicht lange zu suchen. Und es war keiner seiner Brüder, der ihm weiterhalf.

Wes betrat die Fireside Lounge und sah sich im Raum um. Kaylee saß an der Theke, und Emily stand dahinter, machte einen auf Barkeeper, aber so wie es aussah, nur für Kaylee. Die beiden befanden sich an einem Ende der Bar, während der reguläre Barkeeper sich vom anderen Ende aus um den Rest der Gäste kümmerte.

Wes stieß einen schweren Seufzer aus. Nichts fühlte sich besser an, als zu wissen, wo die schwangere Mutter seines Kindes sich abends um neun aufhielt. Es war noch nicht spät, aber er musste eben einfach wissen, dass es ihr gut ging.

Er wollte zu ihnen gehen, und Emily sah auf. Sie hob unauffällig eine Hand und bedeutete ihm zu bleiben, wo er war.

Kaylee kippte nacheinander mehrere kleine Gläser mit einer orangefarbenen Flüssigkeit hinunter, und Emily sagte ihr ohne Hast etwas ins Ohr. Kaylee nickte, und Emily kam zu Wes herübergeeilt.

Offenbar hatte sie Kaylee nicht gesagt, dass er in der Lounge stand, denn die drehte sich nicht um.

»Was machst du denn hier?«, wollte Emily mit gedämpfter Stimme wissen und sah sich zur Theke um.

»Was ich hier mache? Wieso schenkst du meiner schwangeren Freundin Schnäpse aus?«

»Freundin?« Sie hob fragend eine Braue.

Er seufzte und winkte ab, damit sie weitersprach. Was Wes anging, war Kaylee sehr wohl seine Freundin.

»Das ist Orangensaft, kein Schnaps. Orangensaft hat viel Folsäure, und die ist gut für das Baby.«

Wes schüttelte den Kopf. »Was redest du denn da für einen Unsinn?«

Emily packte ihn am Arm und schleifte ihn aus der Lounge und zurück in die Lobby. »Kaylee darf nichts trinken, aber sie wollte heute Abend nicht allein sein, also improvisieren wir eben. Und warum bist du jetzt hier? Solltest du nicht auf einem Golfplatz irgendwo auf der anderen Seite des Kontinents sein?«

Er wandte den Blick ab. »Ich bin zurückgekommen.«

Sie schaute plötzlich besorgt. »Ist irgendwas passiert?«

»Nicht direkt, nein.«

»Da du so verdammt auskunftsfreudig bist, willst du mir wohl nicht einfach sagen, was mit dir los ist?«

»Richtig.«

»Na schön, aber hierbleiben kannst du jetzt auch nicht.« Sie spähte zum Eingang der Fireside Lodge hinüber und konnte gerade noch sehen, wie Kaylee an der Bar das nächste Shotglas hob.

»Wieso zur Hölle denn nicht?«

»Weil Kaylee traurig ist. Es ist nicht einfach, schwanger und allein zu sein.«

»Sie muss ja auch nicht schwanger und allein sein«, wandte er ein. »Ich habe doch versucht, ihr zu zeigen, dass ich etwas Festes will.«

»Nun, was auch immer du bisher gemacht hast, es hat nicht funktioniert.« Sie drehte sich um und wollte zurück in die Lounge. »Vielleicht solltest du direkter werden«, fügte sie noch über die Schulter hinweg hinzu und ließ ihn stammelnd zurück.

Hatte er das nicht gerade erst getan, indem er die Profi-Tour verlassen hatte, um bei Kaylee zu sein?

Wes vermisste den Club und seine Schüler und Schülerinnen, also ging es bei seiner Entscheidung gegen die Tour nicht nur um sie. Er wollte auch für seine Brüder da sein. In Wahrheit war er schlichtweg glücklicher in Lake Tahoe als unterwegs.

Wenn er zu Hause war, hatte er Kaylee regelrecht verfolgt, wann immer er die Chance dazu gehabt hatte. Er wollte ihr zeigen, dass er für sie da war. Aber bis heute hatte er all seine Ernsthaftigkeitsbekundungen auf seinen Terminplan abgestimmt.

Wes und Kaylee waren erwachsene Menschen, die ein Kind bekamen. Er musste ihr zeigen, dass er es wirklich ernst meinte und dauerhaft für sie da sein wollte.

Kaylee wollte es direkter? Er würde ihr zeigen, was direkt hieß.

KAPITEL 34

In der folgenden Woche arbeitete Wes eine reguläre 40-Stunden-Woche im Golfshop und auf dem Platz, um dafür zu sorgen, dass alles glatt lief. Am Wochenende kam Bella wieder mit ihren Eltern in die Stadt, sodass er auch ein paar Stunden mit ihr unterbringen konnte. Sie wurde immer besser. Er konnte es kaum erwarten zu sehen, wo sie in ein paar Jahren sein würde, wenn sie ein wenig gewachsen war. Aber auch jetzt schon war klar, dass sie echtes Talent besaß, und es machte ihm einen Riesenspaß, ihr dabei zu helfen, sich zu verbessern.

Es machte ihm überhaupt einen Riesenspaß, den Kindern zu helfen und sie zu unterrichten. Das war aufregend. Nicht dieselbe Art von Aufregung, die er bei einem Turnier empfand, aber das hier war vielleicht sogar besser. Es ging nicht nur um ihn – die Befriedigung, die er aus dem Unterrichten gewann, zog weitere Kreise und betraf nicht nur sein eigenes Leben.

Bran trat auf den Verkaufstresen in der Boutique zu und lehnte sich mit den Armen dagegen. »Bist du soweit?«

Wes packte den Arbeitsplan für die kommende Woche weg und schnappte sich seine Schlüssel. »Ja, Hast du die Liste vom Makler?«

Bran klopfte sich auf die Brusttasche seines geknöpften Hemdes. »Die hier sollten alles haben, was du suchst. Du hast es so genau beschrieben, dass der Makler meinte, dass nur einige wenige Häuser in Frage kommen, die all deine Wünsche erfüllen.« Er schüttelte den Kopf. »Warum bloß so viele Details?«

Wes nickte seinem besten Mann zu, dass er jetzt ging, und kam um den Tresen herum. »Taten, Mann. Taten statt Worte.«

»Taten?« Bran sah ihn merkwürdig an. »Hast du bei der Arbeit getrunken?«

»Nein. Und jetzt lass uns gehen, Arschloch. Ich muss ein Haus kaufen.«

———

WES STARRTE die quietschrosa Wände des Kinderzimmers an. »Das sieht aus wie Durchfallmedizin. Diese Farbe geht ja mal gar nicht.«

Bran zuckte die Achseln. »Das andere Haus, das dir gefiel, hatte doch ein Zimmer mit neutraleren Farben für ein Kind.«

»Richtig, aber das hier ist das Haus. Wir werden hier drin eben neu streichen müssen.«

Dass Haus, in dem sie sich befanden, war perfekt, lag am Ende einer Sackgasse in einem netten Viertel, auf einem großen Grundstück, mit einer Garage mit Platz für drei Autos und einem großzügigen Wohnzimmer. Der ideale Ort für sein Kind zum Spielen und alles auf den Kopf stellen.

Wes war in einer Villa groß geworden, und sein Vater hatte gern alles akkurat ordentlich gehalten, um seine Geschäftspartner zu beeindrucken, wenn die in der Stadt waren. Es hatte einen riesigen Garten gegeben, in dem Wes und seine Brüder spielen konnten, aber das Haus selbst war immer tabu gewesen für kleine Schmuddelfinger.

Wes wollte ein Zuhause, in dem sein Kind umherstreifen und sich wohlfühlen konnte. »Ich werde ein Angebot für dieses Haus machen.«

Bran schaute sich um. »Bist du sicher, dass es das ist, was Kaylee will?«

»Nein. Aber es ist doch die Geste, die zählt, richtig?«

»Weiß ich nicht.« Bran schüttelte bedächtig den Kopf. »Suchen sich Frauen nicht gern ihr Heim selbst aus?«

Woher sollte Wes das wissen? Er hatte sich nie darum geschert, was eine Frau dachte. Außer bei Kaylee. Und er hoffte inständig, dass sie das Haus, das er für sie ausgesucht hatte, mögen würde.

Er war wirklich wählerisch gewesen und hatte darauf beharrt, dass das Haus in der Nähe des Clubs sein musste, aber auch weit genug weg, damit sie Privatsphäre und etwas Natur drumherum hatten. Es musste solide gebaut und groß genug für eine Familie sein. Und es musste sich in einem schönen, sicheren Viertel befinden, wo er sich keine Sorgen um sein Kind machen musste. Was bedeutete, dass es ein Vermögen kostete. Aber Wes konnte sich das leisten, besonders jetzt, nachdem er durch die Tour ganz ordentlich etwas eingenommen hatte. Aber das waren nicht die einzigen Gründe, weswegen er genau dieses Haus mochte.

Es besaß eine helle Küche mit einer Essnische und hohen Fenstern, die eine schöne Aussicht auf den Wald dahinter boten. Das hatte Kaylee am Häuschen ihrer Eltern immer gemocht, und er hoffte, dass dieses Haus sie auch so glücklich machen würde. Es gab vier Schlafzimmer, drei Badezimmer und ein Arbeitszimmer. Viel Platz für sie und ihre Tochter. Oder für sie alle drei, wenn Kaylee ihm mehr Platz in ihrem Leben einräumte.

Er hoffte, miteinbezogen zu werden, aber was auch geschehen würde, das Haus sollte ihr gehören, und sie konnte damit tun, was sie wollte. Sie konnte es verkaufen und ein anderes finden, oder für immer darin leben. So oder so, er würde es auf ihren Namen eintragen lassen.

Wes schlug seinem Bruder mit dem Handrücken vor die Brust. »Komm schon, machen wir denen ein Angebot.«

KAPITEL 35

Wes hielt zwei große Pinsel hoch. »Nun? Was denkt ihr?«, wollte er von seinen Brüdern wissen. Jaeg war auch dabei, weil seine Meisterschaft mit Holz gefragt war. Sie drängten sich in das kleine Schlafzimmer des neuen Hauses. Er hatte es gestern gekauft, zwei Wochen, nachdem er sein Angebot in bar auf den Tisch gelegt hatte. Im Grunde war das Zimmer, in dem sie sich befanden, gar nicht so klein, aber mit sechs großen, breitschultrigen Männern darin wirkte es doch bereits voll. »Hellgrün oder Lavendel?«

»Grün«, befand Levi. »Du kannst ja nicht wissen, ob es wirklich ein Mädchen wird. Grün passt für alles.«

»Weiß ich selber, du Schlauberger.« Wes sah Adam an. »Was denkst du?«

Adam legte den Kopf zur Seite und kratzte sich den Nacken. »Beides?«

Wes sah die Pinsel an. »Das ist gar keine schlechte Idee. Sollen wir die eine Farbe bis auf halbe Höhe verwenden, eine Deckleiste einziehen und dann die obere Hälfte in der zweiten Farbe streichen?«

»Du meinst, ob ich eine Deckleiste einziehen will?«, kommentierte Jaeg.

»Glaubst du vielleicht, ich weiß, wie man sowas macht?«

Jaeg streckte seine langen Arme über den Kopf und berührte ganz kurz die 2,45 Meter hohe Decke. »Ich will doch nur wissen, was meine Pflichten hier sind.«

»Körperliche Arbeit«, sagte Bran. »Dafür sind wir gut genug.«

»Oder«, meinte Wes lauter und ignorierte das Geblödel, »wir könnten auch nur eine Akzentwand streichen.«

Adam sah von seinem Handy auf und unterbrach seine Textnachricht an Hayden. Zumindest nahm Wes an, dass es das war, was sein Bruder da tippte. »Seit wann kennst du dich denn mit Akzentwänden aus? Ich wusste gar nicht, dass du dich in Martha Stewart verwandelt hast.«

»Du kannst mich mal, Arschloch.« Wes legte die Pinsel wieder auf das jeweilige Siebgitter. »Ich habe einen ganzen Stapel Designzeitschriften gelesen und mit ein paar Leuten geredet. Gottseidank will ich nur einen Raum umgestalten.« Er wischte sich die Hände an seiner Arbeitsjeans ab. »Jetzt trifft hier der Boss eine Entscheidung, alle mal herhören: Jaeg baut die Deckleiste ein, und wir machen es zweifarbig, mit Grün unten. Dann kann Levi seine männlichen Muskeln spielen lassen und die zarten, mädchenhaften Wandfolien aufkleben.«

Levi biss von seinem Sandwich ab. »Alles klar.«

Jaeg verschwand in der großen Garage und schnitt das Holz für die Deckleisten zu. Wes hatte dort einen Arbeitsplatz eingerichtet und unter anderem einen Kühlschrank mit Bier und Snacks gefüllt. Er selbst baute das

Babybettchen zusammen, während die restlichen Männer das Kinderzimmer strichen.

Wes war nicht sicher, ob das fertige Bett durch alle Türrahmen passen würde, also baute er zunächst nur die Seiten zusammen und wartete auf die anderen. Er würde den Rest dann im Zimmer selbst zusammensetzen, sobald es fertig gestrichen war. Den Rest der Möbel hatte er hier vor Ort gekauft; die waren fertig und mussten nicht zusammengebaut werden.

Emily hatte ihm dabei geholfen, einige Dinge zu besorgen, von denen sie annahm, dass Kaylee sie im Kinderzimmer gut gebrauchen konnte, etwa einen Schaukelstuhl, ein Sitzkissen und einen Windeleimer. Und ungefähr eine Million Kleinigkeiten, bei denen Wes in den meisten Fällen nicht wusste, wofür sie gut waren. Er hatte alles in den Kleiderschrank verfrachtet; Kaylee würde das alles später richtig einräumen können.

Wenn ihr das Haus gefiel.

Gott, er hoffte so sehr, dass es ihr gefiel.

Mit sechs starken Männern – einer davon ein echter Meister seines Fachs – war das Zimmer innerhalb weniger Stunden fertig. Nun war es an der Zeit, Kaylee einen Besuch abzustatten.

In den letzten paar Wochen hatte er nicht mehr ganz so sehr an ihr geklebt, wie er es gern gewollt hätte, aber er hatte ihr nach wie vor jeden Tag etwas zum Mittagessen vorbeigebracht und nach ihr gesehen.

Na gut, er ging sicher sechsmal am Tag bei Club Kids vorbei, aber es zählte ja niemand mit, oder? Die Wochenenden waren die reinste Folter. Da konnte er höchstens ein oder zweimal am Tag nach ihr sehen. Allerdings hatten ihn die Arbeit und das neue Haus auch auf Trab gehalten, weil er dort alles vorbereitet hatte.

Kaylee begann bereits, ihm Fragen zu stellen, die er nicht beantworten konnte. Über die Tour und wieso er die letzten Wochen die ganze Zeit zu Hause gewesen war. Er wollte nicht, dass sie glaubte, er würde seinen Traum für sie aufgeben. Dann würde sie sich nämlich schuldig fühlen und sich Sorgen machen. Also hatte er gewartet, bis er alles ordentlich und in Ruhe erklären konnte. Nun war der Zeitpunkt gekommen.

Wes fuhr nach Hause, wusch sich kurz und machte sich frisch und fuhr dann zum Haus von Kaylees Eltern. Er und seine Brüder hatten heute schon früh losgelegt, sodass es erst sechs am Nachmittag war, als er bei ihr vorfuhr.

Er klopfte an die Haustür und wartete. Und verlagerte nervös das Gewicht. Und wartete. Kaylee hatte fast die Hälfte ihrer Schwangerschaft hinter sich und wurde inzwischen auch etwas langsamer. Oder vielleicht war Wes auch nur ungeduldig. Er war definitiv ungeduldig.

Die Tür wurde geöffnet, und da stand sie. Jogginghose, ein kleiner Pferdeschwanz oben auf dem Kopf, der nur die Hälfte ihrer Haare bändigte, weil der Rest noch zu kurz war, gelbe Handschuhe an den Händen.

»Wes? Stimmt irgendwas nicht? Mit dir habe ich jetzt nicht gerechnet.«

Er betrachtete die riesigen, gelben Gummihandschuhe. »Das sehe ich.«

»Oh.« Sie machte zwei Schritte rückwärts, zog sich die Handschuhe von den Händen und legte sie in der Küche auf die Ablagefläche. »Tut mir leid, ich war dabei, die Böden zu schrubben.«

Wes zog die Brauen zusammen. »Das solltest du aber nicht machen. Ich werde jemanden schicken, um hier zu putzen.«

Sie verdrehte die Augen. »Ich bin schwanger, nicht bettlägerig. Außerdem ist das der Nestbauinstinkt. Ich brauche das. Saubermachen ist richtig erlösend.«

Wes dachte sofort an andere Arten von Erlösung und bemühte sich, solche Fantasien zurückzudrängen. Dafür war jetzt nicht der richtige Zeitpunkt. Hoffentlich, wenn er ein echter Glückspilz war, würde dieser Zeitpunkt wiederkommen. Bis dahin benutzte er seine Erinnerungen an die nackte Kaylee, wenn er sich selbst befriedigte. Es war beinahe wieder wie in der Highschool.

»Ich habe das gesamte Haus geschrubbt, von oben bis unten«, erklärte Kaylee und unterbrach damit seine sexuellen Gedanken. »Jetzt muss ich mich nur noch entscheiden, welches Zimmer das Kinderzimmer wird.«

»Was das angeht ... Ich bin hergekommen, weil ich dir etwas zeigen möchte. Hast du Zeit?«

»Sicher. Wann?«

»Jetzt gleich?«

Sie starrte an sich hinab. »Ich bin nicht sicher, dass ich so rausgehen kann.«

Er blickte auf ihren Bauch, der sich inzwischen deutlich gerundet hatte. Ihre Wangen waren vom Putzen gerötet, und sie trug keinerlei Make-up.

Er schluckte, überwältigt von seinen Gefühlen für diese Frau. »Du bist wunderschön.«

Kaylee lächelte ein bisschen. Sie wirkte entspannt, aber neugierig. »Gib mir eine Sekunde.«

Sie schwankte ein wenig, als sie in die Küche eilte, um

ihre Hände zu waschen. Dann zog sie den Haargummi aus den Haaren, strich sich die dunklen Strähnen glatt und zog ihre Flipflops an. »Ich hoffe, das ist okay so, denn schicker wird's heute nicht mehr.«

KAPITEL 36

Wes war noch nie in seinem Leben nervöser gewesen. Auch nicht, als er zum ersten Mal an einem Profi-Golfturnier teilgenommen hatte.

Was, wenn Kaylee das Haus hasste? Oder das Kinderzimmer? Was zur Hölle wusste er denn schon über Inneneinrichtung und Dekoration?

Er konzentrierte sich auf die Straße und versuchte, nicht über all die Gründe nachzudenken, wieso das hier schiefgehen konnte. Aber er musste es doch probieren. Musste Kaylee zeigen, wie viel sie ihm bedeutete. Es ging ja nicht nur um das Baby. Es ging darum, seine zweite Chance zu ergreifen, mit der Frau sein Leben zu teilen, die er immer geliebt hatte und über die er nie hinweggekommen war.

Er bog in die Einfahrt des 280 Quadratmeter großen Hauses ein, das wie viele der neueren Häuser in Lake Tahoe mit rustikalen Akzenten prunkte. Das Haus besaß einen Berghütten-Touch, mit seinem dreieckigen Windfang und den Holzbalken, aber es war nicht bloß eine Kopie des eleganten Chalet-Stils des Clubs. Was auch gut war, denn er wollte, dass Kaylee sich hier zuhause fühlte und nicht, als wäre sie immer noch auf der Arbeit.

Kaylee schaute sich um, als Wes ausstieg und um den Wagen herumkam, um ihr die Beifahrertür zu öffnen. »Wo sind wir?«

Er half ihr aus dem Auto und schloss die Tür, schob nervös eine Hand in die Hosentasche. »Wir stehen vor dem Haus, das ich dir gekauft habe.«

Sie drehte langsam den Kopf und sah ihn an. »Was?«

War das ein gutes *was*? Ein schlechtes *was*? *Scheiße.*

»Dein Haus. Ich habe dir mit dem Geld, das ich bei der Tour gewonnen habe, ein Haus gekauft. Ich habe immer noch den Fonds, den mein Vater für mich eingerichtet hat, und ich hoffe, dass du mir helfen kannst zu entscheiden, wofür wir das Geld am besten ausgeben. Oder ob wir es sparen sollen, ob wir es für unsere Tochter verwahren wollen.« Er rieb sich über den Mund. »Ich weiß es nicht.«

»Mann.« Sie hob die Hände. »Langsam. Oder besser nochmal von vorn. Du hast mir ein Haus gekauft?«

Er nickte. »Für dich und unsere Tochter.«

»Oder unseren Sohn.«

»Oder das.« Aber es war ein Mädchen. Und er war völlig entzückt von der Vorstellung. Schon seit sie auf dem College zusammengekommen waren, hatte er sich eine Tochter gewünscht, die wie Kaylee aussah.

Sie wedelte mit den Händen, um ihre Verblüffung auszudrücken. »Wieso hast du mir ein Haus gekauft?«

Wes sah sie an und nahm ihre Hände. Sie zitterten ein bisschen, also drückte er sie zu Ermutigung. »Ich will, dass für dich und unser Kind gesorgt ist. Ich will, dass du dich sicher und gewürdigt fühlst. Und ich will dich lieben dürfen. Auf diese Weise will ich dir meine Liebe zeigen. Nicht, indem ich dir irgendwas Extravagantes kaufe, sondern indem ich für die beiden wichtigsten Menschen in meinem Leben sorge: dich und unsere Tochter.«

»Oder unseren Sohn«, wiederholte sie abwesend. »Liebe. Du hast Liebe gesagt.«

»Ich liebe dich. Ich habe dich immer geliebt. Ich habe nur gesagt, dass etwas Lockeres in Ordnung für mich ist, weil ich dich nicht vertreiben wollte. Aber dann habe ich dich mit meinem Superman-Sperma geschwängert«, – sie lächelte – »und musste mir erst über einiges klarwerden. Ich dachte, ich könnte die Chance mit der Tour wahrnehmen, solange ich meine Freizeit mit dir verbringe. Aber ich konnte nicht wirklich beides haben.«

»Wes«, wandte sie ein. »Ich wollte nicht, dass du dich zwischen mir und dem Golf entscheiden musst.«

»Das weiß ich. Und deswegen musste ich das eben allein und für mich selbst herausfinden. Und weißt du was? Scheiß auf die Tour. Erfolg ist nur leeres Trara, wenn du nicht an meiner Seite bist. Du verdienst es, glücklich zu sein und nicht ständig herumsitzen und warten zu müssen, bis ich mein Ding gemacht habe und mal wieder nach Hause komme.«

Er zog sie an sich und spürte, wie sich ihr Schwangerschaftsbauch gegen ihn presste. »Um ehrlich zu sein, wurde das Trara langweilig. Es gab diesen einen Moment, als mir klar wurde, dass ich gar nicht glücklich bin. Ich liebe Golf, und wer wäre nicht einmal gern ein Star bei der Tour? Aber nichts macht mich glücklicher, als mit dir zusammen zu sein.«

Eine Träne rollte aus ihrem Augenwinkel, und sie

wischte sie rasch weg. »Das war wunderschön.« Sie machte eine Geste, die das Haus einschloss. »Das ist wunderschön. Aber ich mache mir dennoch Sorgen, dass du es bereuen wirst, wenn du diesen Traum jetzt sausen lässt.«

Natürlich sorgte sie sich. Sie wäre nicht Kaylee, wenn sie es nicht täte.

Er nickte. »Komm schon. Gehen wir rein. Ich muss dir noch etwas zeigen.«

Wes schloss die Haustür auf, und Kaylee atmete hörbar fasziniert aus. »Die Fenster.«

Die offene Tür gab den Blick in die Küche frei, die von den hohen Fenstern dominiert wurde, bei denen er sofort gedacht hatte, dass sie Kaylee gefallen würden. »Ich habe dieses Haus wegen der Küche und der Aussicht ausgesucht. Hat mich einfach an dich erinnert.«

Sie presste die Lippen zusammen. Die Tränen rannen ihr über die Wangen. »Nee. Nicht nachgeben. Bei meinem Plan bleiben«, murmelte sie vor sich hin. »Muss an das Baby denken.«

Sie schien Selbstgespräche zu führen. Machten Schwangere sowas öfter?

Sie gingen durchs Haus, und Kaylee machte immer wieder staunende oder entzückte Geräusche, was ihn sehr erleichterte. Und dann nahm er sie mit nach oben, wo sich die Schlafzimmer befanden.

Sie gingen den Flur entlang, und er zeigte ihr das Gästezimmer, das große Schlafzimmer. Kaylee trat auf den Balkon hinaus und atmete die nach Kiefern duftende Luft ein. »Du hast einen guten Geschmack, Wes.«

Er schmunzelte. »Den habe ich allerdings. Ich habe mir schließlich dich ausgesucht.« Sie blickte ihn an, und er lachte. »Komm mit. Es gibt noch ein Zimmer, das ich dir zeigen möchte.«

Nachdem die anderen gegangen waren und Wes alles aufgeräumt hatte, hatte er die Tür zum Kinderzimmer geschlossen, das Fenster aber offengelassen, damit es nicht so sehr nach frischer Wandfarbe roch. Er wollte nicht, dass die Überraschung zu schnell aufgedeckt wurde, wenn er mit Kaylee ins Haus kam.

Wes hielt vor der Tür inne und wurde schon wieder schrecklich nervös. Was, wenn das Zimmer grässlich war? Gott, er hätte einen Profi dafür anheuern sollen. Aber dann hätte es nicht dasselbe bedeutet.

Er hielt den Atem an und trat zurück, stieß die Tür für sie auf.

Kaylee öffnete den Mund, sagte aber nichts, sondern schaute sich nur mit großen Augen im Zimmer um. War das ein gutes Zeichen?

»Der Teufel soll dich holen.« Die Tränen strömten ihr jetzt über das Gesicht. Aber in letzter Zeit weinte sie andauernd. Er konnte nicht sagen, ob das gute oder schlechte Tränen waren, aber er hoffte verzweifelt, dass es Freudentränen waren.

»Heißt das, es gefällt dir?«

Sie drehte sich zu ihm um und schluckte. »Ich liebe es. Dieses Zimmer ist das Schönste, was ich je gesehen habe.«

Das war es ganz sicher nicht. Das Zimmer war hellgrün und lavendelblau gestrichen, mit rustikal aussehenden Babymöbeln und bunten Wandstickern von Waldelfen. Aber er dachte, dass es schon schön werden konnte für ihre Tochter, wenn Kaylee erst einmal alles richtig eingerichtet und gemütlich gemacht hatte. Er hatte einfach nur alles Wichtige für das Baby bereitstellen wollen. Und Kaylee zeigen, wie sehr er sie und das Kind liebte. »Bist du sicher, dass es dir gefällt?«

Sie drehte sich zu ihm um und schlang die Arme um ihn, legte den Kopf gegen seine Brust. »Ich liebe es.«

»Glaubst du, du würdest hier leben wollen?«

Ihr Kopf nickte auf und ab. »Du wirst mich heute Abend mit Gewalt von hier wegschleppen müssen.«

Er grinste. »Gut. Denn eine letzte Überraschung habe ich noch.«

»Du hast mir doch schon so viel geschenkt.«

»Das ist aber noch nicht alles. Schau doch mal im Bettchen nach.«

Kaylee ging hinüber, und Wes folgte ihr. Das Herz hämmerte ihm in der Brust.

Er hörte sie aufkeuchen. »Wes ...« Sie griff nach dem kleinen Kissen, das am Kopfende des Bettchens lag. Anscheinend sollte das Bettzeug für Neugeborene eher minimalistisch sein, weswegen im Bett nur ein Spannlaken und eine Kuscheldecke lagen. Aber Wes hatte dazu noch ein kleines, bauschiges Kissen für seine letzte Überraschung besorgt.

Sie nahm die dunkelblaue Schmuckschachtel in die Hand und öffnete sie. Neue Tränen flossen ihr über die Wangen, und ihre Nase lief rot an. Er wollte sich zu ihr beugen und ihre Nasenspitze küssen, aber er hatte etwas anderes zu tun.

Wes ging auf ein Knie runter. »Kaylee Isabelle Evans, ich habe dich von dem Augenblick an geliebt, als ich dich auf dieser zwielichtigen Verbindungsparty im College gesehen habe. Es heißt immer, sowas wie Liebe auf den ersten Blick gibt es gar nicht, aber genau das ist mir wider fahren. Ich dachte, dass wir den Rest unseres Lebens miteinander verbringen würden. Und dann habe ich es vermasselt. Und das Leben hat eine Wendung genommen, auf die wir beide nicht vorbereitet waren. Aber mein Herz hat dich nie aufgegeben. Es ist dir immer treu geblieben.

Ich will dich und unsere Kinder lieben und das Leben mit euch teilen. Und ich will nie wieder von dir getrennt sein. Das ist der Grund, wieso ich die Tour geschmissen habe. Sie war es nicht wert, alles zu verlieren, was ich liebe. Und letztendlich hat mich die Tour auch nicht glücklich gemacht. Du machst mich glücklich. Also kannst du bitte meine Brüder und alle anderen, die das Pech hatten, sich mit mir herumschlagen zu müssen, seit du weg bist, von ihrem Leid erlösen und mich heiraten?«

Sie lächelte. Ein verweintes Lächeln, das das schönste war, was er jemals gesehen hatte. »Ja.«

»Ja?«

»Ja.«

Wes stand auf und hob sie hoch, einen Arm unter ihren Kniekehlen, den anderen um ihren Rücken, und trug sie zum offenen Fenster. »Sie hat ja gesagt!«, rief er laut in die Welt hinaus.

Und dann küsste er sie, und es war, als würde der erste Regentropfen die Sahara zum Erblühen bringen.

Gott, sie schmeckte so gut. Ihre Lippen, ihr Körper so nah an seinem. Bevor er wusste, was er tat, knieten sie beide auf dem Boden und fielen übereinander her.

»Ich bin so scharf auf dich«, sagte sie zwischen zwei Küssen.

Es war sicher ein Jahrhundert her, seit sie zum letzten

Mal Sex gehabt hatten. Er hatte beinahe Schwielen an der Hand von seinen vielen Versuchen, allein Druck abzubauen, aber er wollte sich keine zu großen Hoffnungen machen, da er an ihren Zustand dachte. »Ach?«, sagte er nur beiläufig, während er jeden Kuss erwiderte, den sie ihm gab.

»Ja«, hauchte sie. »Diese bescheuerten Schwangerschaftshormone machen mich fast wahnsinnig. Denkst du, das kommt jetzt zu plötzlich, wenn wir … du weißt schon?«

Oh Gott, bitte!

»Willst du damit sagen, dass du dir einen Orgasmus wünschst, Kaylee?«, fragte er mit leiser, verführerischer Stimme.

Ihr Gesicht lief sofort rot an. »Ja.«

»Den kann ich dir verschaffen.« Wes glitt aus seinen Schuhen und riss sich Hemd, Hose und Unterhose vom Leib.

Kaylee lachte und hielt sich den Bauch. »Ich schätze, das hätte ich gar nicht zu fragen brauchen.«

»Du hast gar keine Ahnung. Ich habe schon seit Wochen Samenstau.« Er packte ihren Hintern und zog sie näher an sich heran. »Aber glaubst du wirklich, wir sollten ausgerechnet dieses Zimmer als erstes einweihen?«

Er küsste ihren Hals und zog ihr das Oberteil aus, um noch schneller ans Ziel zu kommen. Wenn nötig, konnte er sie hochheben und in ein anderes Zimmer tragen, aber das mit dem Ausziehen konnte er ja auch jetzt schon erledigen, um keine kostbaren Sekunden zu vergeuden, während sie darüber nachdachte.

»Das Baby wird es doch nie erfahren. Und außerdem ist das Kind ja der Grund, warum wir jetzt hier sind.«

Wes hörte auf, sie zu küssen, und hielt ihr Gesicht ganz sanft in den Händen. »Wir sind hier, weil ich dich wiedergefunden habe. Baby oder nicht, ich hätte dich für mich gewinnen wollen.«

Sie küsste ihn auf die Lippen, eine sanfte, zarte Berührung, die seine Mitte in Flammen stehenließ. »Vielleicht solltest du mir die Hose ausziehen.«

»Habe selten etwas Schärferes gehört.«

Kaylee stand auf, und Wes zog ihr wie vorgeschlagen die Jogginghose herunter. Und dann lag er auf dem Rücken, und Kaylee war über ihm, ließ sich langsam auf ihn hinabgleiten.

Wes stieß langsam den Atem aus. Er musste sich zusammenreißen, sonst würde das nicht lange dauern.

Er wollte gerade ihren BH aufhaken, um ihren wunderschönen, schwangeren Busen zu betrachten, als sie bereits von ihrem ersten Orgasmus übermannt wurde. Ihre Hüften bewegten sich weiter auf ihm. »Oh Gott«, murmelte sie nur Sekunden später. »Da kommt noch einer.«

Sie bewegte sich schneller, und Wes schob ihren BH einfach nach oben, berührte sie und hielt sich an ihr fest. Als sie ihren zweiten Höhepunkt erlebte, war er ebenfalls soweit, füllte sie ganz aus und war unglaublich dankbar und ehrfürchtig, dass er sie wiederhatte.

Als sie beide wieder zu Atem gekommen waren, half er ihr, sich neben ihn zu legen, und hielt sie an sich gekuschelt, starrte in ihre Augen. »Vielleicht sollten wir dafür sorgen, dass du öfter schwanger wirst. Der Sex ist wirklich der beste, den ich je hatte.«

»Der allerbeste?«

»Na gut, vielleicht nicht der beste jemals, denn er ist jedes einzelne Mal fantastisch. Aber stell dir nur mal vor, wie viele Orgasmen du hintereinander haben könntest, wenn ich nicht so unter Druck stehe. Ich glaube, diese Theorie müssen wir experimentell überprüfen. Weißt du, wie viele kriegst du hin, während du in dieser Hormon-Achterbahn fährst?«

Sie lachte.

»Glaubst du etwa, ich meine das nicht ernst?« Er beugte sich über sie und küsste ihren Hals. »Ich meine das sowas von ernst. Mission multiple Orgasmen für Kaylee ist soeben gestartet.«

KAPITEL 37

Als Kaylee Wes gefragt hatte, was für eine Hochzeit er sich wünschte, hatte er um etwas Kleineres gebeten, es aber letztlich ihr überlassen. Ehrlich gesagt war auch Kaylee nicht an einem aufwändigen Fest interessiert. Und so kam es, dass sie sich in der Kapelle von Twin Pines in South Lake Tahoe wiederfanden, begleitet von ihrer Mutter, dem nicht mehr ganz so wütenden Vater – denn nun machte Wes sie ja wenigstens zu einer ›ehrbaren‹ Frau – und Wes' vier Brüdern. Dazu kamen noch eine Ehefrau, eine Freundin und eine Chefsekretärin im Ruhestand, die für Wes und seine Brüder sowieso zur Familie gehörte.

Hunt fing den Brautstrauß *und* das Strumpfband, und machte sich umgehend daran, mit der einzigen Singlefrau zu flirten, die zugegen war – der preiswerten Fotografin, die sie angeheuert hatten, um den magischen Moment einzufangen.

Irgendwann im Verlauf der anschließenden kleinen Feier war Hunt verschwunden, höchstwahrscheinlich mit ebenjener Fotografin. Bran, Adam und Levi fingen an, aus silbernen Flachmännern zu trinken, die Kaylee äußerst suspekt waren, und dann stimmte ihr Vater *»Que sera«* an. Offenbar hatte Wes seinen Flachmann ihrem Vater gegeben, und ihr konservativer Dad hatte die Gelegenheit ergriffen, sich auf der Hochzeit seiner einzigen Tochter einen anzutrinken.

Es war die verrückteste, romantischste, schönste Hochzeit, einfach perfekt.

Esther, die ehemalige Chefsekretärin und enge Freundin der Familie, trat auf Wes zu und umarmte ihn ganz herzlich. »Ich bin so froh für dich, mein Lieber.« Sie zog einen Umschlag aus der Tasche. »Und hier ist eine Kleinigkeit von deinem Vater.«

»Von meinem Vater?« Er blickte sie verwirrt an.

»Er wollte, dass du das bekommst, wenn der richtige Zeitpunkt da ist«, erklärte Esther. »Er bat mich zu warten, bis du dich ernsthaft verliebst.«

»Mein Dad, Ethan Cade, hat mit dir über Liebe geredet?«

Sie grinste. »Ja, das hat er.«

Wes schüttelte den Kopf. »Na schön.« Er öffnete den Umschlag und las den Brief.

Seine Augen füllten sich mit Tränen. »Shit.«

»Ist alles okay?«, wollte Kaylee wissen.

»Bestens. Es ist nur mein Vater, der mich aus dem Grab zu Tränen rührt.« Er reichte ihr den Brief.

Lieber Wes,

du bist mein ehrgeizigster Sohn, und ich liebe dich dafür. Das erinnert mich an mich selbst. Aber verdammt, du bist auch ein sturer Bock. Das hast du wohl ebenfalls von mir geerbt.

Ich war nicht der beste Vater, habe den Club über euch Jungs gestellt. Mir ist nicht klar gewesen, was für ein furchtbarer Vater ich war, bis es längst zu spät war. Behandle deine Frau gut, trage sie auf Händen. Du sollst wissen, dass ich dich und deine Brüder immer geliebt habe, auch wenn ich es nicht so gezeigt habe. Es wäre schön, wenn du aus meinen Fehlern lernen könntest. Tu deinen Kindern nicht dasselbe an.

Ich habe keinen Zweifel, dass du ein guter Vater sein wirst. Denn schließlich ist das eine echte Herausforderung, und du konntest doch noch nie eine Herausforderung ausschlagen.

In Liebe,
Dad

Kaylee streckte die Arme nach ihm aus und umarmte ihn. »Er hat dich geliebt.«

»Scheint wohl so.«

»Hast du das wirklich nicht gewusst?«

»Doch, aber du hast ja den Brief gelesen. Er war nicht gut darin, es zu zeigen.« Er sah ihr in die Augen. »Mit einer Sache hat er aber recht. Ich werde dich und unsere Kinder immer an erster Stelle sehen.«

Sie nahm sein Kinn in die Hand. »Ich bezweifle das auch nicht mehr. Ich weiß, dass du es ernst meinst.«

»Also, ich gehe dann jetzt«, meldete sich Esther zu Wort und durchbrach die gewichtige Stimmung. »Ich habe ein Date mit einem wohlhabenden Rentner.«

Wes schüttelte den Kopf. »Esther, du bist wie eine zweite Mutter für mich. Bitte sag' mir sowas nicht. Dass du Dates hast, löst verstörende Bilder in meinem Kopf aus.«

Sie lachte leise und küsste ihn auf die Wange, bevor sie Kaylee umarmte. »Seid glücklich miteinander.«

»Sind wir«, erwiderte Kaylee.

Sie sahen zu, wie Esther nach draußen spazierte und den Rest der Gruppe ganz im Vorübergehen um den Finger wickelte.

Wes fing Kaylees Blick ein und schlang seinen Arm um ihre immer breiter werdende Taille. Sie war jetzt am Ende des sechsten Monats. »Bist du glücklich, ja?«

Sie lächelte ihn an. »Sehr sogar.«

Er sah sich um. Ihr Vater stand mitten im Raum und sang immer noch, während ihre Mutter eine Hand über die Augen gelegt hatte. Die Jungs standen in der Ecke und tranken. Und die Plastikblumen, die diese Kapelle dekorierten, waren immer noch frisch. »Eine wirklich nette Hochzeit. Das hätten wir nicht besser machen können. Aber ich bestehe auf krassen Flitterwochen.«

»Allerdings mit Baby. Der Bauch geht mit, wohin wir auch gehen.«

Er beugte sich zu ihr hinunter und kitzelte ihr Ohr mit seinen Lippen. »Der Bauch ist doch das Beste daran. Muss ich dich daran erinnern, dass wir schon bei sechs Orgasmen angelangt sind? Ich will mindestens sieben schaffen.«

Kaylee spürte, wie ihr die Röte in die Wangen stieg. Wes hatte das mit dem Orgasmus-Experiment wirklich ernst gemeint. Nie war ein Mann entschlossener vorgegangen, und Himmel, die Ergebnisse waren phänomenal. »Na gut, aber nur, weil du darauf bestehst.«

»Das tue ich.« Ein verschmitztes Lächeln breitete sich auf seinem Gesicht aus. »Und ich finde, wir sollten gleich anfangen.«

Kaylee schlich sich in den Armen ihres Ehemannes auf die rückwärtige Gasse der Kapelle von Twin Pines hinaus. Dieser verfluchte die Enge der Hintertür, durch die er seine schwangere Frau kaum hindurchschieben konnte. Sie schafften es, zu Hause ein weiteres Zimmer einzuweihen, bevor der Rest der Hochzeitsgesellschaft dort eintraf.

Und Wes erreichte sein experimentelles Ziel und machte seine Ehefrau sehr, sehr glücklich.

EPILOG

Wer hätte gedacht, dass Club Tahoe unter der Leitung von Bran und seinen Brüdern überleben würde, und das nun bereits ein ganzes Jahr? Bran selbst sicher nicht, aber nun war er auf dem Weg zur Jubiläumsparty, die in einem Raum weiter hinten im Resort stattfand.

Er ging mit großen Schritten den Korridor entlang und schaute nach unten – und wäre beinahe mit Ireland, Calis Cousine, zusammengestoßen.

»Oh, Bran … Tut mir leid. Ich habe nicht aufgepasst, wo ich hinlaufe.«

Wenn sie nicht ebenfalls nach unten geschaut hatte, konnte sie gar nicht so blind gewesen sein.

Sie trug ein langes, marineblaues Kleid, das ihren Porzellanteint so richtig strahlen ließ. Gegen seinen Willen wanderte Brans Blick tiefer. Irelands rotes Haar fiel ihr in weichen Wellen über die Stirn, umspielte ihren Hals und streifte den Ansatz ihrer Brüste. Brüste, die offenbar einen Push-up-BH bis zur Oberkante ausfüllten

und momentan drohten, ihm aus ihrem Kleid entgegen-
zufallen.

Seine Brüder nannten ihn gern einen Mönch, aber
Bran war ein Mann wie jeder andere. Er sah sehr wohl
hin. Er erkannte außerdem falsche Brüste, wenn er
welche sah.

Ireland war der Typ Frau, dem Bran seit fast zehn
Jahren aus dem Weg ging. Leichtlebig, verführerisch und
oberflächlich. Er erkannte diesen Typ aus einer Meile
Entfernung.

»Kein Problem.« Er wollte an ihr vorbeigehen, da
legte sie sanft ihre Hand auf seinen Arm.

Seit sie einander vor einigen Monaten vorgestellt
worden waren, hatte sie ihm immer wieder Blicke zugeworfen, und er wollte nichts davon wissen. Bran entzog
ihr seinen Arm.

»Habe ich irgendetwas getan, weswegen Sie beleidigt
sind?« Sie klang verletzt.

Klar hatte er sie verletzt – ihren Stolz hatte er verletzt.
Eine Frau, die so attraktiv war wie Ireland, hatte ganz
sicher noch keinen Tag ihres Lebens gelitten. Sie würde
seine Abfuhr pikiert verbuchen und sich dem nächsten
Kerl zuwenden.

»Nein.« Er marschierte mit Riesenschritten davon
und betrat den Partyraum, seufzte dabei erleichtert auf.
Wieder eine Katastrophe abgewendet.

Brans Brüder waren der Meinung, er würde sich
niemals verabreden. Da irrten sie sich. Er mochte Frauen
ebenso gern wie seine Herumtreiber-Brüder, aber er
suchte sich eben ganz andere Frauen aus. Er ging nicht
mit den Damen aus, die sich in Bars an ihn heranmachen

wollten. Und er ging grundsätzlich nicht mit auffällig ausstaffierten, schönen Frauen aus. Punkt.

Schöne Frauen machten nur Ärger, und ganz tief in seinem Innern fühlte er sich immer noch schwach, was solche Frauen anging. Und deswegen tat er, was er konnte, um ihnen zu entgehen und sich an die Regeln zu halten, die er sich selbst gesetzt hatte.

Drinnen war die Party in vollem Gange, und Brans Kumpel Jaeg stand mit seiner Verlobten Cali nahe der Tür.

Jaeg trat auf ihn zu und schüttelte Bran die Hand. »Tolle Leistung, Mann. Ich dachte, ihr Jungs würdet nach spätestens sechs Monaten das Handtuch werfen und eine Managementfirma beauftragen, den Laden zu schmeißen.«

»Tja, das haben alle gedacht«, erwiderte Bran. »Aber wir machen das irgendwie. Bisher jedenfalls. Wir werden sehen, wie das nächste Jahr läuft.« Er lehnte sich hinüber und umarmte Cali zur Begrüßung.

Sie erwiderte die Umarmung, aber ihr Blick ging über seine Schulter hinweg. »Hast du meine Cousine gesehen?«

Brans Auge zuckte. »Wir sind im Flur zusammen-gestoßen.«

Jaeg lachte leise. »Ein bisschen kurzsichtig ...«

Cali stieß Jaeg ihren Ellbogen in die Rippen, und er zuckte zusammen.

Es war echt witzig, die beiden zusammen zu sehen. Mit seinen 1,98 Metern war Jaeg der größte von Brans Freunden, und seine Freundin war ziemlich klein. Oder vielleicht war sie auch guter Durchschnitt, aber neben

Jaeg wirkte sie eben winzig. Und dennoch war Jaeg Wachs in ihren Händen.

Jetzt warf er seiner Verlobten einen bedeutsamen Blick zu, den sie ebenso nachdrücklich erwiderte. »Ireland ist ein bisschen ungeschickt, das ist alles«, erläuterte Cali. »Sie ist noch immer recht neu in der Stadt, und ich möchte sichergehen, dass sie Spaß hat. Sie schien nicht allzu glücklich, als sie eben zur Toilette ging.«

Bran ließ den Blick über die Menge schweifen. »Ireland scheint doch offen zu sein. Ich kann mir gar nicht vorstellen, dass es ihr schwerfällt, Freunde zu finden.« Das war noch untertrieben. Diese Frau wusste doch genau, was sie tat, wenn sie so zufällig in ihn hineinrannte. Und ihm bei jeder Gelegenheit interessierte Blicke zuwarf.

Ja, sie war eine von denen, denen er aus dem Weg gehen musste.

»Oh, gut«, kommentierte Cali fröhlich. »Ich schule sie nämlich gerade.«

»Sie schulen?«

Jaeg stöhnte auf. »Cali ist der Meinung, dass Ireland mehr Aufregung in ihrem Leben braucht.«

»Nun ja, das tut sie ja auch«, bekräftigte Cali.

»Baby, weißt du nicht mehr, wie das beim letzten Mal gelaufen ist, als du einer Freundin helfen wolltest, Männer kennenzulernen?«

»Das ist etwas ganz anderes. Ireland ist relativ schüchtern und hat während des Studiums in mehreren Jobs gearbeitet; sie hatte ja gar keine Zeit und Gelegenheit, viele Leute kennenzulernen. Jedenfalls keine Leute, mit denen man Spaß haben kann. Daran arbeiten wir jetzt.«

Bran erhaschte einen Blick von der Kellnerin, mit der

er sich schon seit Monaten immer wieder locker unterhielt. Sie wandte den Blick rasch ab. *Diese* Frau war schüchtern. Und genau sein Typ. Er brauchte und wollte keine aggressiven, direkten Frauen. »Würdet ihr mich entschuldigen? Ich sehe jemanden, dem ich hallo sagen möchte.«

»Klar, bis später«, meinte Jaeg, während Cali weiterhin über Ireland sprach.

Bran hörte gar nicht mehr hin, sondern ging zu der Kellnerin hinüber. Er wollte nichts über Ireland, die ›ungeschickte‹ Rothaarige wissen. Die Kellnerin, mit der er sich gern unterhielt, war hübsch und nett. Sie würde sein Leben nicht verkomplizieren. Allerdings hatte Bran sowieso noch nicht den ersten Schritt gemacht, sich noch nicht dazu aufgerafft, sie um ein Date zu bitten. Und genau deswegen wusste er, dass sie keine Gefahr darstellte. Sein Verstand schaltete sich nicht ab, wenn er sie sah, und seine Libido übernahm auch nicht die Kontrolle.

Sein Begehren würde ihn nie wieder beherrschen.

————

Liebe Leserinnen, liebe Leser,

ich hoffe, **Wes' Herausforderung** hat euch gefallen. Wenn ihr einen Moment Zeit habt, hinterlasst doch bitte eine Rezension. Jede Bewertung zählt, und ich freue mich über jede einzelne Rezension!

Meldet euch für meinen Newsletter an, um monatlich Neuigkeiten von meinem Schreibtisch und Infos über

Neuerscheinungen zu erhalten **Jules' Newsletter abonnieren.**

Holt euch das nächste Buch der Reihe Die Cade-Brüder, *Brans Verführung*, jetzt ganz!

Alles Liebe,

Jules

BRANS VERFÜHRUNG

Der falsche Bruder …

Ireland braucht dringend einen Neuanfang. Ihre Cousine überredet sie, es doch mal mit dem charismatischen Bad Boy zu versuchen, der ein schickes Boot und einen Körper zum Dahinschmelzen besitzt. Aber als Ireland sich zu einem der beliebten Bootsausflüge anmeldet, bei denen der Alkohol in Strömen fließt, steht nicht er am Steuerrad, sondern sein gutaussehender älterer Bruder.

Bran mag Routine und geordnete Verhältnisse. Das liegt vor allem an den Fehlern, die er zehn Jahre zuvor gemacht hat. Aber der Tod seines Vaters hat sein ruhiges Leben durcheinandergebracht, und jetzt leitet Bran die exzellenten Restaurants des Familienkonzerns. Er legt sich mächtig ins Zeug, alles wieder in geregelte, über-schaubare Bahnen zu lenken.

Er hat keinen Schimmer, was ihm bevorsteht und wieviel komplizierter sein Leben demnächst wird.

Der feurige Rotschopf Ireland ist genau die Art schöne
Frau, der Bran ganz bewusst aus dem Weg geht. Aber als
sie ihm während einer Bootstour, bei der er für seinen
Bruder eingesprungen ist, buchstäblich in den Schoß
fällt, wird nicht nur das Boot von den Wellen umherge-
schleudert: Sein Herz geht ebenfalls über Bord.

**Die eigensinnige Ireland ist ganz und gar nicht das,
was Bran will, aber genau das, was er braucht.**

Holt euch **Brans Verführung** jetzt!

BÜCHER VON JULES BARNARD

Keine Regeln

Vermieter küsst man nicht (Band 1)

Mitbewohner küsst man nicht (Band 2)

Die Cade-Brüder

Levis Versuchung (Band 1)

Wes' Herausforderung (Band 2)

Brans Verführung (Band 3)

Hunts Bekehrung (Band 4)

Die Männer aus Lake Tahoe

Er ist tabu (Band 1)

Er ist unwiderstehlich (Band 2)

Seine zweite Chance (Band 3)

Mehr als nur Freunde (Band 4)

Er ist mein Feind (Band 5)

ÜBER DEN AUTOR

Jules Barnard ist *USA Today*-Bestsellerautorin und schreibt Liebesromane und Romantic Fantasy. Zu ihren Contemporary-Reihen gehören die *Men of Lake Tahoe* und die *Cade Brothers*, die nun erstmals auch auf Deutsch erscheinen. Ganz gleich, ob sie über sexy Kerle in Lake Tahoe oder eine Feenwelt schreibt, die sich auf einem College-Campus verbirgt, Jules' Geschichten machen sofort süchtig und sind voller Herz und Humor.

Wenn Jules nicht in der Jogginghose am Schreibtisch sitzt oder sich mit Schokolade fürs Schreiben belohnt, verbringt sie ihre Zeit mit ihrem Mann und den zwei Kindern in einer Kleinstadt an der Küste Kaliforniens. Auf ihre Fähigkeit, auch auf dem Laufband oder beim Kochen lesen zu können, ist sie mächtig stolz. Manchmal brennt dabei allerdings auch das Abendessen an.

Bleib informiert! Melde dich für Jules' Newsletter an, um immer als Erste zu erfahren, was als Nächstes kommt.

Oder scanne den QR-Code mit der Kamera deines Handys, um zur Anmeldung zu gelangen: